小妻嫁到

3

文創風
553

慕童 著

目錄

第六十二章

紀清晨點點頭，便上了旁邊的小轎，由著健壯的僕婦將轎子抬起來，往府裡走。

待到了正院後，轎子穩穩地停下來，轎簾被掀起，紀清晨走出來便瞧見近在眼前的院門，這便是王妃居住的地方。對於這個名義上的外祖父母，紀清晨從未見過，所以心底難免有幾分緊張。

只是她素來越是緊張的時候，臉上就越輕鬆自如，畢竟若是露出一副怯弱的模樣，反倒會叫人看輕了。

於是她微微抬著頭，挺起胸脯，隨著中嬤嬤進去了。

她來到門外，等著召見。片刻後出來一個貌美的丫鬟，聲音也清脆悅耳。「姑娘，王妃娘娘請您進去。」

待她進門後，只見這正堂裡有著半個屋子的人。

正上首的玫瑰高背椅上，坐著一位穿著暗紫色繡萬字不到頭紋路的老夫人，只見她手裡拿著一根紫檀木所製的枴杖，頂端還鑲嵌著一塊翡翠玉石，雖只是一根枴杖，可處處都透著華貴。

想必這位就是她的外祖母，靖王府的王妃。

不用旁人提醒，紀清晨便已跪下，恭恭敬敬地給靖王妃磕了頭，口中軟糯道：「外孫女清晨，見過外祖母。」

雖說申嬤嬤方才是以「紀姑娘」來稱呼她，可是她又不傻，在人家的地盤上，嘴巴自然要甜一些。再說了，這可是她的長處呢。

靖王妃一向是嚴肅的性子，臉上也都是繃得緊緊的，倒是這會兒露出了笑容，道：「好孩子，真是難為妳了，從京城跑這麼遠過來，路上可是吃苦了吧。」

「外祖母，清晨不辛苦，只是心裡一直擔心外祖父的身子。清晨臨行前，皇上一再叮囑，一定要在外祖父和外祖母跟前好好敬孝。」紀清晨跪在地上，柔聲道。

靖王妃在聽到皇上的時候，臉色尚且還可以，不過旁邊卻有人已變了臉色。

「好了，妳辛苦了一路，別跪著了，趕緊起來吧。」靖王妃說著，身邊便走出來一個丫鬟，上前將紀清晨扶起來。

她站起來之後，也悄悄地打量一番此時在屋子裡的人。

靖王妃的左右兩邊都坐了人，她左手邊第一張椅子上坐著的夫人，瞧著臉色有些蒼白，雖身上穿著打扮都極富貴，卻讓人覺得沒什麼精神。坐在第二張椅子上的，則是個長相極美的婦人，看著也有四十歲了，不過身材和容貌都還未走樣，能瞧出年輕時的美麗。

想來這就是她的兩位舅母了。坐在第一張椅子上的，必是世子妃李氏；而坐在第二張椅子上的，應該是她的親舅母，也就是柏然哥哥的母親方氏。

雖只是匆匆地掃了一眼，她還是覺得方氏和柏然哥哥是有幾分相似的。

至於老太太右手邊第一張椅子上，坐著一位老婦人，穿著一身暗青色的衣裳，滿頭銀絲看起來比靖王妃還要老；她旁邊則坐著一個富態的婦人，年紀約莫四十來歲，堆著滿臉的笑容。

這兩人的身分，她暫時還未猜到。

好在也不用她費心去猜，便已有人向她介紹。如她所猜測的一樣，左手邊的確實是她的兩個舅母，世子妃李氏的身子不大好，一說話便要捣著帕子，咳嗽兩聲。

李氏給了紀清晨一套鑲紅寶石赤金如意手鐲為見面禮，那紅寶石一瞧便是頂級的鴿子血，可見世子妃出手極大方。先前靖王妃則是給了她一套頭面作為見面禮，也是極貴重的禮物。

待她給方氏見禮的時候，就見方氏拉著她的手臂道：「早聽說妳要來，妳表哥一早就去城外接妳，妳可瞧見他了？」

「是柏然哥哥護送我進府裡的，只是他要陪著裴世子去見外祖父，所以沒能過來與我一起給外祖母請安。」紀清晨輕聲回道。果然還是親舅母好啊，說起話來都是和風細雨的。

方氏這才微笑著點點頭，又拉著紀清晨說了幾句話，卻不想對面的圓臉婦人開口道：「二嫂，清晨才剛來，咱們大家都想多與她說說話呢，您也不能霸著她啊。」

這雖是玩笑話，可紀清晨卻聽出了裡頭的不對勁。不過聽到圓臉婦人的稱呼後，她倒是明白過來了，這大概就是她的大姨母殷珍吧。

除了兩位舅舅和她母親之外，她知道外祖父還有一位長女，只是這位大姨母乃是側妃張氏所生，與她的母親還有舅舅，是同父異母的關係。

那想必坐在她旁邊的，就是側妃張氏吧。

王府裡除了正妃之外，還可以有兩位側妃，以及四名庶妃；側妃是要上皇家玉牒的，和尋常人家的一般妾室不同。紀清晨知道她已過世的親外祖母楊氏是側妃；而這位大姨母的母親張氏，也是側妃。

方氏被她這麼打趣，便鬆開了紀清晨的手，叫她去對面給張氏還有殷珍請安。

等給長輩請安之後，便輪到小輩了。

世子妃只生了一個女兒，便是如今站在她身後的殷月妍。只是殷月妍或許是因為自幼就生活在這邊塞之地的緣故，身上總有一股爽快明朗的味道，就連笑起來都不像京城的姑娘那般嬌羞，倒是落落大方得很。

她衝著紀清晨笑道：「早就聽說京城裡的紀家表妹是位美人，沒想到竟是這樣的國色天香，真叫我開了眼界呢。」

殷月妍身分尊貴，又長得不錯，打小便有一幫子人在她跟前吹捧著她的美貌，而她自個兒也覺得這遼城內再無比她好看的姑娘，久而久之，便也養成一副誰都瞧不上的性子。

可今日從紀清晨走進正堂的一瞬間，她才知這世間竟有如此貌美的少女，真是讓人看了便再也不想挪開眼。她那如凝脂般玲瓏剔透的肌膚，更是讓殷月妍羨慕不已。因遼城風沙大，就算她日日窩在房中，也總覺得肌膚養得不夠水嫩，所以瞧著紀清晨這一戳彷彿就能滴出水的皮膚，她真是又羨慕又嫉妒。

「表姊過獎了。」紀清晨微微一點頭。

殷月妍也給她準備了一份見面禮，雖說沒有幾位長輩的貴重，不過也是她的一份心意，紀清晨自然十分感謝。

這次殷珍回來，也把自個兒的一子一女帶回來。她兒子不在此處，倒是女兒陳蘊此刻在正堂中。表姊妹見禮，陳蘊也是拉著她的手誇讚了一番，只是這笑意只浮在面上，卻未到眼底。

待一番見禮之後，王妃念在她舟車勞頓的分上，便叫人領著她去休息；而王妃也有些倦意，便讓眾人都散了。於是，方氏乾脆親自領著紀清晨去歇息。

午膳紀清晨只在屋中用，倒是晚膳，聽方氏說府裡設了宴席，準備為他們接風。畢竟她不是一個人來的，還有定國公世子呢，確實該好生招待才是。

可紀清晨卻覺得有些奇怪，因為瞧著這府裡眾人的神態，外祖父的病情似乎並不像摺子裡說的那般嚴重。

因此她便問道：「舅母，不知道外祖父如今身子如何？我何時能去見他老人家啊？」

方氏大概已猜到她會問，便解釋道：「妳且安心，如今王爺的病情已穩定下來，這幾日即便是飯都能用上半碗了。」

那就是沒事了？

紀清晨心底感到十分怪異，卻也不好一直追問。

反倒是方氏問她：「聽說妳姊姊這次是因懷孕，所以才沒能來的？」

「是啊，姊姊原本想來的，只是她才懷孕一個月，實在沒法子承受如此舟車勞頓。」

方氏立即安撫她。「舅母知道，這也是大喜事一件。妳舅舅告訴了妳外祖父，就連妳外祖父都高興不已，前幾日妳舅舅還叫人送了一批藥材、補品過去呢。」

這個紀清晨倒是不知道，不過估計那時候她正在路上。

待到了她的院子時，紀清晨才發現方氏特意選了個離她院子極近的地方，就連裡頭的擺設也都是她親自布置的。

方氏乃是江南富陽人士，方家是富陽的名門望族，大魏朝第一個連中三元的狀元，便是出自方家。當年可是轟動一時，畢竟鄉試、會試、殿試皆取得第一名，那可真是太難得了。

而後方家更是有數十位進士，乃是江南遠近馳名的耕讀世家。

當年靖王為兒子們娶媳婦，也是費盡了心思。

「妳瞧瞧可還有什麼沒添置的，只管派人與我說，如今到了這裡，妳跟到了家裡一般自在就行。」方氏叮囑她。

紀清晨立即道：「舅母待我處處用心，這裡我已是極滿意的了。」

方氏瞧著面前的小姑娘，在她來之前，柏然就已說過好幾回，她是真的漂亮，而且是那種討人喜歡的漂亮，靈動又大方，說起話來的時候，那雙大眼睛裡都帶著笑。

她們還在說話時，就聽見外頭有喧譁聲。

「沅沅。」一個爽朗的聲音傳進來，紀清晨立即轉過身，就看見穿著一襲錦袍的殷廷謹走了進來。

「舅舅。」紀清晨立即歡喜起來。雖說她只見過舅舅一面，卻很喜歡自己的這個舅舅，畢竟當年他為了自己和大姊，可是做足了惡人。

殷廷謹站在她跟前，瞧著面前的小姑娘，心中不由得感慨。時間還真是一轉眼就過去了，當年那個胖乎乎的小娃娃，這會兒都成了亭亭玉立的少女。

他打量紀清晨一番，才欣慰道：「好孩子，真的是長大了，變成一個大姑娘了。」

「清晨給舅舅請安。」紀清晨微微屈膝，臉上洋溢著歡快的笑容。

殷廷謹點頭，關心地問道：「路上可還辛苦？」

「一想到能見到舅舅、舅母還有柏然哥哥，我便不覺得辛苦了。」紀清晨眨了下眼睛，甜甜地說。

「就知道拿話哄我們。既然想見我，怎麼不早些來？」殷柏然問她，又伸手在她腦袋上摸了下，小姑娘如濃墨般的頭髮被他揉了兩下。

紀清晨立即噘起嘴，抱怨道：「柏然哥哥，你把我的頭髮都弄亂了。」

「沅沅果真是長大了，如今都知道愛漂亮了。」殷柏然微微嘆了一口氣，幽幽道。

紀清晨被他這麼一說，登時輕哼了一聲。這話是什麼意思啊？難道說她小時候就不漂亮嗎？她小時候是多麼玉雪可愛啊。

殷柏然見她嘟著粉嫩的嘴唇，便伸手捏了下她的臉頰。小姑娘雖生得纖細，可到底年紀還小，臉頰粉粉嫩嫩的，捏上去的感覺倒是跟她小時候一樣肉嘟嘟。

待他鬆開手，紀清晨羞得用手擋住自己的臉頰，可面上已經泛紅。

討厭，幹麼突然捏人家的臉啊！

還是方氏向著她，說道：「好了，柏然，不許再逗你妹妹了。」

到了晚宴時刻，方氏身邊的大丫鬟便過來請她。

於是紀清晨先來到方氏的院子，再隨著方氏一起前往設宴的蘭芷廳。

雖說她還未逛過王府的園子，但一路上的景致已是極好，就連占地都比她見過的任何一個園子還要大。

蘭芷廳就在園子裡頭，此時周圍高大的樹木上已懸掛宮燈，樣式別致的宮燈被懸掛在半空中，裡頭的燈籠因宮燈而折射出不同的光彩。

整個園子裡火樹銀花，竟是美得叫人忍不住看個不停。上次瞧見這樣美麗的夜景還是在宮中時，沒想到在這裡也能瞧見。

待走近了，才發現這裡的擺設竟是和那日宮宴差不多。此時裴世澤正與殷柏然同坐一張桌子，兩人似乎正在說話。

瞧見方氏和她進來後，殷柏然起身，將裴世澤帶過來，引薦了一番。

紀清晨本來是被安排與方氏一起坐的，可誰知正當她要落坐，一旁的殷月妍卻說：「二嬸，表妹剛來家中，不如就和我同坐一處吧，讓我也好與表妹親近、親近嘛。」

「月妍，不許胡鬧。」一旁的世子妃李氏，輕聲喝止她。

不過殷月妍素來是我行我素慣的，立即撒嬌道：「母親，我只是想和表妹親近一點嘛。這家裡平時就我一個女孩，好不容易來了個表妹，我可喜歡得緊呢。」

紀清晨瞧著一旁的陳蘊。看來這兩位表姊妹相處得是一般了。

見她堅持，李氏也只得歉意道：「那弟妹妳便與我一起坐吧。」

等一切都安排好了，殷月妍歡喜地拉著她坐下後，便問她可讀過書？平日在家裡又有什麼消遣？

有道是，無事獻殷勤，非奸即盜。

雖說她也不想這般錯估人家的好意，可顯然這位表姊並不是個有耐心的，她問了兩句後，就瞧著對面略帶羞澀地問：「我聽說妳這一路上，都是讓裴世子護送過來的？」

裴世子？紀清晨轉頭朝對面看過去，兩個芝蘭玉樹的英俊男子坐在一塊兒，當真是如詩如畫，叫人不飲自醉。

裴世澤的俊美漠然，殷柏然的清俊溫潤，氣質截然不同的兩個男子坐在一處，卻有種相互映照的感覺，就如那星辰般，雖然有許多閃亮的星，卻能照亮整個夜空。

紀清晨這下子心底真不知道是什麼感覺了，只覺得這人要是生得太好，也叫人擔心啊。這才來了一天，便讓她這位表姊開始打聽了。

「是啊。」紀清晨淡淡道。

只是殷月妍卻不滿足於紀清晨這簡單的兩個字，幾乎是捏著她的手腕問：「這個裴世子如今多大年紀啊？我怎麼聽說他尚未婚配呢？」

大姊，您連人家尚未婚配都打聽出來了，難道連他多大都不知道？

紀清晨想起裴世澤在宮宴時說的話，便毫不客氣地道：「雖說尚未婚配，不過也快了。」

雖說這一個月來他都沒明說，可紀清晨知道他說的是誰。小姑娘此時心底甜絲絲的，再瞧著殷月妍一副失落的模樣，當真是有些痛快。

不好意思，柿子哥哥可是說過，他心底已經有了人的。

只是她沒想到殷月妍竟然膽大到趁著裴世澤出去的工夫，也跟了出去。瞧著他們前後腳出了門，紀清晨捏著筷子的手，已泛起微微青色。

片刻後，她也站起來，杏兒趕緊俯身問道：「姑娘，可是要去茅廁？」

「嗯。」紀清晨嚴肅地點頭。

待她走到外面，卻沒瞧見他們往哪個方向去，登時懊惱得想要跺腳。方才殷月妍一出來她就該跟著出來的，也不知道她到底對柿子哥哥幹麼呢？

一想到她會用含情脈脈的眼光瞧著裴世澤，紀清晨心中便感到一陣厭煩。

於是她領著杏兒順著小徑往花園裡走，可是卻沒瞧見人。於是紀清晨吩咐杏兒道：「妳去那邊看看。」

「姑娘，是要找什麼？」杏兒有些摸不著頭腦。

紀清晨正要說話，就見旁邊走出來一個高大的身影，幾乎是他出來的一瞬間，她便認了出來。

裴世澤走過來時，杏兒正要請安，就聽他說：「如今初到靖王府，我有些話要叮囑沅沅。」

杏兒眨眼的瞬間，紀清晨已經被他拉走了，她卻沒敢阻止。這一路上她也算瞧出來了，裴世澤雖然看著有些冷漠，可是待她們卻是極好的。

不過，裴世子只是有話要同姑娘說，為何要牽著她家姑娘的手啊？

紀清晨一直被裴世澤牽到一處太湖石後面，巨大的太湖石猶如天然屏障般，待兩人站定，只聽他輕笑一聲，問道：「找我？」

「沒有。」紀清晨立即否認。她才不想承認，她是怕殷月妍故意偶遇他才出來的。

「妳那位表姊，被裴游引到湖邊去了。」裴世澤說完，又是一聲低笑。

紀清晨嘴角翹起，瞬間放下心來，卻故作不在意地說：「柿子哥哥，你還有什麼話想說的嗎？要不然我得回去了。」

裴世澤聽著小姑娘一板一眼的聲音，又想笑，便故意道：「那我送妳回去吧。」

紀清晨：「……」你都把我拉到這裡來了，難道不該說點什麼，或者做點什麼嗎？

見她不動，裴世澤終於還是忍不住笑出了聲音。說真的，在她身邊笑的次數，竟是比身旁所有人加起來的都還要多。

紀清晨惱火到不行。這次她是真的想走了。

好在裴世澤眼疾手快地握住她的肩膀，他掌下是她輕薄的衣衫，一股灼熱的氣息從他掌心升騰而起。

「沅沅，妳還記不記得上次在宴會上，我說的話？」

紀清晨當然記得了，他說的每個字，她都記得。可是她哪裡好意思說出口啊……

「我說我心有所屬。」他的聲音很低很沈，空氣中彷彿瀰漫著最烈的酒，紀清晨覺得自己已經微醺了。

「那個人就是妳。」

第六十三章

夜幕之上，無數的星星猶如長久不滅的燈火，懸掛在天際，照亮底下每一寸土地。此時紀清晨的心，就像是被億萬顆星辰同時照亮般，璀璨又耀眼。

知道是一回事，可是真正聽到他親口說出來，又是另外一回事。她的人生啊，像是千迴百轉的折子戲，卻在這一刻得到了圓滿的結局。

其實紀清晨一直都不懂喜歡一個人是怎樣的感覺。前一世她被喬策辜負，哭了、罵了之後，便咬著牙想要嫁入高門，不為別的，就是要叫他瞧瞧，即便是沒了他，自個兒也能成為官夫人。可那不過是在賭氣，她只是不甘心而已。

「沅沅。」裴世澤見小姑娘好久都不說話，還以為是被自己嚇住了，他苦笑一聲。他倒不是不願意等，只是不說出來，不早些把這小丫頭定下來，他總覺得心裡不安。

是啊，大名鼎鼎、心狠手辣的裴世澤，居然也會有心神不定的時候。

特別是今天看著殷柏然隔著車窗與她說話，當時她眼裡閃過的晶亮，讓他覺得好刺眼。雖然知道他是沅沅的表哥，可她現在已經長大，和從前那個胖乎乎的小姑娘不一樣了。

「柿子哥哥。」她低聲叫了一句。

裴世澤回道：「嗯？」

「你是說你想娶我？」她問出這句話時，是小心翼翼的，又帶著一點不敢相信。

裴世澤以為小姑娘不相信，乾脆用雙手捧著她的臉，讓她看著自己，堅定地說：「我都當著皇上的面說要娶妳了，妳覺得我是在戲弄妳嗎？」

「不是。」她急急地否認，隨後就用軟糯的聲音說：「我只是覺得太驚喜，就像是在作夢一樣。」

她不是不相信，只是覺得這麼好的柿子哥哥，被那麼多人喜歡著的柿子哥哥，居然只喜歡她一個人。

紀清晨不知道飛在空中是什麼感覺，可她此時整個人輕飄飄的，明明是踩在地上，卻又像是踩在雲團上。

裴世澤見她傻乎乎地笑著，真想親親她，卻又不想嚇壞他的小姑娘。一想到離她及笄竟然還有兩年，還真是每一日都成了煎熬。

「好了，咱們該回宴席上了。」裴世澤瞧了一眼周遭。到底是在靖王府，他們也不能說太多的話；況且靖王府的守備也與紀家不同，在紀家他可以出入如無人之境，可是在這裡，卻要謹慎一些。

紀清晨點點頭，任由他拉著自己的手。柿子哥哥的手掌很寬厚，也很溫暖，可以將她的手掌整個都包裹住。

一直站在樹下東張西望的杏兒，見他們回來，總算鬆了一口氣。畢竟要是被旁人瞧見了，只怕會有礙自家姑娘的名聲啊。

誰知準備回去的時候，紀清晨卻叫裴世澤先走，而且還格外地堅持。

裴世澤見她又在撒嬌耍賴，也是沒法子，只得先回宴席上。

杏兒正覺得奇怪，以為她是想上茅廁，可誰知裴世澤離開後，紀清晨便拉著她的手，恨不得原地轉圈圈。「杏兒，妳知道我現在有多開心嗎？」

「姑娘這是怎麼了？」杏兒一臉不解地看著她。裴世子不是要叮囑姑娘一些在靖王府中要注意的事嗎，怎麼就把自家姑娘逗成這個樣子了？

只見紀清晨又是滿面羞紅，又是歡呼雀躍，腳跟微抬，歡快地原地蹦了下。

杏兒何曾見過她如此，當即笑問道：「世子爺究竟與姑娘說了什麼好消息啊？」

「就是……」紀清晨拉著她的手，卻突然狡黠地眨了眨眼睛。「不告訴妳。」

「姑娘，您怎麼能戲弄奴婢呢？」杏兒輕輕一跺腳，忍不住道。

紀清晨淘氣地笑起來，卻突然聽到旁邊有人道：「表妹這是怎麼了，這般開心？可是有什麼好事？」

沒想到殷月妍竟然回來了。

本來她還以為堵住了裴世澤，誰知竟是他身邊的那個侍衛，殷月妍氣得當場就變了臉色，而回來的時候，居然碰巧遇上了紀清晨站在前頭，極開懷地笑著。

「表姊，這是去哪兒了啊？」紀清晨也不在意她的口吻，輕笑著問道。

她這一問算是把殷月妍給問住了，畢竟她去了湖邊總不能告訴人家吧？所以殷月妍尷尬一笑，隨口道：「屋子裡有些悶熱，我又喝了點酒，便到外面走走。」

「表姊這會兒可好些了？要不還是叫丫鬟去煮一碗醒酒湯吧。」紀清晨溫和地說。

殷月妍哪裡是因為喝酒頭暈啊，她那是被活生生氣到發暈的。

「也沒喝多少酒，哪裡還用得上醒酒湯呢。對了，表妹，我這就要回去了，妳要一起嗎？」殷月妍看著她問道。

紀清晨點點頭，兩人便攜手往回走。

走在路上，殷月妍又似不甘心一般，開口問道：「對了表妹，妳方才站的地方，可有瞧見什麼人沒有？」

「人？誰啊？」其實她明知殷月妍想問什麼，只是故意裝作不知道罷了，不過她還是隨口說了句。「我就只瞧見裴世子回去了，旁人倒是沒看見。」

倒也不是她故意要這樣說，只是若她說什麼人都沒瞧見，待會兒回到宴會裡，表姊要是瞧見裴世澤回去，肯定會知道她撒謊了。畢竟方才她站著的那個路口，可是回蘭芷廳的唯一一條路。

「裴世子已經回去了？」殷月妍跺腳。都怪她身邊這個笨丫鬟，竟是連人都能瞧錯。說什麼裴世子去了湖邊，結果在湖邊的是他的侍衛而已，害她還上前與那人說話，真是荒唐。因心底存著事情，殷月妍有些意興闌珊。

待回到宴席間的時候，她就見裴世澤果然已重新坐在堂哥身邊。

「表姊，妳腳上沾到了什麼？」坐在另外一張桌子上的陳蘊，瞧見她鞋子上竟沾了好些濕泥，有些驚訝地問道。

殷月妍在心底厭惡她的多管閒事，卻不得不笑著說：「外頭有些黑，一不小心弄髒而已。」

「表姊這鞋子上繡著的是東珠吧，怪可惜的。」陳蘊一臉惋惜地道。

殷月妍瞧她那心疼鞋子的模樣，在心中嗤笑不已。還說什麼大姨父是湖廣的學政，卻將女兒養成這般眼皮子淺薄的。她哼了一聲，算是回應。

因紀清晨坐在她們中間，所以陳蘊與殷月妍說話，總是要隔著她，她便往後坐了坐，讓她們能好好說話。誰知一抬頭，就看見對面正端著青花瓷酒杯的裴世澤，朝她看了一眼。

她似乎瞧見他眨了一眼，這一眼，讓她的心猶如開滿了漫山遍野的花。

殷月妍帶著丫鬟氣呼呼地回了院子，可誰知還沒坐下喝口茶歇息，李氏便過來了。今日的晚宴她一直都在，沒想到這會兒竟會來到她的院子。

「娘。」殷月妍素來就怕李氏，立即站起來。

李氏朝她身後的丫鬟看了一眼。「妳們都先出去，我與大小姐有話要說。」

殷月妍的丫鬟自然不敢違抗她的命令，趕緊走出去，只是殷月妍卻滿臉驚懼地瞧著她們離開。當丫鬟從外頭關上槅扇後，李氏淡淡地瞧了她一眼。

殷月妍不知道她怎麼了，卻知道會有不好的後果，趕緊開口道：「娘，我……」

可是她話音剛落下，「啪」的一巴掌便狠狠地搧在她臉上，殷月妍來不及躲閃，當場整個人往旁邊晃了兩步。

臉上的劇痛讓她想摀著臉，卻又不敢動作。她的眼眶通紅，眼淚一直打轉，就是不敢落下來，因為一旦哭出來，等待她的便是更多的羞辱。

「娘，女兒不知哪裡做錯了。」她抽著氣，一手摀在臉上，只是細嫩的臉頰已經紅腫起來。李氏的這巴掌可是一點兒餘力都沒留，只一會兒工夫，殷月妍的臉頰便有五根清晰可見的巴掌印。

「賤人。」李氏的聲音幾乎是咬著牙說出來的。

殷月妍一直努力忍耐著，可是聽到這句話，還是忍不住抽泣一聲。只是她剛吸了下鼻尖，就瞧見李氏的手掌又抬起來，她不是不想躲開，可她的腳卻如釘在原地一樣，連動都動不了。

這麼多年來，心底對李氏的恐懼，讓她竟是連反抗都不敢了。

「別以為我不知道妳今日從宴會上出去做什麼，小小年紀就這麼不知羞恥，想著勾引男人，妳說妳是不是賤人？」李氏幾乎是咬牙切齒地看著她，說著說著，便又想抬起手。

殷月妍真的是被她打到害怕了，立即搖頭，喊道：「娘，我沒有、我沒有。」

「我不是妳娘，我沒妳這麼下賤的女兒，竟敢在宴會上做出這麼不檢點的事，我要把妳趕出去！妳不是喜歡男人嗎？就把妳賣到窯子裡，叫妳喜歡個夠。」李氏越說越瘋狂。

殷月妍聽著她的話，不住地搖頭，哀求道：「娘，我不是故意的，真的不是故意的。我求求您了，別趕我出去……」

靖王世子的身子一向不好，所以今日的晚宴根本就沒去參加。他正躺在床榻上看書，瞧著面色倒也還好，只是唇色卻與常人不一樣，似乎過於深了些。

李氏進來的時候，瞧見他手上的書，有些不悅地道：「這都什麼時辰了，怎麼還在看書，小心熬壞了眼睛。」

「妳怎麼這麼久才回來？」殷懷謹拉了她的手，柔聲問道。

李氏也是一臉溫柔地看著他，在床邊坐下後，伸手給他理了理被角，嘆氣道：「我去瞧了妍兒。」

聽她提起女兒，殷懷謹立即問道：「妍兒怎麼了？」

「沒事，這孩子淘氣，明明自個兒沒什麼酒量，偏偏還在宴席上喝了好些酒，也真是的。」她提起殷月妍的時候，不僅面容柔和，就連眼神中都帶著濃濃的舐犢情深。

殷懷謹立即笑起來，安慰道：「我瞧咱們家的妍兒一向乖巧聽話，妳啊，也別太拘束著她了。」

「你每次都這樣，都是你當好人，我只好來當這個壞人了。」李氏說這話時，語氣裡竟帶上了幾分嬌嗔。

殷懷謹又是一笑，可誰知這一笑竟叫他咳嗽不已，李氏嚇得立即起身，撫著他的後背。只是一摸，那後背上都是骨頭，完全是骨瘦如柴，讓她眼眶一熱。

這麼多年來的夫妻了，殷懷謹見她一直沒說話，怎麼會不知她的想法，立即安慰道：「別擔心，我這身子一時半會兒還沒事，閻王爺還不想收走呢。」

「世子爺別說這些喪氣話，這麼多年都熬過來了，妾身知道世子爺肯定能熬過去的。」

李氏已是淚流滿面，痛苦的表情叫人看了都覺得心疼。

殷懷謹卻苦笑一聲，道：「妳也覺得這幾年來，我是在熬著了？」

他是王府的世子，可這麼多年來，卻未曾為王府做過什麼事情，一直纏綿病榻。這樣的身子對他來說，實在是痛苦，而且這是一場漫長的、沒有邊際的折磨。

幾十年了，他眼睜睜地瞧著自己的身體越來越殘破，就像是一艘破舊的大船，雖然東補西補的，勉強還能在海上航行，可是離沈沒的日子卻是越來越近了。

這種等死的日子，並不好受。

「若是你走了，咱們母女可怎麼辦？就算是為了咱們，你也要好好的才是啊。」李氏伏在他的腿上，終於哭出來。

殷懷謹摸著她的臉頰，嘆了一口氣。「這麼多年難為妳了。」

他身子不是這幾年才不好的，而是從胎裡帶來的症狀。當年太醫便斷定他壽數不會長久，卻還是讓他生生地活到了四十多歲。

他一直想撐著一口氣，叫那些人都瞧見，因此這一口氣一撐，就是四十年。

殷懷謹摸著趴在他腿上的人。他與李氏成親二十多年，不談有多喜歡，可是這麼多年她能任勞任怨地陪在自己身邊，卻是極難得的。

久病床前無孝子，更何況是夫妻呢。

紀清晨一大清早便起身去給王妃請安。因府中有兩個病人，所以她也不願打扮得花枝招展，只穿了一身淺綠色翠葉銀紋錦繡上衫，下頭配了一條白色曳地百褶裙，頭上戴著一支玉釵頭，就連耳朵上掛著的，都只是一對水滴形的白玉耳墜。

這一身已是極低調了，所以她瞧著鏡子裡頭，也覺得滿意。

她去給王妃請安的時候，沒想到竟是來得最早的一個。依舊是昨兒個的申嬤嬤出面來接待她，只是一瞧見她便說：「姑娘頭次來想必不知，王妃每日都是定時起身的。」

她說了個時辰，紀清晨才發現自個兒的確是來早了，不過來早總是比來晚要好。人家既然都幫她指出來了，她很配合地道：「那倒是我的錯，我該叫丫鬟先過來問問嬤嬤的，那明兒個我再晚些來。」

申嬤嬤見她也不生氣，知道這位紀姑娘不是個好惹的角色，況且人家是表姑娘，也不好多為難，便請她進門來坐著了。

待王妃出來，瞧見已端坐在椅子上的紀清晨，倒是一愣。

紀清晨見她正要出來，便立即起身，請安道：「見過外祖母。」

「這麼早就過來請安，倒是難為妳了。」王妃不鹹不淡地說了一句。

紀清晨立即露出完美妥貼的笑容。說實話，連她自個兒都沒發現，這麼多年來，她倒是真的修練成大家閨秀，隨時都能露出一副完美笑容來。

她回道：「晨昏定省，孝敬外祖父、外祖母都是應該的。」

她們說著話時，便有丫鬟端了一個紅漆雕海棠花托盤出來，上頭放著一只粉彩小碗。申嬤嬤端起來，又恭敬地遞給王妃，這會兒紀清晨才瞧清楚，裡頭是一碗牛乳。想來王妃早起，都要喝這個的。

「給表姑娘也上一碗。」王妃淡淡道。

紀清晨不愛喝這個，可是外祖母的一番好意，她也不敢拒絕。等她和王妃兩人喝著牛乳的時候，殷珍和陳蘊母女也來了，緊接著方氏也到了。

倒是一直沒見世子妃李氏和殷月妍。紀清晨正感到疑惑，就聽說殷月妍的丫鬟來了。這才知道她昨兒個在席上是真的喝多了，這會兒竟病得起不來。

王妃立即心疼地問了幾句，便又叫申嬤嬤過去瞧瞧，又問怎麼不叫王府的大夫瞧瞧？這麼一番折騰下來，倒是也沒多留著她們說話，很快就把她們給匆匆打發了。

待出去後，紀清晨便跟在方氏身邊，問道：「舅母，我今日能拜見外祖父和大舅舅嗎？」

好歹她也是奉了皇命到這裡來孝敬外公他老人家的，結果至今連他的面都沒瞧見。只是也不知怎的，方氏臉上竟出現幾分不情願。

是的，不情願，紀清晨肯定自己沒看錯。

「待會兒我與妳舅舅商量一下，畢竟如今王爺身子依舊不大好，府裡的大夫也說了，王爺需要靜養。」方氏安慰她。

倒是一旁的陳蘊招呼她道：「表妹，既然表姊病了，那咱們一塊兒去瞧瞧她吧。」

方氏立即道：「是啊，清晨妳與妳蘊表姊一塊兒去瞧瞧妍兒吧，有妳們陪著說說話，她精神也能好些。」

一旁的殷珍叮囑陳蘊道：「過去瞧瞧，可不許鬧騰妳表姊。」

於是紀清晨便與陳蘊一同去看殷月妍。她的院子離這裡不遠，她們走了一會兒便到了。這院子可是極氣派，有五間正屋，旁邊還有廂房。院子裡都是用正方形地磚鋪就的，從院門到正屋修的路也極寬闊，而且還擺著兩個白色瓷缸，裡頭養著的竟是睡蓮。要知道睡蓮本是極嬌貴的，沒想到在這遼城也能養得活。

她們過來後，卻被攔在外頭，說是殷月妍這會兒還躺在床上。

「我們就是知道表姊病了，才過來瞧瞧她的，這總得看看，要不然哪裡能就這麼回去了？」陳蘊一點兒都不想轉身離開。

倒是紀清晨見那丫鬟不是推脫，是真的不想讓她們進去，所以她也不想為難人家，便準備勸陳蘊回去。可誰知裡頭又出來一個丫鬟，竟是殷月妍請她們進去坐坐。

她們進去後便瞧見坐在床上的殷月妍，居然戴了一層面紗，說面紗卻是用綢緞所製，把她的眼睛以下都擋住了，不露一點。

「表姊這是怎麼了？」陳蘊只聽說她是喝酒病了，怎麼還要把臉擋住啊？

「形容實在蒼白慘澹，不想叫兩位表妹見笑。」殷月妍輕聲一笑，解釋道。

這個理由倒是合理，畢竟女子大都愛護自個兒的容貌，生病了本就有些醜，不想叫旁人瞧見也說得過去。只是紀清晨瞧著她的眼睛，卻覺得她昨兒個應該是哭過的，雖然此時她的眼睛已瞧不出什麼，可仔細看，還是能察覺與昨日不同。

陳蘊自然是關懷備至，問東問西的；紀清晨則只是在一旁坐著，偶爾附和兩聲。

只是陳蘊一直喋喋不休，別說殷月妍這個病人，就連紀清晨都有些受不住。於是她決定拯救一下這個可憐的殷表姊，她對陳蘊道：「蘊表姊，咱們也打擾妍表姊多時，不如先回去吧，讓妍表姊好好休息。」

陳蘊一聽，露出尷尬的笑容，道：「瞧我光顧著說話，倒是忘了表姊還在病中呢。那我們便先回去，待表姊病好了，咱們好好說話。」

殷月妍也確實累了，又說了兩句，便叫人送她們出去。

陳蘊走在前頭，紀清晨跟在她身後，兩人正要出門。只是當她無意間回頭時，竟瞧見殷月妍掛在臉頰上的面紗掉落下來。一道清晰可見的巴掌手印，赫然在她的左臉頰上出現，甚至每根手指印的痕跡，都根根分明。

殷月妍大概也沒想到，面紗會突然掉了，慌亂中用手捣住自己的臉頰。

紀清晨立即轉過頭，朝外頭走過去，可是卻心如亂麻。誰打了殷月妍？又或者說，在靖王府，有誰能對堂堂的世子嫡女動手？

府裡能對她動手的，只有四個人，可是有兩個都躺在病床上。應該不可能是那兩位。

昨日宴會，王妃早早便離開了，那時候殷月妍的臉頰還沒有這巴掌印。

一想到那個唯一的可能性，紀清晨便打從心底升出一股寒意。

第六十四章

午膳的時候，方氏派人來請她，過去時才發現舅舅和柏然哥哥都在。

「沅沅來了。來，快坐過來。」殷廷謹坐在羅漢床上，含笑道。

雖然殷廷謹已年過四旬，可是身上的魅力反而比當年更盛，有種上位者的持重和深沈，就像那深不可測的淵海，叫人一看便心生敬畏。

紀清晨雖然只在小時候見過他一次，可每年過年還有她的生辰，都會收到從靖王府送來的禮物，所以她知道舅舅其實一直都很關心她。

殷廷謹瞧著面前的小姑娘，回想起他們兩人第一次見面時，他就覺得這小娃娃長得真是太可愛了，白皙的臉頰又軟又嫩，小手白胖胖的，抓著點心的時候，一雙大眼睛還眨啊眨的。

紀清晨知道舅舅家中還有位庶出的表哥，只是來了兩天，居然都沒見到他。只是她總不好主動問起表哥吧，所以也只能壓在心底。

「妳二表哥這兩日沒在家中，待他回來後，再讓你們見見面。」好在殷廷謹主動提起。

紀清晨點頭，道：「正好我也給二表哥準備了見面禮，還想著二表哥怎麼一直不在呢。」

「妳給明然準備了什麼見面禮？」殷柏然在一旁饒有興趣地問道。

紀清晨哪裡好意思說，便含糊帶過。「只是一些小心意罷了。」

「那可不行，我得先瞧瞧，若是妳給明然的禮物準備得比我的好，那我可不同意。」殷柏然嘴角微揚，已笑了起來。

一旁的方氏極少聽到他這般說話，先是一驚，隨後教訓道：「昨日沅沅一來，便將見面禮叫人給你送了過去。你竟貪心不足，連你二弟的都要收。」

說罷，方氏還橫了他一眼，倒是殷柏然立即笑道：「母親也太偏心了吧，沅沅才來兩日，您就向著她說話了。」

「咱們沅沅又聽話又漂亮，還會做針線活孝敬我，你可是一樣都沒有。」方氏滿意地看著紀清晨，這倒不是她說客套話了。

說來可笑，這竟是她這麼多年來，第一次收到晚輩送的針線活。她雖說有娘家，可是遠在千里之外，這府中孩子又少，她自個兒沒有女兒，便是連庶女都沒有。府裡唯一的姑娘殷月妍，打小就是個嬌慣的性子，女紅從來都是練一天、扔三天的，即便是王妃得了她的一方帕子，都要誇讚好幾日，她這個嬸娘自然是沒份的。

所以紀清晨孝敬她的這些針線活，她還真是喜歡得緊。

殷廷謹也是極喜歡紀清晨。自她從京城出發起，丈夫便在她跟前提了又提，甚至叫她安排院子時，要讓紀清晨住在當年琳琅住的院子裡。

琳琅啊，那可是個美極了的姑娘，性子也溫柔。喔，不對，是她錯看了，琳琅的性子只是表面上溫和罷了，實則卻是個極剛烈要強的。

「表哥旁的沒有，可是漂亮這一項，倒是不缺的。」紀清晨眨了下眼睛，打趣地說。用「漂亮」來形容一個男子……也幸好說的人是她，要不然殷柏然當真要翻臉。畢竟堂堂男子漢，自然該是英俊瀟灑、氣宇軒昂才對啊。

殷柏然伸手就去捏她的臉頰，笑道：「如今倒是學得牙尖嘴利的，都會打趣哥哥了。」他修長的手指捏在紀清晨的臉頰上，雖是一個不經意的小動作，卻有著說不出的親暱，直叫一旁的方氏瞧得心驚膽戰。

「柏然哥哥才是呢，如今都學會計較了。」紀清晨與他說話，一向極自在。

殷廷謹這會兒沒怎麼說話，只是看著他們兩人，露出了和藹慈祥的目光。他這樣的目光，也讓方氏看得有些心驚。她又想起來丈夫送的那份摺子，說是王爺病情危重，希望臨終前能見一見膝下子女。

可是王爺如今連話都說不索利了，方氏可不覺得他會想著早已經嫁出去二十多年、都沒回過娘家的大姑太太。所以殷廷謹寫這封摺子，只怕是想叫沅沅過來吧。

這些念頭方氏也只是在腦海中轉著，畢竟都不是確定的事情。

待紀清晨用了午膳，回去休息後，方氏也伺候著殷廷謹午歇。

她一邊替殷廷謹寬衣，一邊問道：「老爺，沅沅今年也有十三歲了吧？」

殷廷謹斜睨了她一眼。方氏素來聰明又機靈，從不會在殷廷謹跟前耍些小心機，畢竟她的丈夫是個極聰明的人，任何小心思都逃不過他的眼睛。所以與其拐彎抹角地問，倒不如大大方方地說出口。

慰。

「我知道妳在憂心什麼，柏然確實早就到了該成親的年紀。只是娶親乃是一輩子的大事，我不想給咱們的兒子草率定下。」殷廷謹伸手拍了拍她的臉頰，竟是少有的溫柔和安慰。

哪個母親不盼著自己的兒子成家呢？再說殷柏然如今已二十四歲了，卻遲遲沒有定下婚事，她怎麼會不著急，只是殷廷謹卻遲遲未點頭。

其實她也明白丈夫的意思。如今殷廷謹的身分實在尷尬，他掌握著靖王府的大權，可真正的靖王世子依舊是住在世子院裡的那一位。只要他還在一日，她的丈夫就只能是二爺，只能是個庶出的、能幹的二爺。

而她的兒子，也只是庶子的嫡子而已。

這樣的身分即便出去說親，也難以說到好親事，畢竟公侯府裡的嫡出姑娘都極尊貴，必然不會想要嫁給身分較低的人；但若真的要她降低要求，她卻也不願意。她的兒子是她自幼看著長大的，這麼多年來從未叫她失望過，她又如何捨得讓他在親事上退而求其次呢？

於是方氏點點頭，不料殷廷謹卻看著她，輕笑著說：「別著急，快了，一切都快了。」

她雖不知什麼快了，可還是聰明地沒有開口問。

紀清晨沒想到靖王竟已病得臥床不起了。

她隨著殷廷謹去見外祖父時，剛走到院子裡，就聞到一股濃濃的藥味。待瞧見外祖父，才發現他瘦得只剩下一把骨頭了。

只是在旁邊伺候的貌美丫鬟，倒是歡喜地向殷廷謹回稟，說是王爺今兒個又能吃下一碗蝦仁粥了。

殷廷謹坐在床榻上給靖王爺親自餵了一碗藥。本來紀清晨想代勞的，卻被殷廷謹拒絕了。

「父親，這便是沅沅，是琳琅的小女兒。」殷廷謹溫和地說。

此時躺在床上的靖王先是眨了下眼睛，半晌後，他才從喉嚨裡擠出一個字。「好。」

紀清晨從未見過病重之人，雖與靖王是初次見面，可心底仍感到難過不已。

殷廷謹拿了帕子替靖王擦了擦嘴，又回頭對紀清晨說：「妳母親是妳外祖父最疼愛的女兒，她出嫁的時候，這遼城真的是十里紅妝。」

殷廷謹這話倒是沒誇張，因為此後遼城再未有過如此盛大隆重的儀式，一百二十八抬的嫁妝，第一抬已到了城門口，卻還有未從靖王府抬出去的。當日所放的鞭炮聲，響徹整個遼城，漫天飛舞的紅色紙屑，在地上密密麻麻地鋪了好幾層。

說到這裡時，連躺在床上的老人家，眼中都泛起了歡喜的神采。

紀清晨出門後，心情還是有些低落。

殷廷謹看出了她的情緒，輕聲道：「沅沅，妳不用太過傷懷，人都會有壽終正寢的一天，最要緊的是，咱們要趁著身邊的人還在時，好好地對待他們。」

道理是極簡單的，可是理解、接受起來，卻又是那樣難。

對於紀清晨來說，正因為她經歷過生死，才知道在世間活著是一件多麼快樂且幸福的事。

所以她憐憫此時躺在床上的老人。因為一旦死去，便意味著一切都不再有意義了。看得出來，舅舅對外祖父的感情極深，他心底也一定很難過吧。

紀清晨緩緩道：「舅舅說得是，清晨記住了。」

六月初七，乃是先太后的冥誕。

如今外祖父雖已病倒，但靖王府還是很重視這個日子，甚至連一向不出門的靖王妃，都打算親自前往遼城香火最盛的白雲觀打醮，給先太后作法事。

因世子妃李氏要照顧殷懷謹，是以這府中的庶務一向由二夫人方氏打理。雖說往年在這種日子的花費和安排上都有個定數，不過方氏卻也不敢有絲毫馬虎。

打醮要花上三日，所以還沒到初三，她們就準備上山了。

靖王府要為先太后作法事，自是不許外人出入，所以殷廷謹已提前派人去了白雲觀。是以那三日，除了靖王府的人之外，便再不許外人進去了。

可就算是這樣，殷廷謹還是不放心。他調了一隊兵馬，把道觀裡裡外外先檢查一遍，以防家中女眷遭人驚擾。

道觀雖是方外之地，可靖王府就是遼城的土皇帝，他們也不敢有怨言，只好乖乖地配合檢查。

初三的時候，靖王府的女眷都已經準備好，開始動身要前往道觀。

臨出門之際，陳蘊便有些抱怨，畢竟這一上山，旁的不說，那可是要連吃幾日的素齋。她之前在家中陪祖母吃過兩天，就覺得嘴裡淡得厲害。

可到底是為了給先太后打醮祈福，她就算有怨言，也只敢在殷珍跟前說，而殷珍卻道：「別忘了咱們這回過來的目的。若是讓妳哥哥成了事，以後那就是千好、萬好。到時候妳想吃什麼還不成？」

陳蘊卻哼了聲。「我勸娘還是少抱點希望吧。自從咱們來了這幾日，妳瞧表姊何曾正眼看過哥哥？倒是那個裴世子，來的頭一天，我聽說表姊就派人去打聽他了。」

殷珍先前不知道這件事，她心裡一下子便警覺起來。那位裴世子她也是瞧見了，長得可是萬裡挑一的好，沒見過他之前，還真不知道這世間竟有這樣俊美無儔的男子；再加上那通身顯貴的氣質，就更引人注目了。

別說殷月妍和陳蘊這樣的小姑娘覺得好，便是殷珍這樣自恃見過不少世面的夫人，都少不得在心底讚嘆一番。雖然她也覺得自家兒子不錯，可是跟裴世子那樣的人比起來，就真的是上不了檯面了。

殷珍在心底啐了一口，只恨半路突然殺出個程咬金。

紀清晨一到外祖母的院子裡，便瞧見了殷月妍。這幾日她身子一直沒好，據說都在房中休養，今日她倒是早早地過來了。紀清晨瞧著她白皙光滑的臉頰，面色如常地問安。「見過表姊。表姊身子可大好了？」

「勞表妹關心，已經全好了。」殷月妍莞爾一笑。

靖王妃倒是瞧著她的臉色，關切地說：「妳母親如今要照顧妳父親，妳自個兒更要當心身子才是，別讓妳父親替妳擔心。」

「祖母教訓得是。」殷月妍點頭，輕聲道。

出門後，靖王妃帶著丫鬟單獨坐一輛馬車，世子妃帶著殷月妍坐一輛馬車。世子妃本不願來的，只是殷懷謹主動開口叫她來，她也不好推拖。方氏帶著紀清晨坐一輛車，而殷珍和陳蘊母女倆則共乘一輛。

這次是殷柏然和裴世澤共同護送她們上山。本來只有殷柏然，只是之後裴世澤主動找來了，殷廷謹自然也不好拒絕他。

等到了山腳下，馬車是上不去了，不過早就有滑竿在山腳下等著。王妃先坐上去，旁邊跟著兩個大丫鬟，手裡還捧著東西，怕一路上王妃會渴、會餓。

紀清晨知道有不少滑竿，待主子坐完後，一等大丫鬟也有得坐。她瞧著道觀建在半山腰上，如今又是六月，便不讓杏兒還有香寧跟著，要她們等著她上去之後，再坐滑竿上去。

「這可不行啊，奴婢得跟在姑娘身邊呢。」杏兒嚇了一跳，心裡卻感動極了，姑娘到底是在意她們的。

香寧也立即道：「奴婢也要跟著。」

她們主僕說著話，反倒叫旁邊的殷月妍一笑，道：「表妹可真是好性子，連待兩個丫鬟都這般體貼。」

「我是怕她們兩個累倒，一會兒上了山便沒人伺候我，表姊可別誇我了。」紀清晨輕聲笑道。

她聲音本就甜糯，一笑更是如銀鈴般清脆響亮，就像是這夏日裡的一陣微風，帶著一股涼爽清透的味道。

殷月妍淡淡地瞧著她，卻是瞇了下眼睛。還真是天真可愛啊，想必她在家中的時候，也是所有人都疼愛的掌上明珠吧？這顆明珠若是墜落的話，就可惜了呢。

此時有人請殷月妍上轎，於是她安穩地坐在滑竿上，待前後兩人抬起來往山上走，她回頭看了一眼，就見紀清晨還在與自己的兩個丫鬟說話。

道觀裡早已經將她們住的客房準備好，只是因院子少，所以安排了紀清晨跟殷月妍住在一處。她到的時候，殷月妍的丫鬟已經端著面盆和皂角，準備替她洗漱了。

香寧也趕緊去準備，好讓紀清晨先洗臉，待會兒還要叫人傳膳。

因為知道這幾日在山上只能吃素齋，所以在來之前，香寧便準備了好些粽子糖和乾果，若是實在嘴淡，也能嚐嚐。

紀清晨想了想，便把帶來的杏脯、桃脯、柿餅這些東西，叫人分成兩個籃子裝了，給殷柏然和裴世澤送一些過去。雖說裴世澤不需要跟著作法事，但他這幾日為了保護她們，也要住在山上。

一想到這裡，紀清晨心裡就甜甜的，自動將「她們」的「們」去掉了，只當他是上山來專門保護她一個的。

第二天下午，她起身後，就見杏兒滿臉焦急，見她醒了，眼淚差點落下來。

清晨極少見她這般慌亂，立即問道：「這是怎麼了？」

「姑娘，香寧不見了！妳睡著之後，她說出去轉一轉，消消食，可奴婢見她好久沒回來，便派了桃葉她們出去找，誰知找了一個時辰，還是沒找到。」

紀清晨皺起眉來，怒道：「怎麼不早些把我叫醒？」

「奴婢以為香寧只是貪玩，走得遠些而已。」杏兒帶著哭腔道。

紀清晨當即便道：「香寧的性子難道妳還不瞭解嗎？最是老實不過的，她怎麼可能會因為貪玩不回來？況且這人都不見一個時辰了，妳若是早些叫我，我便派人去請柿子哥哥找。」

說著，她便下床，杏兒趕緊上前替她更衣。

等她要出門的時候，只見殷月妍過來了，見到她便問：「表妹，我聽說妳房中的丫鬟丟了？」

「多謝表姊關心，想來是這道觀太大，她一不小心找不到路回來。」紀清晨立即道。

殷月妍好心地安慰她。「表妹可別著急，我與妳一起去找找吧。說來這白雲觀我也來了好多回，最是熟悉不過了。」

紀清晨哪裡好意思麻煩她，可瞧著杏兒那滿臉期待的模樣，卻也不好直接拒絕，只道：「要不表姊借我兩個丫鬟吧，怎好叫表姊親自找。」

「不礙事的，最要緊的是早些把人找回來才是，眼看這日頭就要下山了，這山裡頭一到晚上便有野獸出沒，還有狼呢。」

杏兒自小便是紀家的丫鬟，哪裡見過狼啊，當下便哭問道：「姑娘，妳說香寧會不會……」已經被狼叼走了啊？

紀清晨瞧這丫頭被嚇得夠嗆，立即道：「表姑娘也說了是晚上才有野獸出沒，不會有事的。」

「好了，表妹，別說了，還是找人要緊。」此時的殷月妍像極了一個貼心的好表姊，而紀清晨自然也沒多想。

於是兩人帶著一幫丫鬟便出門去找了。

原本她想叫人請裴世澤幫忙一塊兒找的，誰知卻聽殷月妍道：「表妹，咱們此番上山是為了給先太后祈福，妳若是為了一個丫鬟鬧得興師動眾，只怕會惹得祖母不高興。況且這道觀就這麼點大，我想妳的丫鬟指不定是在哪兒迷了路，所以咱們先四處找找，實在找不到，再去請裴世子也不遲啊。」

紀清晨雖然心中著急，卻也知道她說得有道理，只得耐住性子，繼續往前找去。

因後山地方較大，所以紀清晨便把丫鬟分成兩人一組，按區域仔細地找，這樣不但省力，又省時。

殷月妍挽著她的手說：「我與表妹一道吧，咱們去前頭瞧瞧。」

待到了後山，紀清晨才發現這白雲觀所在的地方，竟有大片繁密的樹林，此時站在山崖邊望過去，這片樹林猶如沒有邊際般，一直延伸到天際。

「也不知這丫鬟，會不會從這裡摔下去？」殷月妍鬆開她的手，獨自走到山崖邊，下面被一片密密麻麻的樹林覆蓋，叫人看不清楚裡頭究竟有些什麼。

紀清晨怕她摔下去，趕緊道：「表姊，小心啊！」

「無事。對了，妳那丫鬟叫什麼，要不咱們叫她幾聲吧。」殷月妍道。

紀清晨皺眉，直覺得香寧應該不至於走到這裡來，更不會因為貪玩摔下去。只是她瞧著殷月妍的一隻繡鞋都踏在山崖邊上了，於是她上前一步，想把她拉回來。畢竟表姊若是掉下去，她可是擔待不起。

可她剛走過去，便聽殷月妍笑道：「咱們回去吧。」

紀清晨見她肯回來，便放下了心，只是剛準備轉身，便感覺腳下被人絆了一下，整個人瞬間失去平衡，她便伸手想去抓住殷月妍好保持平衡。

只見殷月妍也伸出了手，但她卻聽到清脆響亮的「啪」一聲。

她把自己的手給打掉了！

第六十五章

殷月妍站在崖邊，看著下頭不斷顫動的樹冠。

她摔下去了……應該摔得粉身碎骨了吧？真是可惜了，這麼好看的一個小姑娘，就這樣沒了。

誰叫她倒楣呢，居然看見她被打的傷痕。

所以她該死，她們都該死！

紀清晨在墜落的時候，忽地冷靜下來。她緊緊地閉著眼睛，雙手試圖在空中抓著什麼。底下是大樹，只要她抓住樹幹，就不會摔死。

當她的指尖觸碰到第一片葉子時，她整個人奮力地掙扎起來。抓住，一定要抓住，可她抓住的除了樹枝，還是樹枝。

不會的，她不會就這麼死了的……

爹爹和姊姊還在京城等著她呢……

柿子哥哥，世澤，他在這裡……

他會來救她的！

「世子爺、世子爺，求您了。」裴游幾乎是抱著裴世澤的腰身，就算這會兒是以下犯上，他也不敢鬆開手。

裴世澤看著山下那漫無邊際的樹林，若不是裴游一直抱著他，只怕他早已跳了下去。

此時殷柏然才趕過來。他方才下山去了，一聽說沅沅出事，便立即趕回來。

就連一向泰然的殷柏然，此時臉色都白得像一張紙，只見他匆匆地走過來，腳下卻被絆了一下。

一旁的侍衛大驚，立即道：「大少爺，小心啊！」要不是侍衛及時扶著他，只怕真要摔出去了。

殷柏然撥開侍衛的手，走到崖邊便呵斥道：「怎麼還不救人？」

「回大少爺，我已經派了一隊人緊急下山去了，只是路途有些遠，要花點時間才能到達底下的樹林。我叫人去準備繩子，打算從半山腰吊著人下去救表姑娘。」在此處的侍衛隊長立即回道。

「我下去。」此時裴世澤已經徹底冷靜下來。原本以他的功夫，下這樣的山崖也實在危險，但如果有繩索的話，他便有九成的把握。

殷柏然斷然拒絕道：「不行，你不能下去。」

此時殷柏然也恨不得自個兒下去，可是沅沅已經掉下去了，可不能再讓裴世澤去冒險。

他轉身對侍衛隊長道：「去拿我的護甲來，我親自下去。」他看著已漸漸隱沒在天際的太陽，只怕再過兩刻鐘，這天便要徹底地黑了。

此時站在一旁的裴世澤也瞧了一眼天空，便是連天上的星辰都隱隱能瞧見了。她那麼嬌氣的一個人，摔下去的話肯定會疼吧。可是他不在她身邊，她連個能撒嬌的人都沒有，而且馬上就要天黑了，沅沅肯定會害怕。

「繩子怎麼還沒拿來！」裴世澤頓時勃然大怒。

侍衛隊長又催了一遍，好在繩子終於拿來了，只是麻繩不夠長，眾人便趕緊將繩索接起來。

此時一直站在旁邊哭泣的殷月妍，在聽到裴世澤要下去時，立即柔聲勸道：「裴世子，這下頭實在凶險，我知道你關心表妹，可是也該考慮自身的安危才是啊。」

叫她尷尬的是，裴世澤自始至終都沒有搭理她。

一旁的杏兒哭得好不淒慘。香寧不見了，小姐又掉下山去，她恨不得是自己掉下去才好。她不禁轉頭看向殷月妍。雖然當時就只有她和小姐在，可是以小姐的性子，絕不可能像表姑娘說的那樣，一時好奇張望而掉下去的。

殷柏然當然不會讓裴世澤下去，便道：「世子爺，我知道你自幼與沅沅相識，可沅沅是我的表妹，要下去也該是我下去。」

「沅沅是我從京城一路護著她到遼城來的。」裴世澤雖然語氣十分克制冷靜，可一抬頭卻還是令殷柏然嚇了一跳，因為他的眼眶已泛著殷紅。

聽著這兩位主子的話，卻把旁邊的侍衛和裴游都給著急死了。這兩位主子可是一位比一位精貴的，要是下去後真的出事，他們在場的有一個算一個，都別活了。

但現在誰勸都沒用啊……這兩位主子互相爭著要下去，還差點打起來。

「我功夫比在場的所有人都好，所以我下去救她才是最可靠的。」裴世澤說完，又問裴游。「我叫你給我準備的藥箱呢？」

「已經準備好了，可是主子……」裴游急著想要勸說，可裴世澤已經轉身，不去聽他說的話。

只聽殷柏然忽然輕聲說：「下去救人，並不是誰的功夫好便行的。」

「我師從鏡天國師，你說在場有誰比我更有資格下去救人？」裴世澤霍地轉頭，此時在場所有人都驚愕地看著他。

國師梅鏡天，就像是從天而降又忽然消失在人海中的人物，沒人知道他從何處來，也沒人知道他最後去了何處。只是大魏的百姓都知道，國師在的那六十年，大魏風調雨順，別說外族入侵這樣的事情，就連大災小難都是極少的。

只是國師太過受人矚目，所以連他親授的徒弟也都惹人注目。可惜梅信遠這個徒弟卻不曾將國師的威名發揚光大，只沈迷於幻戲之中，但就算是這樣，梅信遠在京城所表演的幻戲，依舊是一票難求。

但誰都沒想到，連裴世澤都是國師的徒弟。

靖王府也有情報系統，殷廷謹徹底掌握了靖王府的核心權力後，殷柏然也能享有這份情報系統裡所帶來的情報。但是關於那位神秘的國師，除了知道梅信遠是他的徒弟之外，便再無別的消息。

「你一切小心，若是找到了清晨，需要拉你們上來，就發穿雲箭。」殷柏然親自將穿雲箭遞到他手上。

裴世澤點點頭，此時已有人開始試這條繩索。

「沅沅的性命就靠你了。」殷柏然站在懸崖上，此時天色已徹底黑了下來，此處卻點滿了火把，將周圍照成如白晝一般。

裴世澤點頭，又道：「沅沅摔下去，身子必會有所損傷，到時我不能直接帶著她上來，可能會需要你的人從下面接應我。」

「你放心，他們早已經出發了。」殷柏然點頭。

一旁的殷月妍聽著他們說的話，見他們都這麼篤定紀清晨沒有死，心底一陣害怕。是她親手把她推下去的，從這麼高的地方摔下去，肯定會摔死，而且會粉身碎骨。

她如此想著，心底又覺得安慰。

此時裴世澤已揹著藥箱、拉著繩索直接下去了。他手上戴著牛皮手套，雙腳蹬著山壁，慢慢地往下走。只是山壁有些濕滑，好幾次他蹬上去時，卻直接打滑了，幸虧他一直緊緊地抓著繩索，才沒有摔下去。

待他到了下面，便掏出懷中的夜明珠。只是胸口突然感到一片溫熱，他伸手摸了摸一直懸掛在脖子上的玉珮。這枚玉珮乃是師父臨行前所賜，只是不知為何，卻突然變得溫熱起來。

不過他此時也顧不得玉珮的反常，趕緊拿著夜明珠一路向前，大聲喊著紀清晨的名字。

可是周圍只有偶爾響起的鳥鳴聲，卻沒有她的回應。

這密林實在是太麻煩，就連地上的青草都長到他的腳踝處，泥土則是鬆軟的。在察看這裡的地形後，裴世澤心底又升起了幾分希望。這上面的樹木極茂盛，她掉下來時，便會有緩衝，再摔到這青草地上，肯定不會有事的。

他估算著她摔下來的方位，開始加快腳步。但如今是晚上，樹林裡又太過茂密，於是他將火摺子拿出來，登時視野又清楚了些。

當他在一棵大樹下發現紀清晨的時候，他站在原地，看著她安靜地靠在樹幹上，就像睡著了一般。

她身上的衣裙被劃破，手臂還露出雪白的一截，那樣柔軟白嫩的皮膚，在火摺子與夜明珠的交相輝映下，美得像是羊脂白玉般。她還是那麼好看，可裴世澤卻突然生出了無窮無盡的怯弱。

他從未害怕過，可這一刻卻比任何時候都叫他膽怯。

他以為這世上再沒什麼能難倒他，可此時他卻不敢上前，不敢將手指伸到她的鼻尖下，探一探她的呼吸。

直到她的頭微微動了下……

裴世澤幾乎是一瞬間就撲上去。他的心臟瘋狂地跳動，跪在她身邊後，便輕輕地拍著她的臉頰，喊道：「沅沅、沅沅。」

紀清晨只覺得渾身都在疼，卻聽到有人在叫她。待她睜開眼睛後，便瞧見了近在咫尺的裴世澤，他俊逸深刻的五官，比任何一次都還要靠近她。

她撲進他的懷中，連一絲猶豫都沒有，便將他緊緊抱住，呢喃道：「我以為我再也見不到你了。」

裴世澤想要狠狠地抱著她，將她揉進自己的身體裡，可又怕她身上有骨折。他小心地捧著她的頭，滑如綢緞的黑髮在他的指尖纏繞著，這種真實的觸感，還有心底那種失而復得的狂喜，讓他一度激動到說不出話。

「沅沅，妳沒事就好。」到了最後，脫口而出的，竟是最平凡又普通的一句話。

妳沒事就好。

紀清晨從山上掉下來後，便一個人在這密林中，眼看著周圍漸漸暗下來，最後天色黑到什麼都看不見，她卻一直沒有哭出來。

反倒是抱著裴世澤的時候，她的眼淚卻如雨般落下，打在他的肩頭，沾濕了他的衣裳。她嚶嚶地哭著，像是小貓在叫，軟軟的、輕輕的，即便是再鐵石心腸的人，都能讓她哭得心軟了。

更何況，裴世澤在她面前一向沒有原則。

待紀清晨哭夠了，裴世澤才問她，身上可有哪裡疼得厲害？

只見紀清晨搖搖頭，道：「我沒有地方會疼。」

裴世澤自然是不信的，還以為她是羞澀，不想讓自己幫她檢查。所以他又安慰她，還告訴她，他連藥箱都帶來了，若是有哪裡骨折的，便趕緊告訴他。

畢竟他也是經歷過戰場的人，有時候傷兵太多，他乾脆自己替自己治療，像是接骨這門手藝，他如今已十分熟練。

但紀清晨卻又一次搖頭。其實別說裴世澤不相信，就是她自個兒都不敢相信，她從那麼高的地方摔下來，竟會毫髮無損。如果要把手臂上的劃傷和擦傷算上的話，她就只是受了那麼一點小傷。

待紀清晨告訴他只有手臂上有些小傷，裴世澤便愣住了。

「柿子哥哥，我真的沒有騙你。我也以為自己必死無疑了，可是我摔下來之後，發現自己可以站起來，還能走路，我身上也沒別的傷。」紀清晨也是滿心的疑惑。

原以為她竟是要像上一世那般，慘死在這山腳之下，卻沒想到她摔下來之後，只是後背被震得生疼，很快就能自己站起來。

「沅沅。」裴世澤重新將她抱在懷中。她到底要給他帶來多少驚喜呢？

裴世澤立即將穿雲箭放響，這是他與殷柏然的約定，若是找到紀清晨，便放出這枝令箭。很快地，遠處便出現火光，而渾厚的叫喊聲也越來越近。

裴世澤拿出隨行攜帶的短笛，這笛子不僅聲音悠揚，也能傳得極遠。

等侍衛們找到他們的時候，看見站在裴世澤身邊的紀清晨，眾人也都大吃一驚。畢竟從這麼高的地方摔下來，這位姑娘居然沒事？

於是侍衛趕緊護送他們返回道觀。

此時就連殷廷謹都已經在道觀中了，他們回來的時候，就見靖王妃的院子裡燈火通明，裡頭更是影影綽綽。

待進去之後，紀清晨便瞧見跪在地上的殷柏然。

「柏然哥哥。」她擔心地喊了一聲，倒是此時坐著的殷廷謹霍地站起來。

待他走到紀清晨面前，也是滿臉不敢相信。他聽說沅沅從懸崖上摔下去，已經抱著最壞的打算，要不然他也不至於當眾衝著殷柏然發火。

可是小姑娘卻這般毫髮無損地站在他的面前。

殷廷謹不知為何，又突然想起紀清晨年幼時與他說過的那個夢，那個叫他自個兒作夢都不敢想的夢，可此時他卻突然升出一股說不出的希望。

或許沅沅，她真的不是普通人。

想到這裡，殷廷謹便哈哈大笑，摸著小姑娘的頭，道：「沅沅，妳可是天賜福星、天賜福星啊！」

他一連說了兩遍，屋子裡的所有人也都覺得他這話不假。

殷廷謹又關心地問：「沅沅，妳究竟是怎麼落下山崖的？」

因當時那裡只有紀清晨和殷月妍兩人，而殷月妍卻一口咬定是紀清晨自個兒貪玩，於是他便開口問道。

紀清晨朝殷月妍的方向看過去。只見她從自己進門以來，便沒有朝這邊看過來，甚至再也沒有抬起頭過。

「舅舅，對不起，是我自己不小心掉下去的。」

第六十六章

殷月妍原本坐在椅子上，整個人侷促不安，可是當聽到這句話時，卻一下子抬起了頭，臉上帶著震驚和猶疑。

只是此時紀清晨垂著眼睫，叫殷月妍看不見她眼底的冷然。

紀清晨自然不會傻到當眾指責殷月妍將她推下去，畢竟她與殷月妍在外人眼中，不僅無冤無仇，還是有著血緣關係的表姊妹；更何況，那會兒只有她們兩人在山崖邊，只要殷月妍一口咬定沒有推她，她便拿她沒辦法。

如今靖王府的世子爺，可還是大舅舅。一個只是外甥女，一個卻是自己的親生女兒，在這種情況下，他會偏向誰，這是顯而易見的事。

於是紀清晨打定心思，只說自個兒是不小心從懸崖上掉下去的。

此時一直坐在上首的靖王妃開口道：「妳這孩子，可真是叫咱們擔心死了。妳舅舅發了好一頓脾氣，連妳表哥都被責怪了。」

紀清晨當然注意到了殷柏然一直跪在地上，所以她看著殷廷謹，軟聲道：「舅舅，還是叫柏然哥哥起來吧，都怪我自個兒不小心，不關柏然哥哥的事。」

見她平安回來，殷廷謹心裡的怒氣自然就煙消雲散，他回頭瞧著依舊筆直跪在地上的兒子，冷聲道：「你起身吧。這次只是給你個教訓，叫你上山照顧諸位長輩和表妹，卻不想差點釀成大禍。」

紀清晨還真是心疼柏然哥哥了，明明真凶是旁人，卻叫他揹了黑鍋，偏偏她還不能當眾指認這個真凶……紀清晨忍不住捏緊手掌。

殷月妍啊殷月妍，這件事我不會就此罷休的。

殷柏然站起身來，朝殷廷謹行禮後，便關心地問道：「沅沅，妳身上真的沒別的傷勢？」

紀清晨見他方才一直跪著，可一站起來便問她有沒有事，鼻子一酸，淚花一直在眼眶裡打轉。

殷柏然見小姑娘被自己問了一句，便一副要哭的模樣，卻是有些不知所措。於是他微微彎腰，瞧著小姑娘，低聲問：「這是怎麼了？好端端地又要哭。」

「對不起，柏然哥哥，都是因為我，舅舅才罰你的。」小姑娘軟軟的聲音響起，殷柏然彷彿又瞧見了當年那個死活抱著自己的腿，不想讓自己離開的小清晨。

「是柏然哥哥沒保護好妳，父親罰我是應該的。」殷柏然伸手揉了揉小姑娘的頭髮，最後捏出一根青草來。

一旁的殷廷謹黑著一張臉。瞧著這對表兄妹，他們倒是親親熱熱的兩兄妹，反倒是他成了個壞人。

此時方氏也趕緊站起來。方才她也哭了，這會兒小姑娘回來，一切都雨過天晴了。她道：「沅沅這衣裳和頭髮都髒了，我叫人給她準備些熱水，讓她先梳洗一下。」

「母妃也累了，這麼久都沒用膳呢，不如叫人先給母妃傳膳吧。」方氏又對靖王妃道。此刻確實是比靖王妃平時用膳的時辰晚了許久，所以靖王妃點點頭，方氏便叫人去準備膳食。殷廷謹自是在這裡陪著王妃，於是方氏便帶著紀清晨回了她的院子裡。

一出了門，方氏便拉著她的手道：「妳能平安回來，真是謝天謝地，祖宗保佑。」

「讓舅母擔心了。」紀清晨瞧著方氏的模樣，歉意地說。

方氏道：「是妳遭罪了才是真的。好孩子，這次受苦了。」

紀清晨方才便瞧見了方氏眼角的淚痕，知道她是真的擔心，當即便道：「舅舅和舅母對我的關心，清晨都記在心裡呢。」

方氏瞧著她可人的模樣，便是這時候都想著要安慰長輩，這孩子還真是惹人疼啊。

紀清晨又問道：「舅母，我的丫鬟走丟了，不知道她可回來了？」

方氏見她問起，倒是想了起來，道：「找到了，這丫頭也不知怎的，跑到柴房裡頭，結果被鎖在裡面了。那地方的小道士跑到外頭去玩，結果沒聽見她的喊聲，待回去的時候才把她放出來。」

被鎖在柴房裡？紀清晨心底冷笑。不用想，肯定是殷月妍叫人做的。

挺厲害的嘛，竟設下連環計。

殷月妍知道她待底下丫鬟一向都好，先是叫人把香寧鎖在柴房裡，猜想她肯定會親自出去找人，於是便把她引到山崖邊，再乘機推她下去。

一環扣一環，雖然計策很拙劣，可是偏偏叫她成功了。

只是老天爺實在是太眷顧紀清晨了，竟讓她從那麼高的地方掉下去都沒事。

等她回到自己的院子，就見所有的丫鬟都在，個個臉上都是掛著眼淚。當她走進去的時候，一個個瞬間驚愕地盯著她，半晌都沒人說話。

「妳們這些丫鬟是都高興壞了吧？妳們姑娘可是個大福星，從那般高的地方摔下去都沒事。」這會兒連方氏都沒挑剔她們，溫和地道。

也不知是誰先忍不住嗚咽一聲，最後逐個兒竟都哭了起來。紀清晨瞧著她們哭得這般淒厲，倒是哭笑不得了，說道：「我既然都沒事了，妳們哭成這樣做什麼？」

「姑娘，都是奴婢的錯，若不是奴婢沒回來，您也不會去找奴婢。」香寧衝出來，跪在紀清晨面前，身子抖得跟篩糠似的，哭得連聲音都變了。

說來丫鬟是不許在主子跟前哭的，一來是晦氣，二來是叫主子瞧見了也會不高興，可是紀清晨卻一點兒也不想責備她們。

她吩咐杏兒把香寧扶起來，環視了一圈，道：「妳們既是我院子裡的人，我自是要待妳們好，不管什麼時候，我都不會丟下妳們不管的。」

便是伺候人的丫鬟，那也是爹娘生養的，只要沒有犯了紀清晨的忌諱，她院子裡的丫鬟都極少挨打，即便是到了嫁人的年紀，她也是盡心給她們尋個好去處。

屋子裡的丫鬟登時哭成一團，紀清晨只覺得頭大。合著明日這院子裡的人要散了不成？

好在因為方氏在，丫鬟們又聽紀清晨說了兩句，便擦擦眼淚，趕緊去做事。因這院子裡沒廚房，所以就是熱水都要從道觀的廚房裡討要。杏兒隨手抓了一把錢給小丫鬟，叫她趕緊去廚房要一大桶熱水來。

要不是這會兒是在山上，香寧恨不得去找一把艾草，給姑娘好好地去去晦氣。

方氏瞧她這一屋子的人都忙了起來，便說要先回去伺候王妃用膳，叫她也不用再過去了，待會兒會讓人把膳食送過來。

香寧和杏兒簇擁著紀清晨進了內室。這裡的房子只有一間廳堂、一間起居室，再有一間便是打坐用的道室。此時進了起居內室，香寧便道：「姑娘，奴婢有話與妳說。」

紀清晨點頭，叫她說，香寧這才把自個兒的事情說了一遍。

她因午膳的時候，吃的東西不合胃口，一直難受得很，便出去走走。卻不想遇到了殷月妍的丫鬟，說是今兒個去拿午飯時，東西丟了，想請香寧幫忙找一找。

結果香寧進了柴房，也不知怎的，就昏倒了。

紀清晨聽到這裡，才心驚起來。這個殷月妍身邊居然還藏龍臥虎，竟是叫香寧也遭了她的黑手。於是她細問道：「妳都不知道自個兒是怎麼昏倒的嗎？」

她搖搖頭，道：「奴婢不知呢，我醒來後就發現自己在柴房裡，還被鎖著了。」

紀清晨又問了那丫鬟是誰，香寧道：「應該不是表姑娘身邊的大丫鬟，因為奴婢也是住進這院子之後，才見著她的。」

她們出門一般都是帶著大丫鬟，所以殷月妍的大丫鬟，紀清晨認識，就連香寧和杏兒也都認識她。可是沒怎麼出門的二等丫鬟，甚至是三等丫鬟，她們也都是住在一個院子之後，瞧見個面熟而已。

紀清晨這會兒才知道手上沒人可用的後果。便是連殷月妍手裡都有個有點兒本事的丫鬟，這次倒是她小覷了這個表姊。於是她立即道：「杏兒，妳去找裴世子，與他要去疤的藥膏。先前在山下，他答應給我的。」

杏兒瞧著她手臂上的傷痕，自是不疑有他，趕緊出門去了。

打醮祈福結束後，一大清早，眾人便開始收拾東西，準備回王府。

昨日，陳蘊和殷月妍都來看望她。殷月妍一開始沒怎麼說話，可後頭卻不住地旁敲側擊，大抵是想知道，紀清晨是真不知道她的惡毒行徑，還是假不知道？

只可惜紀清晨早就對她起了戒心，又怎麼可能讓她試探了去。

她特別真心地拉著殷月妍的手，感謝殷月妍之前拉了她一把。

殷月妍還特別真情地滴了幾滴淚，道：「都怪我沒拉住表妹，要不然也不會叫表妹受這樣的苦。」

聽到這話，紀清晨差點崩了臉。她倒是想過殷月妍為何突然對她發難，這大概與她看到她臉上的掌印有關吧。正是因為這個，她這才肯定，那個打了殷月妍的人，便是李氏。

只是沒料想殷月妍竟會惱羞成怒到要殺了自己。

回府之後，過沒兩日，殷月妍的院子裡就傳出鬧鬼的傳言。只是那鬼誰都沒瞧見，晚上就只有她一人看見。

剛開始的時候，誰都沒在意，只不過殷月妍說得頭頭是道，就連靖王妃都驚動了，李氏被靖王妃責罵一頓後，便去了殷月妍的院子。

接著便安靜了兩日，可誰知又過了幾日，依舊是故態復萌。

「表妹。」在早上請安離開時，殷月妍便叫住她，只見她神情不如往日那般有神采，相反地臉頰凹陷，眼下泛青。沒想到才短短數日，便叫她消瘦了這樣多。

「怎麼了，表姊？」紀清晨衝著她甜甜一笑。

「我能與表妹聊聊嗎？」殷月妍露出一個勉強的笑容。

紀清晨點頭，於是兩人便攜手去了花園。

王府從外頭引了湖水入府，因而花園裡仍奼紫嫣紅，花園的西北是一片果子林，此時樹上的花朵早已凋零，結出了大大小小的果子，清甜的香氣不時隨著微風傳向各處。

殷月妍叫她們兩個丫鬟都在原地等著，卻叫紀清晨到湖邊去說話。

杏兒登時緊張起來，畢竟上回就是和表姑娘在一塊兒，姑娘才會出事的，而且香寧被她丫鬟設計一事，也實在太可疑了。所以私底下她與香寧一直覺得，就是表姑娘推了自家姑娘，可是她們空口無憑，哪裡敢說啊。

待兩人站在橋上，紀清晨悠然看著面前的湖水風光，可殷月妍卻已等不及了，這些天的恐懼已叫她快要崩潰。

她顫抖著問道：「是妳吧？是妳叫人裝神弄鬼嚇我的是吧？」

殷月妍直勾勾地盯著她，期盼著她說「是」，因為如果她說是，自己願意向她認錯，向她求饒，只求不要再叫那個白影來找她了。

可叫她失望的是，紀清晨一臉懵懂地反問：「表姊說什麼？我怎麼聽不懂呢。」

「就是妳，妳知道是我把妳推下山的，所以妳叫人扮鬼來嚇唬我。」殷月妍真的太害怕了，她覺得只要她閉上眼睛，就能看見那個白影在飄，可是不管她怎麼尖叫，就是沒人來救她，也沒人回答她。

紀清晨面色一冷，沒想到她居然這麼輕易就承認了。她冷笑了一聲，伸手抓住她的衣袖，輕聲道：「嚇唬妳算什麼？我也叫妳嘗嘗，什麼是死的滋味。」

說罷，橋上的兩個身影便摔了下去。她拉著殷月妍從橋上掉進湖中，巨大的聲響，叫站在遠處的丫鬟都嚇了一跳。

此時兩人落入水中，紀清晨已搶先一步按住她的後頸，狠狠地將她往水裡按。殷月妍的手在空中揮舞，雙腿更是不停地亂蹬。

紀清晨冷眼瞥見丫鬟已經跑過來，便不再浮在水面，拉著殷月妍潛入水中。

前世的時候，她作為商賈女，唯一好處便是小時候不像那些官家姑娘受到嚴格的管教，所以她學會了鳧水。

此時她鬆開手臂，看著殷月妍在掙扎中，往水底越沈越深。

第六十七章

船娘和婆子將她們兩個救上來的時候，殷月妍一臉慘白；船娘是有些經驗的，趕緊按壓她的腹部。見她連一絲反應都沒有，船娘也不敢停下，趕緊繼續按壓，總算讓她吐了幾口水出來。

一旁的婆子也有樣學樣，替紀清晨按壓腹部。只是紀清晨本就會鳧水，她後來雖在水中佯裝昏倒，可也沒喝下多少水，自然不會像真正溺水的殷月妍那般，從腹中吐出那麼多水出來。

所以她緊閉著的雙眼，在婆子按壓不久後，便輕輕地轉了下，接著咳嗽了幾聲。

一直跪在她身旁的杏兒瞧見她咳嗽了，立即歡喜地喊道：「姑娘有反應了、有反應了！」

兩位姑娘都有了反應，此時婆子已找了小轎過來，將兩人扶上轎子。

等回到院子，香寧一瞧見紀清晨這副模樣，一下就哭了出來，與杏兒兩人趕緊找了一身乾淨的衣裳給她換上。

「咱們姑娘這是怎麼了？怎麼一難接一難的……」香寧也不敢哭得太大聲，只是眼淚一直不停落下。

方氏得到消息趕過來時，紀清晨已躺在床上，雖換了衣裳，可頭髮卻還是濕的，一沾著枕頭，便打濕了一片。

桃葉去煮薑茶，艾葉則吩咐小丫鬟趕緊燒水，好給姑娘洗漱。

方氏坐在她的床頭，都不知道該說什麼好，只是轉頭問自個兒的丫鬟綠萼。「大夫怎麼還沒請過來？」

「紅酥已經親自過去請了，大概是在來的路上。」綠萼垂著頭，趕緊道。

方氏瞧著床上的小姑娘，真是覺得臉面都沒了。人家好端端的孩子來了這裡，這才過了幾天啊，就接二連三地出事。上回墜崖幸虧是老祖宗護佑，沒有出事，可是在自個兒家裡卻還能掉進水裡……

一想到紀清晨兩次出事都是與殷月妍在一塊兒，饒是上回她沒敢懷疑到殷月妍頭上，這次真是想不懷疑都不行了。畢竟這世上哪有這麼巧合的事，和旁人在一起的時候沅沅就沒事，偏偏和她在一塊兒，就又是墜崖又是落水的。

不是方氏惡毒，故意要這般揣度自己的姪女，可這也實在是太可疑了。

殷廷謹和裴世澤兩人，此時一起來到遼城的衛所裡。

裴世澤不過來了遼城兩日，城中的大小官員，特別是遼城的城守尉、參將等這些駐地武官，個個都想見一見這位長年待在邊疆，打仗時總是勢如破竹的戰神。

所以今兒個殷廷謹便領著裴世澤出門。他一直都極欣賞裴世澤，在還沒見到裴世澤之前，就一直關注著這個孩子。看著裴世澤這麼多年來，從一個原本在京城內養尊處優的國公府少爺，變成疆場上讓敵人聞風喪膽的英雄，他心中也是頗感欣慰。

此子，堪稱國之棟梁。

可是沒想到，這才剛和眾人見面，就見王府匆匆來了人。

待來人在殷廷謹耳邊說了兩句後，他的臉色都變了，馬上對眾人歉疚道：「家中突然有急事，今日我與景恒便先回去了。待過兩日我再設宴，親自招待諸位。」

眾人瞧他神色凝重，自然不敢說挽留的話，便目送著他和裴世澤離開。

待出了衛所的大門，殷廷謹便道：「沅沅在家中落水了。」

裴世澤心裡咯噔一下，一把搶過門口小廝手中牽著的馬，翻身上馬後，揮著鞭子就衝了出去。

殷廷謹這才剛上馬，就已經快瞧不見前頭裴世澤的影子。

大夫來了之後，趕緊給紀清晨把脈，不過她根本就沒什麼事。大夫原本連方子都不打算開的，只是一旁的方氏實在不放心，所以大夫便開了一副祛寒養胃的方子。

倒是王妃身邊的申嬤嬤過來了，說是來瞧瞧兩位姑娘可有什麼大礙？

只是方氏瞧著申嬤嬤不停追問大夫紀清晨落水後的症狀，當即便道：「這孩子剛被人從湖中救起來，嬤嬤可是在懷疑什麼？難道去看大姑娘時，妳也這般問東問西的？」

「二夫人息怒，老奴哪裡敢有什麼懷疑，只是兩位姑娘同時落水這件事，實在蹊蹺，王妃便讓老奴過來問問。」申嬤嬤堆著一臉笑地道。

這會兒殷月妍還沒醒過來，她可比紀清晨嚴重得多了。

裴世澤趕到的時候，就聽到申嬤嬤皮笑肉不笑地與方氏說話。

「我看這件事確實有蹊蹺，紀姑娘才來靖王府不到十日，便已兩次遇難。這件事我會如實稟告皇上，畢竟紀姑娘可是皇上的特使，是奉了皇命前來的。」裴世澤厭惡地看了一眼面前的申嬤嬤，冷然道。

他本就傲然如雪巔之上的人物，此時徹底冷了臉，讓申嬤嬤嚇得雙腿直打顫。雖說申嬤嬤是在老王妃跟前伺候的人，那王妃也是威嚴的性子，但裴世澤乃是從血海裡頭殺出來的人物，他身上的那股氣勢可是沾著血、混著殺氣的。

申嬤嬤不敢明著反駁他的話，可心底又覺得這位紀姑娘實在是拿著令箭當大旗，以為打著皇上的名號，就能嚇唬人嗎？

殷廷謹過來時，就瞧見申嬤嬤站在一旁，他只瞧了一眼，便問起方氏，紀清晨的情況如何？方氏立即安慰他，幸虧船娘救得及時，清晨就是落水濕了衣裳，性命卻是無憂。

殷廷謹又問：「怎麼好端端就落水了？」

這一點方氏也還沒來得及問呢。此時杏兒倒是站了出來，畢竟落水那會兒是她跟在紀清晨身邊的。「回二舅老爺，先前在王妃院子裡請安出來後，姑娘本想著要回院子裡去的，可誰知表姑娘拉著姑娘，非說要去花園轉轉。等到了花園裡，表姑娘又說要去橋上看風景，還不許我們丫鬟跟著，結果到了橋上沒多久，姑娘和表姑娘便都落水了。」

杏兒這番話，也沒加油添醋，可是任誰都聽出了不對勁來。

要拉著紀清晨去花園的是殷月妍，不許丫鬟跟著的也是殷月妍。

所以她一說完，申嬤嬤便惱羞成怒地斥責道：「妳這小丫頭，胡說什麼呢，小心王妃叫人掌妳的嘴巴！」

這話卻是把殷廷謹氣得都笑了，他陰惻惻地問：「申嬤嬤，不知這丫鬟哪裡說錯了，母妃竟要叫人掌她的嘴？妳若是覺得她說錯了，我可以帶著她到母妃跟前，親自解釋。」

「二老爺，老奴不是這個意思，只是這丫鬟、這丫鬟……」申嬤嬤尷尬得說不出話來，只得道：「只是這丫鬟的話叫人聽了有些不安，這不是在指責大姑娘嗎？」

「指責月妍？我倒是覺得這丫鬟說的都是實話。」殷廷謹狠狠地一哼。

此時屋子裡傳來說話的聲音，躺在床上的紀清晨已經醒了，香寧正在給她倒水。

殷廷謹趕緊進去看她，方氏和裴世澤也跟了進去，最後就連申嬤嬤都站在內室門口。

殷廷謹坐在床邊，瞧著小姑娘蒼白的臉色以及眼中的怯生生，心疼不已。

她剛來的時候，神采飛揚，就連說話都那般悅耳動聽，可是這才幾日，她的眼神中已帶著懼怕。

紀清晨眼眶中的淚花一直打轉，晶瑩的淚水覆蓋在烏黑明亮的大眼睛上，水波流轉，看起來霧濛濛的一片，叫人心疼。原本她是強忍著淚意，只是一瞧見殷廷謹，便覺得自己可憐巴巴的，半晌才小心地伸手去拉他的袖口，嬌嫩的聲音帶著無限悲意，道：「舅舅，我想我爹爹了。」在外頭受了苦，可不就得想家裡人了。

殷廷謹心底也不好受，瞧著小姑娘這模樣，便覺得愧疚得很。人家好好的孩子到家裡來，可他卻是怎麼照顧的？居然三天兩頭讓她受傷。之前在山上，若不是她福大命大，只怕他日後到了地下，也無顏去見琳琅。

「舅舅知道妳受了苦，舅舅心裡都知道。」殷廷謹握著她的小手，冰涼冰涼的，就跟冰塊一樣。他這輩子，覺得最對不起的人就是琳琅，他在遼城，她在京城，他竟是一點兒都沒照顧到她；如今他也沒照顧好沅沅，這樣的他還有什麼資格去厭惡紀延生？

「我也想姊姊了。」紀清晨又垂頭說了一句。

此時屋子裡的人，心中都不好受，特別是殷廷謹。

沅沅兩次出事，都是和殷月妍在一起，若說這是巧合，他卻是不信的。可偏偏王妃卻派了申嬤嬤過來，故意這樣做，還不是為了羞辱他。

是他連累了沅沅，讓她在這府裡頭，跟著自個兒吃苦。

世子爺殷懷謹身子不好，這些年來府裡的大大小小事務，都是由他去處理，便是這後院中，也都是妻子方氏在管。他自問這麼多年下來，就算自己大權在握，也從不曾對大哥有一絲冒犯。

可是王妃卻視他為眼中釘、肉中刺，更三不五時地折辱他，就連他生母的墳墓，至今都未遷入皇陵中。這乃是殷廷謹平生最大之心願，畢竟生母也是靖王側妃，並為父王生了自己和琳琅兩個子女，即便是看在她養育子女的分上，王妃也不該這般對她。

可偏偏為了打壓他，王妃這麼多年來，一直不許他將母親的屍骨葬入皇陵。

但他沒想到，她們竟然連沅沅都不放過。

「舅舅馬上就給皇上寫摺子，送妳回家，沅沅別害怕。」殷廷謹緊緊地握著她的小手，他寬厚又溫暖的手掌，總算能給她一點溫度。

紀清晨一直微微顫抖的身體，總算在他的安撫下，勉強安定下來。她輕輕地搖搖頭，道：「舅舅，表姊說有話與我說，還說她晚上看見鬼，她一直抓著我的手……」她越說越害怕，身子又開始慢慢抖了起來。

殷廷謹聽著她的話，更加心疼了。說什麼看見鬼，還不都是藉口。

待把紀清晨安撫好了，殷廷謹才領著方氏他們出去。

「申嬷嬷，請妳告訴母妃，沅沅這次實在是受了太大的驚嚇，需要靜養。」殷廷謹神色冷漠地瞧著她。

申嬷嬷素來就不敢在殷廷謹跟前托大，因為如今王府裡誰不知道，未來的靖王府就是這位二老爺說了算的。

早些年的時候，王妃還希望世子爺能再生個兒子，可除了世子妃之外，世子院子裡的那些女人，誰都沒有消息。後來世子的身子越來越差了，王妃不敢再冒險，怕那些女人壞了世子爺的陽氣。

之後王妃便想著在閒散宗室裡抱養個兒子，放在世子爺的名下，讓世子爺的香火不至於斷了。可王爺卻不同意，畢竟雖有閒散宗室，可是這抱養的兒子放在世子名下，難不成以後靖王府要讓一個外人來繼承了？

雖然王妃只有世子這麼一個兒子，可是靖王爺卻有兩個兒子，況且殷廷謹還生了個有出息的孫子，他怎麼也不可能去外頭抱養一個孩子回來，害得他的親生兒子和親生孫子沒了立足的地方。

誰都知道世子爺大概是得走在王爺前頭的，畢竟這麼多年來，王爺的身子骨一向硬朗，可是世子爺卻早已纏綿病榻。

所以即便是王妃都猜到了王爺的意思，大概是想等著世子死了之後，再過繼個兒子回來，這樣王府既能落在殷廷謹的手裡，而世子也不至於沒了香火。

不過萬萬叫人想不到的，竟是王爺先倒下了，就連申嬤嬤這樣跟在王妃身邊幾十年的老嬤嬤，如今都不敢隨意猜測了。若王爺先走，只怕二爺這一家子的好日子便到頭了。

此時申嬤嬤雖然不敢明面上待殷廷謹不敬，心底卻不甘地想著，待王爺先走了，世子爺繼承了王位，便叫你們一個個都好看。

躺在床上的紀清晨聽著外頭隱約傳來的聲音。她不是故意要騙舅舅的，只是必須先發制人，她既然都對殷月妍出手了，便早已想過後果。

先前在山上時，她墜崖就是與殷月妍兩人在一處，而這次落水，又只有她和殷月妍。就像上回她沒有證據指控殷月妍推自己下山，而這次殷月妍也同樣沒有證據證明是自己故意拉她落水。況且她可是個端莊大方的官家女子，又怎麼會鳧水呢？

她之所以叫裴游去嚇唬殷月妍，就是為了今天。畢竟一個說自己看見鬼的瘋子，還有一個是前幾天剛剛墜崖卻毫髮無損的福星，兩人說的話大家會信誰？自然不言而喻。

就算王妃偏心殷月妍又如何？她也落水了，她也是受害者啊，頂多是她的福氣大了一些，沒怎麼喝到水，比殷月妍醒得早一點。

待申嬤嬤回去後，王妃也才剛從殷月妍的住處回來，這會兒李氏留在那裡照顧她。

王妃見申嬤嬤進來，便問道：「那孩子如何？」

「表姑娘的身子倒是無礙，只是被嚇得夠嗆。」申嬤嬤垂著頭，低聲道。

王妃又問：「那妳可問了，當時發生了何事？」

「老奴還沒來得及問呢，二老爺便回來了，倒是表姑娘與他說，是大姑娘找她說話，還說大姑娘與她說瞧見了鬼。」申嬤嬤實話實說。畢竟她也不是殷月妍的奴才，沒必要向著她說話，她只管對王妃忠心便是。

老王妃眉頭緊皺，微微嘆了一口氣。看來這次真的是月妍，只是這孩子如今竟是神思恍惚，一想到唯一的孫女變成這般，老王妃也不知該說什麼好。

兩人落水的事情在下人之間傳開了。都說大姑娘中了邪，要不然怎麼老是念叨著自個兒撞鬼，而且還把表姑娘給拖下水去。

也不知是誰說的，說家裡那片湖裡之前是死過人的，這次就是水鬼附上了大姑娘的身子，叫她把表姑娘拉下水了。至於為什麼沒選陳蘊，而選了紀清晨，只因為這位表姑娘長得實在是太好看，美得叫水鬼都嫉妒。

紀清晨坐在床上，吃著裴世澤遞過來的橘子，聽著杏兒在那裡說得活靈活現的，笑得是前俯後仰。

水鬼作怪？沒想到她居然成了美豔水鬼要抓的替死鬼了。

「她們還說，姑娘以後可不能再去湖邊了，水鬼多是投河的女人變的，瞧見姑娘這樣漂亮的人，便想把妳拉下去呢。」杏兒言之鑿鑿地說。

紀清晨瞧著坐在床邊的裴世澤，只見他一直強忍著杏兒的聒噪。於是她托著香腮，嬌氣地問：「柿子哥哥，你覺得是不是水鬼嫉妒我長得美啊？」

裴世澤聽著杏兒那荒謬的話，本就無語，這會兒又聽她竟這般恬不知恥地誇自己，當即便敲了下她的額頭。「想多了。」

竟然說她想多了……

紀清晨登時眉眼一瞪，生氣極了。她本就穿著中衣，領口微敞，露出一小片雪白的鎖骨；而她瞪眼的時候，胸脯微微挺起，那片冰肌雪骨便撞進了裴世澤眼中。

「我美不美啊？」紀清晨不樂意了，非要拉著他，讓他說出個所以然來。

裴世澤轉頭瞧著站在一旁的杏兒，立即道：「出去倒杯水。」

杏兒瞧了一眼旁邊圓桌上的水壺，心底雖覺得奇怪，卻還是聽話地走了出去。

待杏兒一走，裴世澤便深情地看著紀清晨，輕聲道：「美。」

原來柿子哥哥也會有不好意思的時候啊！

她故意說：「什麼，我沒聽到？」

「紀清晨，不要得寸進尺。」

第六十八章

王府裡的謠言是越來越盛，連王妃都聽到這些風言風語。

殷月妍自從醒了之後，整個人變得渾渾噩噩的，還真像是中了邪一般。

一會兒說是紀清晨拉她下水，一會兒又說是鬼來找她，就連王妃瞧見了，也難免皺眉，倒是有意想請白雲觀的道長過來瞧一瞧。

畢竟先前紀清晨在白雲觀墜崖時，都能毫髮無損地回來，這讓王妃相信白雲觀的那些道長確實都是有些道行的。

只是王妃有這想法，卻被李氏一口否定了。倒不是她不想治好殷月妍，只是中邪這話到底太難聽了，她不願讓別人這般想，怕壞了名聲。

聽了李氏的緣由，王妃瞬間冷了臉，只道：「月妍雖是妳的女兒，可也是咱們靖王府的嫡長孫女，即便妳不心疼她，我也要心疼的。」

誰知李氏聽到「嫡長孫女」這四個字，心底便是一痛。為何偏偏是「嫡長孫女」，若是能把最後一個字去了，該有多好？若她是個兒子，該有多好……

自個兒忍受了那樣的屈辱，可最後卻還是人算不如天算。

「母親，月妍的身子已經沒什麼大礙，她只是受了些驚嚇，若是在院子裡安靜地休養，定會好起來的。」李氏不由分說地道。

王妃見她這般堅持，便沒再說話。畢竟李氏這麼多年來不辭辛勞地照顧世子，就連王妃也都對她格外看重。

紀清晨養好病之後，每日都會去靖王爺的房中，有時候給他老人家讀上一段書，有時候跟他老人家說說話。

就連丫鬟都說，自從表姑娘每天來了之後，王爺的心情好了不少，有家裡人能陪著他說話，身子肯定會好起來的。

這會兒紀清晨剛讀了一小段《左傳》，便放下書，輕聲問道：「外祖父，您想喝些水嗎？」

只見老王爺躺靠在床榻的大迎枕上，安靜地盯著她，紀清晨還以為她臉上有什麼，正要伸手摸，便聽到一聲清晰的叫喚。「琳琅。」

是她母親的名字。

紀清晨臉上露出柔軟的笑容，她知道外祖父是看見她，想起了她的母親。

想必母親年輕的時候，也一定很討人喜歡吧，要不然舅舅和外祖父怎麼都對她如此念念不忘呢？

她正想著的時候，殷廷謹便來了。他一進來，就瞧見紀清晨坐在圓凳上頭，腿上放著一本書，正規規矩矩地與父王說話。

這幾日沅沅一直來給父王讀書。要說伺候，有丫鬟在，倒也不需要他們這些兒子、孫子做些什麼。只是老人家到底年紀大了，喜歡熱鬧是真的，又成日躺在床上，能有個人陪著說話，就連精神都好了不少。

殷廷謹是每日必定要來的，他會給父王餵藥、餵飯，倒是從來沒想過給他讀書這回事。還是小姑娘家心思細，知道外祖父必定煩悶得很。

「父王。」殷廷謹給老王爺請安，丫鬟又搬了一張圓凳過來，他掀起袍子，便大馬金刀地坐下了。

待他轉頭瞧著紀清晨手上的書，問道：「沅沅，今日給外祖父讀什麼書呢？」

「《左傳》，外祖父昨日說想聽這個。」紀清晨拿起書冊，給他看了封皮。

這本書是老王爺自幼便看的，上頭還有先皇當年的批注。靖王爺一向很重視這本書，便是殷廷謹年幼的時候偷偷拿了一回，都挨了一頓打。誰承想，今日紀清晨倒是穩穩地捧上了這本書。

殷廷謹心裡知道，若是沒父王的允許，她是拿不到這本書的。

於是他伸手摸了下她的小腦袋。「好好給外祖父讀，等舅舅回來，有獎勵給妳。」

紀清晨倒是愣住了，立即問道：「舅舅要出門？」

「是啊。」殷廷謹也沒瞞著她，立即點頭。緊接著，他轉頭看了一眼躺在床上的靖王爺，又道：「我已經打探到神醫雲二先生的下落了，我要親自去請先生到遼城，為父王診治。」

「雲二先生？」這個名字是紀清晨未曾聽說過的，不過既然是舅舅費心尋找的人，想必一定是極厲害的人物，要不然舅舅也不會親自去請。

只是躺在病床上的老王爺，卻突然像是掙扎著要起來一般。

殷廷謹連忙握住他的手，輕拍了一下，安慰道：「父王不必擔心我，雲二先生此時就在草原，聽聞他是去尋找一味中原沒有的藥草。兒子一定會把他請回來，讓他治好父王您的病。」

老王爺眼中露出不捨之情，便是連紀清晨都感同身受。畢竟草原不是大魏的土地，舅舅身為皇族，卻深入異族之地，若是叫那些外族人知道了，未必會放過他。再說蒙古才剛和大魏打過一仗，而且他們還敗得慘烈。

所以他雖說得輕鬆，可是連她都知道，此行必是凶險萬分。

「沅沅，舅舅不在家，妳可要給外祖父好好讀書，待舅舅回來了，可是要檢查的，要不然沒有禮物。」殷廷謹又摸了摸小姑娘的頭髮，打趣地道。

他是真沒養過女兒，所以一直不知道，女兒竟是這般乖巧可愛。

紀清晨點點頭，輕聲道：「舅舅只管放心，就算沒有禮物，我也會給外祖父讀書的。不過我相信，舅舅肯定不會忘記我的禮物。」

「小古靈精怪。」殷廷謹寵溺地笑了。

殷廷謹是第二日離開的，不過他倒是沒有說具體的去向，畢竟他去草原的事情，還是越少人知道越好。只是他走了之後，也不知為何，紀清晨總覺得哪裡不對勁。

不過，府中卻是一片風平浪靜，沒什麼大事發生。

只是殷珍見紀清晨天天去給靖王爺讀書，就逼著自己的女兒陳蘊也過去一起坐著。但陳蘊嫌那屋子裡的藥味太濃，不願過去，被殷珍罵了三次才會去一次。

另外，殷月妍也好了許多，殷珍這會兒倒是成了她的貼身姨母，天天陪著她，還開解她。

陳蘊知道母親是想讓殷月妍嫁給大哥，只是她卻覺得不大可能，畢竟大表姊的眼界那般高，想必不會看上她哥哥的。

就在殷廷謹離開的第三日，紀清晨剛從王妃的院子裡請安回來，便被殷柏然堵住了，說是要帶她去遼城逛一逛。

想起今日還沒去外祖父那裡，紀清晨便道：「可是我還要給外祖父讀書呢。」

「妳放心吧，我已經與祖父說過了，今日少讀一日也沒事的。要不然等逛回來之後，我再陪著妳去給祖父讀書？」殷柏然安慰她說。

紀清晨聽他這樣說，自然是點頭同意了。隨後她有些小心地問：「我能叫上柿子哥哥嗎？」

殷柏然大概早已想到她會這麼問了，便回道：「裴世子今日不在府中，他被楊參將請去了，只怕會在軍營裡待上兩日。」

紀清晨倒是不知道他不在府中。她只知道這些遼城的守將們，總是上門來請柿子哥哥，畢竟柿子哥哥是真正上過戰場的將士，很受這些人敬重。

於是她便帶上杏兒，又叫杏兒拿了銀票，畢竟總是讓柏然哥哥買東西給她，她也有些不好意思。

遼城乃是方圓百里內最大的城市，自是繁華無比。

那日她進城時，就瞧見這街上有不少異族之人，而今日在街上，她更是看見不少穿著袒露肩膀和小腿的異族人，正沿街叫賣著一些東西。但如今是夏日，動物的皮子實在難賣，倒是一些賣草藥的攤子，反倒還有些人。

等到用午膳的時候，殷柏然帶她去嚐鮮，來到一家異族人開的酒樓。一進門就看見門口擺著一座銅像，上頭還放了好些白色的綢巾。

殷柏然見她好奇，笑著解釋道：「這些東西叫哈達，這個民族的人會為遠方到來的客人戴上這個哈達，是表達祝福的意思。」

紀清晨立即笑起來，歡快地道：「我在書上讀過，不過卻是頭一回見到呢。」

隨後便有人過來，要給他們獻上哈達。給紀清晨獻哈達的是個小姑娘，編著滿頭的小辮子，頭上戴著充滿異族風情的頭飾，讓她看了都覺得喜歡。

等他們到了樓上的包間，紀清晨低頭瞧見脖子上的哈達，上面還撰寫著一些她看不懂的梵文，想必也是什麼祈福的話吧。

「沅沅，我現在與妳說的每一句話，妳都聽清楚了。」坐在她對面的殷柏然突然道。

紀清晨抬起頭，有些震驚地瞧著他，卻見他面色嚴肅。

「妳現在必須馬上走，馬車已經準備好了，就停在後門。妳從密道離開，不要回頭，一路往西。」殷柏然仔細地交代著。

紀清晨猛地吸了一口氣，問道：「柏然哥哥，發生什麼事了，為什麼要這樣？我……」她連我不走這三個字都還沒說完，就被殷柏然打斷。「沅沅，現在一時間很難和妳解釋，靖王府這幾日必有大亂，妳不能再留在這裡。妳一路往西，一直走到西寧衛，再從西寧衛折返回京城。我會聯絡裴世子，讓他在途中與妳會合。」

「柏然哥哥，你和我一起走吧。」紀清晨雖然不知道靖王府的大亂會是什麼，可是她不能讓殷柏然一個人留在這裡。

「沅沅，我母親還留在王府中，無論如何，我都要與她在一起，這裡是我們的家。妳的家在京城，妳不是說想念妳爹爹和姊姊嗎？妳應該回到京城去。」殷柏然伸手摸了下小姑娘的臉。他一直希望她平安喜樂，卻還是牽連了她，不管怎樣，總要讓她平安離開才行。

紀清晨還想說些什麼，眼淚卻已落下，因為柏然哥哥說的話，就像是在與她訣別。

「沅沅，妳把這些銀票拿著，待會兒妳先去城外的一座山莊，將這枚玉珮交給一個叫素馨的女子，她還有個兒子叫景然，就讓他們跟著妳一塊兒走。不過到了西寧衛之後，就得分開，妳和裴世子前往京城，他們要一路去雲南。」

殷柏然已經將玉珮放在她的手中，紀清晨竭力壓制住自己的哭聲，可眼淚卻一直落個不停。

「沅沅，妳聽到我說的話了嗎？」殷柏然見她這般，雖感到心疼，卻不得不問清楚。

紀清晨猛地握住手中的玉珮，用力點頭。「我先去一座山莊，將玉珮交給一個叫素馨的女子，她有個兒子叫景然。之後我帶著他們一起離開，先到西寧衛；接著我回京城，他們去雲南。」

「乖女孩。」殷柏然點頭，便牽著她的手，將她拉起來。

殷柏然為她準備了一套尋常人穿的男裝，杏兒方才已被他支開，好方便說話。

紀清晨臨走前，回頭看著他。「柏然哥哥，你一定要沒事。」

「走吧，別哭了，我們會再見面的。」殷柏然強打起精神安慰她。

紀清晨用力一點頭，便從一旁的暗門離開。難怪柏然哥哥會帶她來這裡用膳，這裡應該是舅舅或是他的秘密聯絡點，只是今日她從這裡離開，此處必然會暴露。

待她坐上馬車，依舊淚眼朦朧。馬車是街上隨處可見的普通馬車，就連車夫都是樣貌尋常的一般人，叫人瞧一眼都不會注意太多。

馬車到了城門口，紀清晨還一臉緊張，畢竟她也不知道自己的失蹤是不是已經被發現？好在很快地，馬車便被放行，他們迅速地出了城。

一路上馬車瘋狂地往前飛奔，她緊緊地握著車裡的扶手，就算身子被顛來顛去，也沒有叫出一聲。她咬牙堅持了一路，如今不用察看，也知道身上肯定是青一塊、紫一塊的了。

等到了這個依山傍水的山莊，她也顧不得欣賞周圍美麗的景致，便下了馬車，站在車夫的身後，看著他狠狠地敲響了山莊的門。

等裡頭開了門，還沒等裡面的門房說話，她便將玉珮拿出來，道：「我要立刻見你們山莊的主人。」

這枚玉珮果然極有用，門房竟是連通傳都沒有，就帶著她入內。

紀清晨一路急行，只是當她見到素馨，才發現她竟是一位三十幾歲的女子。只是她的容貌之美，乃是紀清晨生平罕見。

「姑娘，請問妳找我何事？」素馨衝著她溫柔一笑，精緻的容顏，在微笑綻放的這一瞬間，更是美得驚心動魄。

「是我表哥殷柏然要我來找妳。他說靖王府有亂，你們必須立刻跟我走。」此時屋子內只有她們兩人，紀清晨便如實說道。

就在她以為女子會問一些問題的時候，卻見她立即就站起來，道：「妳稍等，我叫人去尋我兒子。」

待她叫丫鬟去叫她兒子的時候，紀清晨就見她走向旁邊的櫃子，將櫃門打開後，就把裡頭的一個包袱拿出來，挽在手中。

紀清晨瞧著她這一連串的動作，已是呆了。原來她竟已隨時準備逃跑？感覺只有她一個人是處於狀況外的。

等那個叫景然的男孩來了之後，紀清晨便明白這兩人的身分了，只因這個景然長得實在是太像她舅舅。

所以這個素馨是舅舅養在外面的外室？然後靖王府出亂子，柏然哥哥竟然還叫她帶著舅舅外室和外室所生的兒子一起逃跑？

顯然沒人會主動為她解釋這一切，她也只能等下次再見到柏然哥哥的時候，再一一細問。

不過這個景然既然是舅舅的兒子，那便是她的表弟。

「娘，她是誰？」十幾歲的少年，一臉倨傲。

素馨立即道：「景然，去拿上你的弓弩，咱們該走了。」

誰知她說完這句話後，景然便點點頭，竟也一句都不問。

他們重新換了馬車。這一次顯然不止一個車夫了，有五、六個莊子裡的人也跟著他們一起離開。

紀清晨聽到景然叫其中一個男子「師父」，而那個男子顯然也是個有功夫的，這五、六個護衛，身形輕盈，個個沈著冷靜，絲毫沒有因為突然離開而有片刻遲疑。

瞧著這些訓練有素的人，紀清晨心中也安定了些，顯然柏然哥哥知道莊子上必有護衛陪伴他們。

可就算是這樣，她還是低估了這趟逃命之旅的凶險。

因為當晚，他們就被人追上了。

怕再次暴露行蹤，他們甚至不敢在驛站留宿，而是選擇露天而眠。

他們只有一輛馬車，白天是由紀清晨還有素馨母子一起坐著的；等到了晚上，景然便到外面與護衛們一起睡，將馬車留給她們。

這傢伙雖然說起話來總是一臉倨傲的模樣，可心腸倒是不壞。

沒想到半夜的時候，紀清晨聽到了外面的動靜，登時驚醒，身邊的素馨也同樣睜開了眼睛。

她們誰都沒說話，直到一陣破空之聲響起，素馨猛地伸手拉她，兩人同時撲倒在馬車的地板上，就見一枝箭竟然穿透車廂，插進了馬車的另一邊。

紀清晨毛骨悚然地看著頭上的那枝箭，被那枝箭穿透的地方，就是她方才坐著的位置，若不是素馨及時將她拉下來，只怕她現在已經命喪黃泉了。

「他們有弓弩，小心。」也不知是誰喊了一聲，就聽見接二連三的破空聲響起。

「楊師父。」景然的聲音乍然在外頭響起，直叫車內的兩人身子一繃。只見素馨手腳並用，便要爬出車廂。

紀清晨一把抓住她的手臂。「不行，妳出去只會拖累景然。」

她的一句話，讓素馨頓住了。

外面又傳來兵器相接的聲音，顯然那幫人已經殺到了馬車外面。她們聽著馬車外的動靜，誰都不敢說話。

可隨著有人的慘叫聲響起，紀清晨抓著素馨手腕的力道便越來越強。

她會死在這裡嗎？她是不是永遠都見不到爹爹、姊姊，還有柿子哥哥了……

紀清晨不敢落淚，她怕自己發出一丁點聲音，就會被外面的賊人發現車裡有人。可是當一個人猛地撞在車壁上的時候，她一下子咬住了自己的嘴唇，鐵鏽味登時瀰漫在她的口中，就連鼻尖也是那股揮散不去的血腥味。

就在不知過去多久後，突然又有弓箭破空的聲音響起，也不知是誰喊了一聲。「我們的援兵到了。」

當打鬥的聲音漸漸小去，直到消失的時候，紀清晨才發現，她的後背已經濕透了，甚至她額頭的汗水已順著流到了眼角處。

「娘，出來吧，沒事了，爹爹派人來救我們了。」景然歡喜的聲音從車門那裡傳來。

車廂裡的兩人俱是軟了身子，待紀清晨扶著素馨慢慢來到車門口，就見外面已經點亮了火把，濃濃的烈焰直將這黑夜照成白晝。

裴世澤穿著一身黑衣，正站在車下望過來。

她露出一個歡喜的眼神看著他，卻發現他的視線竟是第一次沒有落在她的身上。她順著他的目光，轉頭看向此時正低頭提著裙襬的素馨。

而當她再看向裴世澤時，卻發現他的臉上有種巨大的悲傷，是她從未見過的悲傷。

直到他顫抖著嘴唇，喊了一聲。「娘。」

第六十九章

「這位公子，你認錯人了。」素馨淡淡地看著他，柔聲道。

紀清晨看著裴世澤眼中的那團火，在一瞬間熄滅。她心疼地看著他，不免對身旁的素馨有些怨言。

待她下了馬車後，站在裴世澤的身邊，見他的目光還盯著已走到一旁的素馨，便輕聲說：「柿子哥哥，你別……」

別傷心？還是別難過？可是看著他的表情，紀清晨連一句話都說不出來。

當她低頭看著他手背上的血跡時，立即大驚道：「柿子哥哥，你受傷了？」

她這一聲叫喊，讓素馨一下子轉過頭來，盯著他身上瞧個不停，她眼中的關心和憂慮，卻讓一旁的景然都瞧出了不妥。

景然小聲地喊了一句。「娘。」

紀清晨捧著裴世澤的手臂，就見血跡已蔓延開來，指尖一直往下滴著血。她這會兒才發現他的手臂上被劃了一道極深的傷口，只是因為他穿著黑色的夜行衣，所以方才她一時沒注意到。

「公子。」裴游聽見紀清晨的聲音，也走了過來。

紀清晨立即問道：「你們帶了止血藥嗎？」

被景然稱為師父的男子，從他們隨行的馬匹上拿了傷藥過來。

紀清晨扶著裴世澤在一旁坐下，只是她剛要在旁邊坐著，就聽裴世澤沈聲道：「沅沅，回馬車上去。」

「你受傷了。」紀清晨此時怎麼可能自個兒回馬車上。

可裴世澤卻不像往常那般縱容她。「回馬車上，裴游會替我處理的。」

紀清晨還想說些什麼，卻聽裴世澤又沈聲道：「沅沅，回去。」

她沒辦法，只能聽他的話，乖乖地上了馬車。她知道裴世澤的意思，畢竟她還是個小姑娘，若要為他處理傷口，肯定要脫下他的衣裳。他是為了保護自己，畢竟這裡有這麼多人在。

此時素馨則是看著一步三回頭的小姑娘，一直到她上了馬車，裴游才拿出匕首，將裴世澤的衣袖割斷。只是方才他一直打鬥，所以衣裳的破裂處和傷口早已黏成一團。

裴游皺著眉頭，輕聲提醒道：「公子，會有點疼。」

「嗯。」裴世澤微微點頭。

此時一個人舉著火把站在他們旁邊，在濃濃烈焰的照映下，傷口被照得格外猙獰，就連皮肉外翻都讓站在不遠處的素馨，看了個清楚。她忍不住捏緊雙手，可是看著裴游伸手慢慢將貼在傷口的布料扯出來，看著裴世澤瞬間變了的臉色，她心底痛得快要無法呼吸。

澤兒……

她以為這一世都不會再見到的人，卻從天而降，救了她和景然。可是她卻沒有臉面和他相認，她有什麼資格呢？這麼多年來，她生他，卻不養他。

裴世澤驀然抬起頭，冰冷的目光如刀劍般，射向素馨。只是這一次，他咬著牙關，卻連一聲都沒有喊出來。

「公子，你的傷口需要清洗。」裴游又說了一句。

此時一旁裴世澤帶來的侍衛，已將裝了滿滿一袋清水的牛皮水袋遞過來。裴游接過水袋，在裴世澤的傷口上反覆沖洗了好幾遍。

「有酒嗎？」裴世澤一直面無表情地看著前方。

裴游他們來得匆忙，自然沒有，倒是先前那個楊昶楊師父，遞了一個牛皮袋過來，道：「就剩下半袋了，公子是想喝嗎？」

裴世澤示意裴游接過。只見裴游的臉色微微泛白，卻還是接過來，待他打開木塞後，咬著牙道：「公子，忍著點。」

就在眾人的注視下，裴游將袋子裡的酒倒在裴世澤的傷口上，又清洗了一遍。

「娘，您沒事吧？」景然扶住往後退了兩步的素馨，立即低聲安慰她。「沒事的，這只是清理傷口而已，就是有點兒疼。」

何止是有點兒疼，素馨看著他臉上的血色一下子褪盡，變得無比蒼白，在火把的照耀下，幾近透明。他額頭上的汗珠，一顆又一顆地往下滑落。可就算是疼成這樣，他也一言不發，除了悶哼一聲之外，就再也沒發出別的聲音。

就連在一旁看著的景然都不禁皺眉。他先前只是因為射箭時弄出了一個小傷口，師父用酒精給他清洗的時候，他都疼得哇哇大叫，可是這個人，卻連一聲都不喊。

裴游接著給他敷上金瘡藥，又使勁地用絹布纏住傷口，才算徹底處理好。

「我們在此處休整一個時辰，有傷口的人即刻處理，待一個時辰之後，繼續趕路。」裴世澤坐在地上，沈聲吩咐。

他的聲音雖有點虛弱，卻透著一股堅定。

先前從山莊一路護送他們上路的護衛，已經死去了三個，裴世澤帶來的人也傷亡了一個。雖然對手只有八個人，但顯然這只是先鋒部隊而已，更多的追蹤者只怕隨後就會綿延不絕而來。

所以在這時候，有個意志堅強的精神領袖對他們來說，是再好不過的事了。

「裴游，你請這位夫人上馬車吧，這一路上你只管保護馬車裡所有人的安全。」裴世澤不再看向素馨，直接吩咐道。

裴游點頭，便過來請素馨上車。

此時馬車裡的紀清晨聽到外面裴世澤說話的聲音，知道他的傷口已經處理好了，便趕緊又下來，一路跑到他的跟前。「柿子哥哥，你的傷口不能立刻趕路啊。」

「我沒事，現在最重要的，是妳的安全。」裴世澤衝著她淺淺一笑，只是那蒼白的臉色讓紀清晨又難過又心疼。

「都是我連累你了。」紀清晨歉疚地說。他是定國公世子，與靖王府的內亂根本毫無關係，若不是為了救她，他不會趕過來的。

「小傻瓜。」裴世澤伸出另外一隻沒有受傷的手臂，在她的頭髮上輕輕摸了下。她此時依舊穿著男裝，就連濃密烏黑的頭髮，也都只是用青色的髮帶束起來。

裴世澤見她眼中泛著淚，立即道：「不許哭，現在趕緊回馬車上休息。」

「柿子哥哥。」她想讓裴世澤不要理會這些事，只要他主動脫身，舅舅不會為難他的。可是一想到那個素馨，她又覺得現在不是說這些話的時候。

若是這個素馨真的是他親生母親的話，那麼她就是曾經的定國公世子夫人，而她如今卻成了舅舅的外室，所以這也就是為什麼柏然哥哥一定要自己帶走他們母子的原因吧。

要是柏然哥哥出事了，那麼景然便是舅舅唯一的血脈。但不是還有一個二表哥嗎？紀清晨對於這個一直未出現的二表哥，瞭解不多，只知道他乃是舅舅的妾室所生。二表哥去了哪裡？這個景然到底是不是舅舅的孩子？她只覺得一肚子的疑問，可是現在，誰都不能給她答案，除非她見到舅舅。

「我連蒙古的大軍都不怕，妳以為就憑這些人能攔住我嗎？」裴世澤彷彿知道她在擔心什麼，嘴角輕翹，安慰她。

於是在他的催促下，紀清晨只得重新回到馬車上。只是此時車裡的素馨見她回來了，便不時地抬頭打量著她。

直到她輕聲開口問道：「紀姑娘，妳……」她支支吾吾半晌，都沒有問出來。

她不問，紀清晨也不願意開口。若她真的是柿子哥哥的母親，她卻讓柿子哥哥傷心了；若她不是，她也只是舅舅的外室，她不必待她像長輩一般。

「妳與裴公子認識許久了？」素馨到底還是問出口了。

「這和妳有關係嗎？」紀清晨倒沒有不搭理她，而是直接開口反問道。

素馨沒想到她會這般直白，因為之前紀清晨的態度都算溫和，她以為紀清晨會回答她的問題。她有些慌張，立即解釋道：「紀姑娘，妳不要誤會，我只是關心而已。」

「夫人，您既然不是他的母親，就不該問這些與您無關的事情。」紀清晨瞧著她面上的表情，心底也大概猜到了答案，所以雖然說的話不是十分客氣，口吻卻還算客氣。

「我只是在想，他若是受傷了，家裡的人該多傷心啊。也不知他成親了沒，有孩子沒有？」素馨到底還是無法不問。

紀清晨登時便笑了。她竟連柿子哥哥這麼多年以來，一直在邊境打仗的消息都不知道。居然還問他成親了沒？真是諷刺極了！幸虧柿子哥哥沒有聽到她方才說的那些話。

帶著報復心理，她痛快地道：「沒有，他沒有成親，而且至今連婚事都還沒定下。」

「為什麼？」素馨登時驚問道。他今年已經二十二歲了，這個年紀的男子，不是連孩子都應該有了嗎？

「定國公夫人是極挑剔的，一直都在幫柿子哥哥挑選呢。」謝萍如怎麼可能決定得了裴世澤的婚事？紀清晨心底明白他不成親的原因，只是她實在太心疼柿子哥哥了，特別是方才素馨那句「認錯人」，她也想叫她嘗嘗什麼是心痛的感覺。

「他們居然這麼對他。」素馨氣得險些落淚。一想到裴世澤極有可能是被她拖累，才會至今未娶親，便更覺得自責。她不僅沒有養他，還讓他被自個兒牽累。

紀清晨瞧著她一副泫然欲泣的模樣，心底對她的怨言也減少了些。畢竟她真正對不起的是柿子哥哥，自己不該這般對她的，就算她要哭、要懺悔，也該到柿子哥哥跟前才是。

所以她輕聲道：「妳不是說他認錯人了？」

素馨瞧著面前聰慧的小姑娘，卻是淒然一笑。「我哪裡有臉與他相認。」

這回輪到紀清晨吃驚了，她沒想到素馨會這般簡單地認下了，還以為她會抵死不認呢。

此時荒郊之外，只有外面不時傳來噼哩啪啦柴火燃燒著的聲音，而馬車中，安靜坐著的兩人，相對無言。

紀清晨瞧著她落下淚，低下頭，輕聲說：「妳不該對他說那句話的。」

待休息之後，他們便再次啟程。只是這一次裴世澤卻改變了方向，沒有往西邊去，倒是景然立即道：「我們要前往西寧衛的，為何要突然改道？」

「你們既然會在這裡被人截殺，就表示你們的行蹤極有可能已經洩漏，所以我們要改變路程。」裴世澤倒是沒有忽略他。

他轉頭看著騎在馬上的少年一眼後，便迅速地撇開頭，彷彿多看一眼都嫌多。

殷景然何時被人這般對待過，不過他想起之前裴世澤說的話，忍不住好奇地問：「你娘真的與我娘長得很像嗎？」

就像一個母親不會認錯自己的孩子一樣，一個孩子也不會認錯自己的母親。雖然他在五歲之後便再也沒有見過她，可是他卻永遠不會忘記。

他沒有回答景然的問題，只是翻身上馬，叫眾人準備出發。

景然被忽視得徹底，卻只是盯著他看了幾眼，倒也沒發火。

此時馬車正要啟動，裴世澤在外面關切地說：「要小心些。」

他說完後，素馨倒是有些驚訝瞧著她，輕聲道：「妳與他的關係倒是不錯……」

她以後是要嫁給柿子哥哥的，他們的關係何止是不錯。只是當著素馨的面，她不好意思說罷了。突然間，她想到了一個問題。「景然是我舅舅的兒子嗎？」

素馨點點頭。「景然今年十二歲了，只是他一直與我生活在山莊裡，並未跟著妳舅舅進王府。」

紀清晨沈默地點頭，竟有點不知道該怎麼問了。

「我姓安，以妳的年紀應該不知道十幾年前發生的一件大事。」安素馨自嘲地淺淺一笑，紀清晨屏住呼吸，等著聽她接下來的話。

可是她還沒說完，就見馬車一下子加快了速度，她們只得抓住身邊的扶手，不敢再說話。

這一跑便是兩個時辰，待到了一處古道，此時一分為二的兩條路，一條是前往西寧衛，而另一條路則是往北，直奔草原。

但是這兩條路旁邊，都有茂密的樹林，周圍一片寂靜。

此時天際還未透亮，只是遠方泛著魚肚白，若有人提前在林中埋伏，只怕他們便危險了。所以裴世澤揮揮手，喊道：「把劍都拿在手上。」

唰的一聲，裴世澤帶過來的所有侍衛，刀劍出鞘。

「他們有弓弩。」景然擔心地說。

裴世澤面色冷肅地點頭，於是一行人緩慢往前。

若那些人真的在樹林中埋伏，他們要走過這條路，必定免不了一戰。只是這些人乃是死士，他相信靖王世子身邊就算有死士，也不會有足夠的人。先前一戰，他便已帶人殺了對方八個人；不過他們這邊也只剩下十來個人，還有兩個手無寸鐵的女子。

「小心！」裴世澤聽到破空之聲，便立即大喊一句。他在沙場上早已練就對危險的預先感知能力，所以幾乎是弓箭射出的一瞬間，他便喊出聲。

待眾人避開第一枝箭後，只見他立即鬆了一口氣。幸虧是弓箭，不是弓弩，兩者威力相差甚大。他立即吩咐道，不要過多糾纏，直接衝過去。

紀清晨和安素馨在馬車裡，聽著外頭的叫喊聲，兩人嚇得花容失色。只是馬車比馬跑得慢，偏偏車夫又想跟上眾人，便拚命地趕著馬。

這會兒裴世澤接過身後遞來的弓箭，對著林中便射了過去。他的耳力極出眾，弓箭更是練了十幾年，方才從林中射出弓箭時，他便努力分辨著他們的方位。

這幫人大概是覺得自己藏得十分隱密，外面的人拿他們沒辦法。可裴世澤一箭射過去，就聽到一聲悶哼，林子裡的人瞧著自己人藏在這裡都能被射殺，當即大吃一驚。

有裴世澤壓制他們的弓箭攻勢，馬車也快跑出了他們的包圍。林中的人一看不對勁，都不再依賴弓箭，紛紛騎馬殺了出來。

早在林中時，頭領便已注意到他們護送的這輛馬車，所以一殺上去便有四、五個人是衝著馬車而來。

車夫一時閃躲不及，竟被射殺，掉落在車外。而她們聽著車夫的慘叫聲，已被嚇得不知該如何是好。

裴游本來想跳上馬車的，可就在他靠近馬車時，就瞧見馬車往另外一邊，劇烈地歪了過去，而一直奔馳的馬兒，也擋不住馬車要摔車的巨大拉力。

車裡的兩人登時就從裡面滾落出來，裴游趕緊伸出手，可抓住的卻是安素馨。

「沅沅！」紀清晨被摔向另外一邊，眼看著就要摔下去，被車轅壓住身子，就見裴世澤趕了過來，從馬背上猛地跳下來，伸手拉住她的手臂，在空中猛地一扭身子。

兩人都在地上滾了好幾圈，紀清晨只覺得自己被一個寬厚的身體緊緊地抱著，一點兒都不疼。

「走，都快走！」裴世澤此時還不忘叫裴游他們離開。

裴游強忍著眼淚，策馬離開，只是安素馨卻拚命地要下去。「你們不能把他丟下，你們不能。」

「夫人，我們的任務，是拚死保護妳的安全。」

第七十章

裴世澤伸出一手搭在嘴上，吹了一聲響亮又清脆的口哨聲。

就見他的馬迅速地跑過來。他抱著紀清晨便起身，幾乎是一隻手摟著她，另一隻手拉著韁繩便翻身上馬了。只是他騎著馬衝出去的方向，卻是與裴游他們離開的方向完全相反。

他抱著紀清晨，在她耳邊問：「沅沅，妳怕嗎？」

怕死嗎？她不怕，她已經歷過死亡，況且如果是和他在一起，那她就什麼都不會怕了。

「我不怕。」紀清晨堅定地回答道。

裴世澤朗聲一笑，便夾著馬腹，加速往前跑。

待他轉頭看了身後一眼，果然追來的人並不多，只有四、五個。若尋常他肯定不會將這幾個人看在眼中，但現在他還帶著紀清晨，不管怎麼說，他必須要護著沅沅。

好在他騎術極佳，而他身下的這匹馬，也是從西域進貢的千里良駒。他從走上戰場的那一日開始，便一直與牠並肩作戰，所以他相信，今夜他們也會平安無事。

裴世澤的騎術自是不在話下，只是後面那幾個人雖沒追上來，卻還是不遠不近地跟著。

況且他們的馬背上有兩個人，雖然沅沅纖細瘦弱，但之前追風便已經跑了好幾個時辰。

他摸了摸馬鬃。「再堅持一下，到了前面，我們便休息。」

隨後他便離開了驛道，往山林中而去。

此時他已經與後面的人拉開距離，只是那些人仍鍥而不捨地追趕著，若想徹底解決，只有殺了他們。

想到這裡，裴世澤一勒馬腹，讓追風停下來。他抱著紀清晨下馬後，便猛地一拍追風的馬屁股，讓牠趕緊往山林深處跑去。

「沅沅，妳躲在後面，我來對付那幫人，妳一定不能出聲，做得到嗎？」

紀清晨立即點頭。這種時候她唯一能為他做的，就是不扯他的後腿。

待她跑到旁邊躲起來，便看見裴世澤從身上拿出一根極細的絲線，迅速地將絲線綁在兩棵樹木之間。

她握緊手中的匕首。這是她從裴游那裡要來防身用的，不過她相信柿子哥哥一定能對付那些追兵。

又過了一會兒，就聽見馬蹄聲在樹林中響起，此時天空已開始泛白，眼看著就要天亮了。這些人只能在夜晚行動，所以他們迫切地想要在天亮之前處理掉他們。

紀清晨屏住呼吸，聽著馬蹄聲越來越近，她不敢探頭，生怕被人發現。直到一個陌生的聲音，朗聲喊道：「在那裡！」

可是剛喊完沒多久，就聽到好幾聲慘叫聲，其中還有馬匹的嘶鳴聲，接著便是短兵相接的聲音。她聽到有人慘叫，她想摀住耳朵，卻又怕錯過裴世澤的聲音。

所以她一直顫抖著，聽著那些慘叫聲在她耳邊掠過，直到聲音停止。

林子裡安靜極了，就連先前一直拚命叫喚的飛鳥，似乎也在一瞬間消失了，直到有一個聲音響起。「沅沅，沒事了。」

紀清晨手中一直緊緊抓著的匕首，「砰」地一下掉在了地上。

待她撿起匕首，跑了出去，就看見裴世澤正倚靠在大樹旁休息。她趕緊過去，卻不小心踢到一個人的身體，她尖叫一聲，因為她踢到的是一具屍體。

「別怕，我沒事。」裴世澤想過去抱著她，可是方才他拚盡全力，將那些追兵全部殺掉，這會兒一時脫力，連手臂都重得抬不起來。

好在紀清晨自個兒跑了過來。雖然她還有些驚魂未定，卻已上前扶著他，道：「柿子哥哥，我扶著你，我們離開這裡。」

裴世澤點點頭，兩人便往深山中走去。

好在過沒多久，就讓他們找到了一個廢棄的山洞。這裡應該是上山打獵的獵人休息的地方。因為山洞並不濕潤，反而有點乾燥，裡頭還有一些柴火。

「我出去找點水。」紀清晨看著他蒼白的臉色，立即說道。

裴世澤一把抓住她的手腕，輕輕搖頭。「不要出去。」

他不敢讓她離開自己的視線，這一夜他已疲倦到極點，即便是鐵人也給熬化了。

紀清晨知道他是不放心自己的安危，可是現在他們什麼吃的都沒有，她只能去找點水給他喝。

「柿子哥哥，你別擔心，我會小心的。」紀清晨將他的手拿開，起身往外跑了出去。

她極少到這樣的野外來，所以沒有尋找水源的經驗，但她倒是看過一本《博物志》，上面記載著如何在野外迅速地找到水。

於是她照著書中的法子，竟真讓她找到了一條溪流，而且溪水極為清澈，一眼就能看到河底。她在一旁找了較大片的樹葉，小心翼翼地捧了水回去，才發現裴世澤正閉著眼睛休息。她原本以為他睡著了，沒想到她一進去，他就睜開眼睛。

待他喝完了水，紀清晨便問：「柿子哥哥，你餓嗎？」

只是這一次她卻被拉進他的懷中，他的手臂將她摟得好緊，生怕她跑了一樣。「不許再跑出去了，我不渴也不餓。」

她靠在他的懷中，聽著他有些沈重的呼吸聲，又想起他的傷口。只是剛一動，卻被他按住，沈聲道：「睡覺。」

本來她還想抗議的，只是他的懷抱實在是太溫暖又太舒適，擔驚受怕了一晚上的紀清晨，終於在他的霸道下睡著了。

紀清晨是被一陣香味給誘惑醒的。她一睜開眼，便聽到自己的肚子正咕嚕咕嚕地叫著。此時正坐在火堆前的男子，聽到她起身的動靜，轉頭道：「過來，可以吃東西了。」

當她看見叉在一根棍子上，被火舌慢慢舔舐著的兔子，登時睜大了眼睛。

裴世澤見她不說話，又轉頭看了她一眼，問道：「不喜歡？」

她可是養了一舍的兔子，如今瞧見她家那些兔子的同類竟被柿子哥哥給烤了，難免有些震驚。只是這地方荒涼又偏僻，他們還被追殺，能吃一隻兔子已是極難得的了。

「柿子哥哥，你怎麼做什麼都這麼厲害啊？」居然連打獵都會！紀清晨崇拜地道。

裴世澤聽她誇獎自己，不禁露出笑容。他將已經烤得差不多的兔子拿起來，擰了一隻兔腿給她。

「小心燙。」裴世澤遞給她，叮囑道。

待她小心翼翼地咬了一口，覺得好吃極了。在這個簡陋的山洞裡，吃著一隻什麼調味料都沒加的兔子，她卻覺得特別香，就連心底都有種滿足的感覺。

「柿子哥哥，我突然覺得這裡挺好呢。」紀清晨望著四周，輕聲道。

裴世澤看著她的臉，突然笑了。「那咱們就留在這裡怎麼樣？」

「好啊，你當獵人，我當農婦；你可以打獵，我可以織布。」紀清晨立即笑了起來，她突然想像起一幅畫面。裴世澤穿著她辛苦織出來的布所做成的衣裳，雖然簡單，卻滿載著她的心意；然後他每天進山，到了傍晚回家，就會揹一大堆獵物回來。

他們也可以像那些異族人一樣，把動物的皮剝了，拿到遼城去賣。

裴世澤卻輕輕一挑眉，含笑著問：「農婦？織布？」

紀清晨瞧著他，臉頰轟地一下便紅透了。

裴世澤瞧著她白皙的小臉脹紅得像是要滴出血來，便笑出了聲音。這丫頭，竟是敢說不敢做了。只是她既然說了，他可就得依著她了。

「妳會織布嗎？那我還得幫妳造一架織布機。」因為紀清晨的臉已經撇到另一邊，所以只聽到他的聲音在她的身邊響起。

「我要當農女，不要當農婦了。」紀清晨趕緊撇清關係。他、他就是故意套自己的話。

裴世澤咬了一口兔子肉，瞧著她白皙的耳朵，紅通通的，便忍不住伸手在她耳朵上輕輕摸了下。可她的身子像是受了什麼刺激般，猛地站了起來。

「你不許取笑我。」說當農婦的是她，如今叫旁人不許取笑的也是她。

「好，不取笑妳，那妳就當農女，我當獵戶。」裴世澤拽了下她的手，讓她坐在身旁。

兩人一邊吃著兔肉，一邊說著話，沒那麼多規矩，輕鬆又自在。

直到山洞外面響起了聲音，裴世澤馬上將紀清晨拉到身後，並緊緊握住他手中的劍柄。

「公子，是我。」裴游的聲音從外面傳進來，兩人皆是鬆了一口氣。

當紀清晨走到外面時，就看見殷柏然也在，她登時跑過去，眼淚一瞬間便落了下來。

她一直以為，這一走就不知何時能再相見了。

「好了，別哭，都沒事了。」殷柏然伸手將她的眼淚擦乾。

紀清晨注意到他手臂上的麻布，只聽殷柏然低沈著聲音說：「沅沅，祖父和大伯父昨夜去世了，如今父親已經在府中主持大局。我們該回去了。」

一夜之間，靖王府竟是王爺和世子爺皆去世了。一想到她前天還在給外祖父讀書，舅舅走之前，還保證一定會將雲二先生帶回來，治好外祖父的病，可是現在，一切都煙消雲散了。

當回到靖王府時，王府門口皆掛滿了白幡。

紀清晨抬起頭，看著靖王爺府這四個字。舅舅的命運，已經開始轉動了。

第七十一章

不過才一日而已，整個靖王府便如同改頭換面一般，到處都掛著白幡。這些東西靖王府早就準備好了，只是沒想到這麼快就要用上。

「祖父的小殮快要開始了。沅沅，妳先回去換了衣裳再過來吧。」殷柏然拍了下她的肩膀，輕聲道。

紀清晨點頭，心情已是沈重得什麼話都不想說了。

等她回到院子，就見丫鬟們都在等著她。

「姑娘，您總算回來了。」杏兒第一個衝上來。她與紀清晨一起出門，卻把小姐給弄丟，嚇得她魂都要散了。

給紀清晨的孝衣早已經準備好。杏兒和香寧兩人替她梳洗，又親自替她換了一身衣裳。她本就長得過分美麗，如今身著一身素衣，反而更顯出她的姿色。

「妳們可知道昨夜發生了什麼事嗎？」紀清晨坐在梳妝鏡前，輕聲問道。

杏兒和香寧對視了一眼，不知道該從何說起。兩人是她的丫鬟，本該對她知無不言的，可是昨夜實在發生了太多事，她們也都聽得一知半解。

杏兒先開口道：「我回廂房的時候，沒瞧見小姐您，表少爺也不讓奴婢問。大概是過了半個時辰，就闖進來一幫人，凶得很，竟逼著表少爺回府裡來了。」

「杏兒回來後，我們就被通知要待在院子裡，不許隨便出門。」香寧說。

「大約到了晚上，就聽到院子裡有好大的動靜，有人說是二舅老爺在外頭犯了事，大舅老爺要捉他回來，還要送他上京給皇上治罪。我們都嚇死了，也不敢出門，就聽到外頭有人來來回回的聲音。」

「到了半夜的時候，也不知是怎麼回事，府裡竟傳出了打打殺殺的聲音，大概一直持續了一個時辰才結束。咱們院子裡的人，昨兒個夜裡誰都沒敢睡覺。」

她們兩人有一句是一句地說道。

紀清晨點頭。其實她也大概猜測到，是大舅舅先發難了。他應該是抓到了舅舅的把柄，想趁著他沒在府裡的時候，先把王府控制住，等舅舅回來後，再來一個甕中捉鱉。

而他們之所以想抓安素馨和殷景然母子倆，大概也是想徹底地釘死舅舅。畢竟安素馨乃是前定國公世子夫人，她不僅沒死，還與舅舅在一起，這絕對是舅舅的一個軟肋。

柏然哥哥在那麼危急的情況下，讓自己帶走他們，也是不想讓舅舅的這個弱點被人抓住吧。況且若是真叫大舅舅成了事，那麼舅舅和柏然哥哥他們就一個都跑不了了。景然逃脫了，最起碼還能給舅舅留下一點兒血脈。

雖然她一直堅信，舅舅一定會是贏的那一個，可是在那種時候，她也必須走，得讓柏然哥哥安心。

如今一切都塵埃落定，靖王府一夜之間去了兩位，在這場權力的爭奪中，沒有誰是贏家。

紀清晨站起來，此時她的頭髮輕輕地綰著，便是連銀簪都未插一支，只在鬢邊戴了一朵潔白的絹花，是那種純淨的、未被浸染的白色。

待她到了外祖父的院子裡，就聽到屋裡傳來號哭聲。她被丫鬟請進去時，看見舅舅還有大姨母殷珍都已跪在外祖父的床前。殷珍身著一身麻衣，跪在地上，哭得異常悲戚。

等小殮結束後，祖父的屍身便被面西停於正堂之中。

祖父這邊的事情結束之後，便輪到大舅舅那邊。只是到了殷懷謹的院子中，王妃卻不許他們動殷懷謹的屍身。

「我要寫奏摺上呈皇上，我兒死得冤，你殷廷謹不孝不悌，你想當這個靖王爺，除非我死了。」老王妃端坐在殷懷謹的床上，屍身就被她擋在身後，任誰都無法觸碰。

殷廷謹立即跪下，淒聲道：「母妃，不管您要待我如何，總該叫大哥壽終正寢才是啊。」

「壽終正寢……」老王妃忽而淒厲大笑，伸手指著他，惡狠狠地問：「你說，他這是壽終正寢嗎？」

紀清晨微微抬頭，就瞧見床上的殷懷謹，臉色呈現不正常的青紫色，嘴唇更是泛著深紫色，確實不像是病發，瞧著倒像是中毒而亡。

「昨夜我不在府中，可是府裡發生的諸多事情，難道母妃不是一清二楚嗎？大哥因何而死，您覺得他冤嗎？」殷廷謹的聲音漸漸冷了下來。

都說人死為大，如今他父兄皆死，所以他也不想再說大哥什麼壞話了。只是老王妃這般咄咄逼人，卻是想叫他當眾難堪。他昨夜險些被人滅了全家，今日卻還要聽凶手的娘在這裡義正詞嚴地教訓他，這豈不是滑天下之大稽。

「好呀你，如今竟敢這般與我說話。好，我便一頭撞死在這裡，叫你一個人稱心如意去吧！」老王妃大概沒想到一直被自己踩在腳下的庶子，居然敢反抗自己。一想到日後，她便要看著殷廷謹的眼色過日子，老王妃恨不得與兒子一塊兒去了才好。

「母妃、母妃，不要啊！」李氏跪在地上，連連爬了好幾步，待爬到床邊，才抱著老王妃哭喊道。

方氏瞧著丈夫和嫡母越說越針鋒相對，只得開口道：「母妃，不管如何，如今應該為大哥入殮才是。況且大嫂和月妍都還在，您萬萬不可說這樣的喪氣話啊。」

殷月妍好歹也是老王妃唯一的親孫女，所以方氏想著，提一提殷月妍，也好叫老王妃顧念著孩子，別這般要死要活的。

畢竟本來靖王府一夜死了王爺和世子已是蹊蹺，若是連老王妃都出事，那丈夫這名聲還真是別想再要了。

「月妍，妳快勸勸祖母。」方氏伸手拉了殷月妍一下。

殷月妍之前因落水一事被嚇得渾渾噩噩，如今又遭遇了父親的突然離世，竟是連眼淚都流不出來了。

待聽到方氏的話，她一下子便大哭起來，也同樣爬了過去，抱著老王妃的身子，大喊道：「祖母，您別丟下我、別丟下我啊！」

老王妃被兒媳婦和孫女，一邊一個地抱著，一想到日後就只剩下她們孤兒寡母兩個，她這心裡頭便忍不住疼了起來。

方氏見老王妃表情鬆動，便朝殷廷謹瞧了一眼，他立即點頭，道：「母妃，我知您是擔心大嫂和月妍，不過您放心，只要有我在的一日，便一定會護住大哥這最後的血脈。」

是啊，這是她的兒子留在世上最後的一點兒血脈了。老王妃摸著殷月妍的頭，不禁悲從中來。

「好，你既是當著你大哥的面說了，那你便記住你今日所說的話，若是他日違背了，你大哥就是在九泉之下也不會放過你的。」老王妃越說越激動，最後眼看著就要暈了過去。

殷廷謹立即叫丫鬟將老王妃扶回去休息，這才叫人幫殷懷謹入殮。

喪儀之事本就複雜，更何況還是藩王的喪儀。

此時靖王爺和世子爺去世的消息，已傳遍整個遼城。遼城的大小官員也早已得到消息，雖說這父子兩人在同一日去世實在叫人奇怪，可靖王爺在幾個月前突然中風，身子本就是不大好了；而世子爺這幾年來，更是一直纏綿病榻。所以要說奇怪，倒也不是特別奇怪。

殷廷謹派人前往京城報喪，而報喪的摺子裡更是夾著一封靖王爺臨終前，親自寫給皇上的一封信。信上的字跡早已歪斜，卻是他一筆一畫寫出來的。

也就是到這個時候，殷廷謹才知道其實父親並不是全身都不能動彈，他的一隻手臂已恢復了一些氣力。而昨夜，大哥突然發難，在最後的關鍵時刻阻止他的，還是父王。

父王大概也是想給大哥一次機會吧，只是大哥卻一錯再錯。

而殷廷謹知道父王之前突然中風，也是與大哥有關，他竟喪心病狂到給父王下毒。他以為自己做得隱密，可是他著人從西域買了毒藥一事，卻還是被父王給查了出來。

老王爺一直沒發難，也是想到殷懷謹將不久於人世，便不忍心叫他死後才背上弒父的惡名。結果最後，卻是老王爺背上了弒子的罪名。

其實父王大概早已想到這一日了吧，要不然他也不會讓自己上摺子給皇上，要殷珍還有沅沅她們回來。他是想叫她們回來，以此來麻痺大哥，讓大哥真的覺得他已經病入膏肓。只可惜，大哥竟是連最後的幾天都等不了。

大哥利用自己外出的機會，想要徹底控制靖王府，卻被父王反將一軍。父王賜死大哥後，便留書給皇上，將王位傳給了他。

這一封最後的絕筆信寫完之後，父王也油盡燈枯了……

都說皇家無親情，紀清晨從不曾體會過這種感覺，可如今卻不由得從骨子裡發寒。前世時，她生在商賈之家，見過最厲害的爭家產，無非就是為了你多一個鋪子，我少一個莊子這些銀錢上的事。

可是現在卻是為了爵位，你爭我奪，誰都不讓步，甚至能讓親人送了性命……

從遼城八百里加急到京城，沿途三個時辰便換馬，竟是七日便到了。

待停靈十四日後，皇上派了司禮監總管太監楊步亭前來，隨行的還有禮部侍郎林荀。殷廷謹親自接見他們，楊步亭則是帶來了皇上的聖旨。

聖旨中正式冊封殷廷謹為靖王府世子，可在居喪期間，以世子身分決策封國諸事務。

聽到這個消息，紀清晨是既高興又擔心。因為如今是顯慶三十七年，她記得這一年年末，當今聖上去世，舉國齊哀。她之所以會記得這般清楚，是因為在她十四歲的時候，喬策參加了當年增開的恩科考試，只是不幸落榜。

之後她十五歲，喬策再次參加了科舉考試，終得金榜題名。

她與前世的自己是同歲的，如今她已十三，明年便是十四歲。也就是說，舅舅最遲會在年底的時候登基。

可如今不僅聖上安在，連二皇子都在，若是皇上出事了，那麼登基的也會是二皇子，總不可能一瞬間，皇上和二皇子都出事了吧？

這麼多天來，紀清晨每日哭靈兩次，她本就胃口不好，這些日子又是食素齋，眼看著日漸消瘦下來。

昨日裴世澤見到她，都忍不住不顧眾人的目光，來到她跟前，叮囑她多保重自己。

只是她胃口實在不佳，怎麼都吃不下去。

這會兒已是八月，天氣十分炎熱，停靈十四日，每天都需要大量冰塊。終於等到皇上的旨意後，便要進行大殮。

因第二日是大殮，紀清晨又覺得太煩悶，便趁著晚上的時候，到花園裡走走。

卻不想，竟撞到了一對野鴛鴦。

「表哥，我一想到過幾日爹爹便要安葬，便怎麼都睡不著。」竟是殷月妍的聲音。紀清晨沒想到她這麼大膽，居然在此時在花園裡與人私會。

只是她想了一下，這個表哥是誰呢？李氏家中的人還未到呢。

就聽到一個柔和的男聲，心疼地說：「妍兒，我知道妳如今定是徬徨無助。妳且放心，我不會不管妳的，妳有什麼話，只管對我說。」

陳修。紀清晨在心底冷笑一聲，原來是大姨母家中的表哥啊。

因陳修也十八歲了，又是表兄妹，所以紀清晨平日裡除了有長輩在的場合與他見過面，從未在私底下與他接觸過，不知道他會是這樣的人。

難怪這幾日哭靈，她看著殷月妍的氣色竟是越來越好，更不像之前那般渾渾噩噩，竟恢復到她剛來那陣子的模樣。

原來這背後，竟還有這位陳表哥的功勞。

其實要是擱在平時，殷月妍確實是瞧不上陳修的。可是她突然喪父，心理上承受了巨大的傷痛，正是最脆弱之時。而陳修便是趁這個機會，故意對她示好。

他們作為孫子輩，每日都要去哭靈兩次，陳修好幾次都叫人給殷月妍準備吃食，有時還親自給她帶一點小零嘴，怕她哭得累了，會餓肚子。

雖說都不是什麼貴重的東西，卻叫殷月妍感動不已。畢竟父親去世，母親又對她不聞不問，突然有個人溫柔又貼心地對待她，讓原本只有五分長相的陳修，如今在她眼中，也成了十分。

於是殷月妍便開始喋喋不休地說著她心裡的苦楚，說到悲痛處，又是潸然落淚。

直到紀清晨聽到一陣黏膩的水聲，直覺不對勁，便微微探頭，就見兩個模糊的影子竟抱成了一團。

不知羞！紀清晨氣得臉都紅了。可她偏偏又得躲著他們，也不知過了多久，他們終於離開了。

紀清晨這下子可以光明正大地走出來，只是她出去後，便一直尋找香寧。只見香寧從花叢裡出來，拍著胸脯，道：「姑娘，您去了哪裡？快把奴婢嚇死了。」

「妳方才過來的時候，可有瞧見別人？」

香寧眨了下眼睛。「表姑娘嗎？我瞧著她匆匆從那邊離開了，身邊竟是連個丫鬟都沒帶著。」

紀清晨聞言心裡一緊，立即問：「那她可見到妳了？」

「沒有。」香寧搖搖頭，道：「奴婢是從她後頭過來的。」

紀清晨點點頭，心中有了盤算。

待第二日，她便刻意注意陳修和殷月妍兩人，見他們不時便眼神交會。她也不敢多瞧，生怕被他們發現。

最後，她還是決定把這件事告訴柏然哥哥。因為陳修顯然對殷月妍，並非發乎情、止乎禮，若是任由他們接觸下去，還不知最後會發生什麼事情？

舅舅才對老王妃保證過，會好生地對待殷月妍，若是真的出了什麼醜事，老王妃定會遷怒舅舅，說不定，還會以為陳修是舅舅故意指使來勾引殷月妍的。

當紀清晨告訴殷柏然那天發生的事時，他顯然沒想到，她會撞見這樣的事情。

他愣在當場，半晌才問道：「妳瞧見是他們兩個？」

「我雖未看清，卻能確定是他們的聲音，況且那個人還說她父親過幾日便要下葬。」紀清晨便是記不住她的聲音，可從這幾句話也該分辨出是殷月妍。

殷柏然苦笑了一聲，歉意道：「沅沅，不是我不相信妳，只是我怎麼都沒想到，堂妹會與陳修……」

殷月妍一向眼高於頂，殷珍剛帶著陳家兄妹回來的時候，殷月妍連正眼都不曾看陳修，如今卻說她與陳修有私情，這個消息實在是太過讓人震驚了。

「謝謝，這次多虧有妳。」殷柏然疲倦地摸了下她的小腦袋。

見紀清晨點頭，殷柏然便先離開了。他走後，紀清晨便被一個人叫住。

「二表哥。」她客氣地喊了一聲。

殷明然看著紀清晨，微微頷首，溫和一笑，道：「表妹與大哥的關係，真叫人羡慕。」

對於這位極少見面的二表哥，紀清晨心中有種說不出的滋味。

這幾日便是連景然都回來給外祖父哭靈了，舅母方氏對於景然回來，也頗為淡然，可見安素馨和景然的存在，她是早就知道的。

可是這位二表哥，方氏在瞧見他的時候，眼中竟閃過了一絲厭惡。

偏偏殷明然在家中一直都極安分，紀清晨也只與他說過幾次話而已，她也大概知道之前殷明然都在何處。舅舅私自開了一座鐵礦場，要知道便是藩王也沒有私自開礦的資格。只是這座鐵礦場被大舅舅得知了，所以舅舅便派這位明然表哥去負責鐵礦的事務。

她之所以會知道這些，也是裴世澤告訴她的。他一向對她知無不言，但是他告訴她這些，卻是為了叫她遠離這位二表哥。

「我對二表哥，也一向敬重。」她輕聲道。

殷明然嘴角一揚，讓紀清晨覺得他身上有股說不出的邪氣。他笑道：「沅沅，妳這般說，可就違心了啊。」

可他一說完，哈哈一笑就離開了，讓紀清晨說話的機會都沒有。

大殮之後，靖王爺和殷懷謹的棺槨停在宗廟中七七之數，待高僧占卜出落葬吉日，才正式將兩人葬在皇陵中。

靖王府的客人慢慢散去，只是誰都沒想到的是，三日之後，一個消息來到了遼城。

京城爆發了天花，因京兆尹的刻意隱瞞，竟是死了十四個人後，消息才傳出來。

如今京城疫情嚴重，竟是已近乎不可控制。

這個時候，剛到九月中旬。

紀清晨一聽到這個消息，幾近昏厥。

第七十二章

「我想回京城。」紀清晨站在殷廷謹面前，堅決地道。

殷廷謹卻想也不想地說：「舅舅知道妳在擔心什麼，可妳回了京城又能如何？天花之厲害，根本就不是妳能想像得到的。」

別說是她了，便是殷廷謹如今聽到天花二字，都是聞之色變。天花不僅傳染性強，致死的情況更是嚴重，往往爆發天花疫情的地方，都是十室九空。更何況，如今還是在那人口眾多的京城，一旦蔓延開來，後果是不堪設想。

如今消息已傳到了遼城，想來天花疫情在京城已十分嚴重。

「舅舅，那你能派人去京城嗎？我想知道爹爹他們怎麼了……紀湛他年紀那麼小，還有姊姊的兒子啟俊……」紀清晨眼神迷茫地看向殷廷謹。

這一次，她是真的茫然不知所措了。

為什麼她不記得了呢？如果她能夠記得有天花，她一定會提前通知爹爹和姊姊他們的，可她卻什麼都不記得。她記得未來的皇帝是誰，她知道柿子哥哥會成為怎樣的人，可偏偏卻不記得京城發生了如此嚴重的疫情。

其實這也無法怪她，前世發生疫情的時候，她還在揚州。江南距京城有千里之遠，她又只是個姑娘，又怎能得到消息呢？待她到了京城，已是兩年之後了，那時候天花的陰霾早已消失。

人們總是喜歡記得美好的事情，忘記那些叫人痛苦的回憶，所以那場聲勢浩大的天花疫情，便極少被人提到。

可當這場疫情涉及到她的親人時，她才發現，一切有多麼可怕。

殷廷謹見她臉色發白，也知道小姑娘如今的心情。畢竟她的親人此時幾乎都在京城，她如此緊張，也是情有可原。

於是他拍了下小姑娘的肩膀，輕聲說：「沅沅，妳放心，舅舅會派人去的。而且我已經著人去找雲二先生了，若是找到，一定會請他前往京城。」

對啊，雲二先生，舅舅先前離開王府後去找的那位神醫。

「謝謝舅舅。」紀清晨感激地道。

殷廷謹瞧著她這模樣，登時一笑，淡淡道：「傻丫頭，這是舅舅應該做的。」

待她回自個兒院子的路上，卻在花園裡遇到了殷景然，這兩個月他一直都住在王府中。舅舅對外說了，景然自幼便身子不好，因白雲觀的大師給他算命，說他不能養在王府中，才將他養在外面，因這次先靖王的喪禮，才叫了他回來。

「欸。」他在身後喚了她一聲。

紀清晨假裝沒聽到，領著丫鬟，逕自往前走。

殷景然又叫了一聲。「欸，我叫妳呢。」

她步履不停，就連身旁的香寧都不禁提醒道：「姑娘，三表少爺好像是在叫您。」

不過紀清晨卻充耳不聞，順著小徑一直往前走。

在她身後的殷景然終於忍不住了，跑上前擋在她跟前，攔住她問道：「我方才叫了妳好幾聲，妳為何不搭理我？」

「我沒聽見。」她淡淡地說。

殷景然登時忿忿道：「妳聽見了，而且妳的丫鬟還提醒妳來著，妳就是故意不理睬我。」

「因為你一直在欸、欸地叫著，所以我不知道你在叫誰，畢竟我有名字。」紀清晨臉上雖掛著笑，可是說詞卻一點兒也不客氣。

殷景然雖然驕矜，卻不是個不講道理的，立即輕聲道：「對不起，我不是故意的。」

紀清晨沒想到他會這麼輕易地道歉，便又聽他說：「那我叫妳清晨吧。」

「不行。」紀清晨立即否定道。「我可比你大一歲，你得叫我表姊。」

「那我叫妳沅沅，我聽他們都叫妳沅沅。」殷景然指的他們，便是殷柏然和裴世澤。

紀清晨斷然道：「那也不行，沅沅是親近的人才能叫的。」

「哦，原來是親近的人才可以叫啊。」殷景然了然地點頭，卻話鋒一轉地說：「那我去告訴父親，就說妳嫌棄我，不願意和我親近，還不許我叫妳沅沅。」

小鬼頭！要不是看在他是她親表弟，還是柿子哥哥的弟弟的分上，她可就要動手了。

只是瞧著他這般調皮的樣子，她卻想到了紀湛。來了這裡這麼久，也不知道湛哥兒怎麼樣了，她走的那天，小傢伙可是一點兒也沒要臉面地抱著她大哭，還恨不得抱著她的腿，叫她不要離開。

她好想他們啊。

殷景然瞧她不說話了，還以為她在生氣，立即道：「好了、好了，真是怕了妳們女人。我叫妳清晨表姊總可以吧？」

「你找我做什麼？」紀清晨瞧著他，直接問道。

所謂無事不登三寶殿，這小傢伙肯定不會沒事就來找她，還嘴巴這麼甜。

「清晨表姊，我過幾日便要回莊子去看望我娘了。」紀清晨點頭，聽著他繼續說，果然小傢伙瞧她不作聲，只得又繼續說：「清晨表姊，妳能請裴哥哥送我回去嗎？」

紀清晨饒有興趣地看著他。小傢伙可以啊，竟想出了這招。

他大概也已經知道了安素馨和柿子哥哥之間的關係，所以想叫柿子哥哥與他一起回去看望安素馨。只是他現在既然求到她的跟前，那就說明柿子哥哥是不願意與他一同去的。

只能說那一日安素馨斷然拒絕和柿子哥哥相認，已傷透了柿子哥哥的心。

試問一個人在這麼多年後，突然見到自己的親娘，卻被一句「認錯了」給打發，他能不傷心嗎？

「既是送你回去，也應該是你自己去說啊。」紀清晨老神在在地說。

小傢伙低著頭，輕聲說：「他已經拒絕我了。」

其實昨日殷景然便去找裴世澤了，雖然他被客客氣氣地請進了院子，他與自己說話也十分客氣，可是當提到請他去山莊這件事，就被他想也不想地拒絕了。

殷景然看著面前的碧色湖水，只見湖面上平靜無波，可一陣風吹過，便吹皺了這一池碧波。想來母親原本平靜無波的心湖，也被這個叫裴世澤的人給吹皺了吧。

難怪母親有時候總是看著他出神，隨後又是失望地嘆氣。等見到裴世澤的時候，他才發現，原來裴世澤比他還要更像母親。

他的長相倒是像足了殷廷謹，要不然紀清晨也不至於見到他的第一面，便斷定他就是自己舅舅的兒子。

可是殷景然卻羨慕裴世澤，他希望自己能多像母親一點。

「清晨表姊，請妳幫幫我。」殷景然軟著聲音，輕聲道，原本還是個驕傲的小傢伙，只是為了能叫自己母親開心，便來求著她。

紀清晨雖不忍心拒絕他，卻又不想讓柿子哥哥難過。她問景然：「這是你的意思，還是你娘的意思呢？」

景然有點不明白地看向她，紀清晨解釋道：「想必那日她說的話，你也聽到了。景然，你娘用那樣的話去傷害他，我知道你肯定覺得你裴哥哥是個男人，不該計較這點小事，可是這不一樣。對他來說，就算在戰場上受傷到快要死掉，都沒有你娘的那句話，讓他更加痛苦。」

殷景然登時怔住。他聽明白了紀清晨的話，說不出任何能反駁的話。

紀清晨看著他凄慘的小模樣，倒是於心不忍了。這孩子有什麼錯呢？無非就是想讓親娘和自己的親哥哥和好罷了。

她微微嘆了一口氣。「我可以去幫你問，但是我不會勸的。」

「謝謝妳，清晨表姊。」殷景然瞬間笑了起來。

紀清晨見他笑得那麼開心，心底又是一陣無奈。她居然給自個兒攬了這樣一件吃力不討好的事。

下午的時候，她便找了個時間，叫杏兒和香寧拎了一盒糕點，去了裴世澤的院子裡。她進了書房，就瞧見他正在練字。

「今日怎麼有這閒情雅致啊？」紀清晨走過去，看著他面前擺著的澄心堂紙，上面的字看起來龍飛鳳舞，他的字倒是一點兒不像他的人。

待他落下筆，便問道：「有事？」

紀清晨登時鼓起臉，一雙大眼睛瞪著他。什麼意思嘛，難道沒事就不能來看他了？

「逗妳的。」他微啟唇，淡淡又道。

紀清晨哼了下。這還差不多。於是她討好地將盒子拿到他跟前，道：「柿子哥哥，這是我專門替你準備的，連舅舅和柏然哥哥都沒有，就只有你有喔。」

她嬌俏地歪了下頭。如今她也在孝中，所以烏黑濃密的髮上，只插了一支白玉簪子，倒是一雙又大又亮的杏眼，水靈極了。越是這般素衣簡釵，越是讓她明麗嬌媚的五官更為突出。

紀清晨因年紀還不大，身上還帶著一股女孩兒的嬌憨，可如今她的容貌越發清麗絕俗，身上的氣質就像是清晨幽幽山谷中的空氣，清新得叫人想要沈醉在其中。

其實一個人的性格如何，她所散發出來的氣質便會越發接近她的性格。她自幼便受盡寵愛，從來都是要什麼有什麼，倒是有點兒像高僧那般無欲無求了，所以她身上的氣質才會越發空靈清麗。不過她撒嬌時，又變成了嬌滴滴的小女孩。

裴世澤瞧著她打開盒子，像獻寶一樣地給自己看裡頭的點心，故意道：「我素來不愛吃這些甜的糕餅。」

「我知道你不愛吃甜的，這裡還有鹹味的糕點，包管你吃了一口，還想吃第二口。」紀清晨討好地說。

也不知她是從哪兒聽來的說詞，倒是把裴世澤逗笑了。於是他伸出修長的手指，拿了一塊糕點，那帶著酥皮的肉鬆小酥餅被他白皙的指尖給捏著，看得紀清晨不由得吞了吞口水。

「張嘴。」誰知他卻沒拿到自己嘴邊，反而送到了她的唇邊。

就見小姑娘粉嫩如桃花的柔軟唇瓣微微張開，羞澀地咬上了一小口。

這個肉鬆小酥餅為何會這麼好吃？簡直是她生平少見的好吃。

等兩人都吃了一塊糕點，裴世澤才開口道：「說吧。」

紀清晨小心地覷了他一眼，想了一會兒才硬著頭皮說：「柿子哥哥，方才景然來找我，他說想回山莊去，只是路上太危險了，他想請你陪他一起回去。」她越說越小聲，越說頭越低。

直到裴世澤問她：「那妳呢，妳希望我去，還是不去？」

其實紀清晨內心是希望他去的，因為她一直都知道，柿子哥哥還是很在乎他母親，要不然也不會在安素馨說出那句話後，看起來那麼悲傷。她希望安素馨能對柿子哥哥好一點，不為這麼多年來的不聞不問，也該為那天所說的那句話做出補償。

裴世澤知道，如果她不希望他去的話，根本就不會來跟他商量這件事，所以她的心底，還是希望他能去的。因此她雖然沒回答，他卻知道她的答案，便道：「那妳陪我一起去，好不好？」

紀清晨露出淺淺的微笑，點點頭。

待過了幾日，他們便陪著景然回莊子了。雖然舅舅沒多問他們兩人什麼，可紀清晨卻覺得這是舅舅同意的。

到了莊子上，安素馨已經在門口等著了，顯然她已經得了消息。

她下馬車的時候，就看見安素馨正小心地看著裴世澤。只是他站在原地，既不上前，也不說話。

「夫人，我是送景然回來的。」紀清晨笑道。

安素馨點頭，感激地說：「謝謝妳，表姑娘。」

「娘，咱們別在這裡站著了，進去說話吧。」景然見他娘既激動又要強忍著的模樣，心有不忍，便拉著她的手說。

等進了院子後，安素馨又是叫人給他們沏茶，又是上點心的。

只是裴世澤一向話少，這會兒更是一句話都沒有，反倒是紀清晨的話多了些。

快到用午膳的時間，安素馨讓景然招呼他們，便先去張羅午膳了。

待他們在餐桌旁坐下，倒是景然先叫喚起來。「你們今天可有口福了，我娘親自下廚呢。」

莊子裡的人很少，便是伺候的丫鬟也只有兩個。可是方才不斷來來回回地上菜，端出來的菜卻叫紀清晨有些瞠目，當真是色香味俱全。

「家常便飯，不要嫌棄。」安素馨進來後，瞧了裴世澤一眼，輕聲道。

紀清晨倒是真沒客氣，即便是吃飯都比尋常吃得還要多；而景然更是個捧場的，那道龍鬚牛肉幾乎都被他一個人吃光了。

安素馨見他吃得快又多，不由嗔怪道：「你不要都吃了，留一點給哥哥……還有姊姊啊。」

對於自己這個順帶著的姊姊，紀清晨只默默地瞧了一眼正安靜吃飯的裴世澤。雖然她知道柿子哥哥素來便規矩極了，可是卻不知道他可以沈默成這樣。

除了方才與景然說了幾句話，他幾乎是一言不發。

等用過膳，紀清晨怕裴世澤再這麼憋下去，真的要憋出問題來，便趕緊找了個藉口，說想參觀莊子，就拉著他出去轉悠了。

這山莊外頭就是一片稻田，這會兒已經到了豐收的季節，放眼望去，遍地都是金黃色，風吹過後，就形成一波又一波的麥浪。

「柿子哥哥，要不咱們回去吧？」紀清晨怕他真的不開心，便說道。

「我沒事，我只是想來看看她這麼多年來生活的地方。」現在看來，真的很好，這裡寧靜又安逸，是她會喜歡的地方。即便他和她沒有一起生活很多年，可是他卻在奶娘那裡偷偷聽到了很多關於她的事情。

她的性格很溫柔，說起話來，輕聲慢語的。這裡很適合她，難怪她會一直在這裡生活。紀清晨有些沈默了。她只是想要讓他開心，偏偏卻叫他更加難過了。氣氛太過沈悶，於是她便盡力開懷地問：「那你覺得這裡好嗎？」

他靜靜地看著紀清晨，半晌說：「我一點都不嫉妒。」

這裡很好，可是我不嫉妒。

紀清晨的眼淚一下子便落了下來。

第七十三章

「什麼，二皇子得了天花?!不是說皇宮早已戒嚴，為何還會……」

當二皇子得了天花這個消息，在京城貴族圈中隱隱流傳開來後，大家都是人心惶惶。天花之厲害，自古便有記載，天花疫情只要一爆發，哪一次不是死傷無數?更有記載指出，在一處小鎮中，因天花疫情而使得三萬人口的小鎮，最後竟只剩下四千人。

這些日子，因為天花，甚至連上朝都已取消數日。可沒想到就算是這般小心翼翼，二皇子竟還是得了天花。

據說二皇子已從皇子所被挪了出去，如今大部分的太醫都在二皇子那裡，皇上更是下了皇令，若是二皇子出事，便讓他們都去陪葬。

如今京城中人人自危，而二皇子感染了天花一事，更像是壓垮駱駝的最後一根稻草。

皇上如今已六十六歲，後宮不可能再有新的皇子降生，若是連二皇子也出事了……

溫凌鈞來到了紀府時，在門房重新換了一套乾淨衣裳，又在身上噴了藥汁。

整個府中都瀰漫著一股濃濃的藥味，這會兒誰都不敢掉以輕心，就連城中那些大藥房的倉庫，也險些被搬空了。

他徑直去了紀延生的書房，只見紀延德，還有紀家大房的兩個兒子也都在書房裡。

「凌鈞，你可知二皇子究竟是怎麼染上天花的?」紀延生一見到長女婿，便馬上著急地問道。前幾日便得到通知，讓各部衙門暫停處理宮務，待天花疫情有所緩解後，再行處置。

雖說待在家裡確實叫人安心不少，可今日乍然得知這個消息，眾人又坐立不安起來。皇位繼承，一向是國之根本，若是二皇子真的出了事，那就是動搖國本之事。

溫凌鈞面色沈重，道：「前些日子裡，京兆尹隱瞞了天花疫情的嚴重性，柳貴妃的姪兒帶著二皇子出宮了一趟。」

凡是感染天花的人，都有十來日的潛伏期，距離二皇子上一次出宮，剛好有十來日。

房中眾人皆是心中一驚。紀延德當即在紫檀木桌上狠狠地拍了一掌，怒道：「我早就說過，以女人晉升的人家，定是禍害！如今竟弄出這樣的大亂子，皇子是能隨便就帶出宮的？」

因二皇子乃是皇上如今唯一的子嗣，皇上對他一向甚是寵愛，就連柳家人都因沾著二皇子的光，在宮中有諸多特權。

之前雖有人頗有微詞，卻也不想因這些小事，得罪了如日中天的柳家。卻不想，就是因為這樣的放任，釀成了今日的大禍。

千里之堤，潰於蟻穴啊……

即便是紀延德如今再生氣，也是無計可施。只盼著那些太醫能拿出看家的本事，保住二皇子的性命。

「這次天花疫情實在是來勢洶洶，我聽說今日北城那邊又抬了幾十具屍體去焚燒。」溫凌鈞消息較為靈通，擔心地道。

北城多是平民百姓聚集的地方，而一開始的天花疫情也是從北城傳出來的。京兆尹接到報備的時候，生怕被皇上申斥，竟只是把已發病死去的病人，抬到郊外偷偷焚燒。雖說他也隔離了幾個看似有症狀的病人，可前期的隱瞞和延誤，卻是叫疫情徹底地蔓延開來。

說到這裡，書房裡的氣氛有些沈重。在座諸人皆是讀書人，平日裡史書的記載從不曾少看，自然知道天花疫情的嚴重性。

待紀延德父子離開後，房中只剩下紀延生和溫凌鈞翁婿兩人。

「凌鈞，你是不是還有什麼話沒說？」紀延生對他極為瞭解，見他這神色，便猜測他有話想要與自己私底下說。

溫凌鈞點點頭，低聲道：「在我來之前，父親與我說，二皇子的情況……」他沒有將話說完，卻是輕輕地搖搖頭。

雖然不少人已經知道二皇子染上天花的消息，可太醫院裡那麼多太醫，那可是全天下醫術最精良的一批人，如今都聚集在一處，只為了救一個孩子的性命，所以不少人心底還是抱著極大的希望。

晉陽侯府到底是勛貴世家，在宮中的消息，自是比一般人家要靈通。如今二皇子的情況並不樂觀，甚至極有可能……

雖然說這些話還為時尚早，可有些事情若是等到那一日來了再去想，便已是晚了。一旦二皇子真的救不回來，那麼日後這大統又該由誰來繼承呢？

溫凌鈞此番前來，就是要提醒紀延生，往後必須謹言、慎行。

皇上只餘一位親兄弟，可如今先靖王和先靖王世子都沒了，那麼最終的人選，就顯而易見了。

殷廷謹與紀家的關係，不必他再多說。一旦真的走到這一步，那麼紀家，還有他的妻子寶璟，都會被牽扯入其中。

紀延生猛地站起來，他步履沈重地在書房來回走了好幾次，才又轉頭問他。「這個消息可確定？」

「千真萬確，我父親之所以能得到這個消息，也是因為有人故意賣他這個面子。」如今已有人開始下注，畢竟最後若真的是那一位登上大寶，那麼晉陽侯府世子夫人的身分便會水漲船高，整個晉陽侯府說不定也會受到重用。

這是一場賭博，可是卻叫人無法不心動地下注。

如今天花疫情這般肆虐，人心惶惶之下，更有人鋌而走險，想要抓住一根浮木，又或者是為了日後的前途，拚一把。

「岳父，越是到了這種時候，咱們越要沈得住氣啊。」溫凌鈞輕聲道。

紀延生點頭。「你說的我都明白。」

二皇子得了天花的消息，也傳到了殷廷謹的耳中。他在京城自有耳目，所以每隔幾日便會有消息從京城傳回來。

這件事傳到他耳中的時候，他竟是出奇的冷靜。

二皇子一旦發病不治，那麼日後登上大寶的，就真的有可能……

他自己的名字在腦海中轉了又轉，霍地站起來，將手中的信捏成一團。這個時候，他得更冷靜才是。

他突然想到了紀清晨，想到她那個在年幼時期作過的夢。

雖然他一直都記得那孩子說過的話，可那時他不過是個靖王府的庶出而已，如今呢，他即將繼承靖王府的王位，現在，甚至有更進一步的可能。

杏兒聽到是舅老爺要請小姐過去，還有些奇怪呢，不過那人卻又說，只叫小姐一人過去。

紀清晨自然也不知道舅舅突然叫自己過去的原因，便簡單地收拾了下，跟著管家前往舅舅的書房。

等管家敲了兩下門，裡頭便傳來殷廷謹回應的聲音，管家這才將門輕輕推開，恭敬地請她進去。

「舅舅。」紀清晨在書桌前站定，向殷廷謹請安。

就見坐在椅子上正閉目養神的人，用手指頭輕輕敲了下桌面，開口說：「桌上的這封信，妳看看。」

紀清晨遲疑了下，卻還是緩緩走上前，小心地拿起桌上有些皺巴巴的信紙。待她瞧了第一眼，便發覺這竟是一封靖王府安插在京城的耳目送回來的信。

她心中大駭，不知舅舅為何突然給她看這封信？直到她瞧見「二皇子染天花，恐危急」

這一句話時，心臟就像遽然停頓了下，在漏跳了一拍之後，便又急速地加快。

二皇子染了天花，果然是這個原因。

她又低頭往下看，見信上還有關於紀家的消息。湛哥兒和啟俊兩個小傢伙沒事，家裡也沒人染上天花。紀清晨心底一直懸著的大石頭，終於在這一刻輕輕落下。

「舅舅，這封信……」紀清晨輕聲開口，卻又頓住，半晌後，她輕聲說：「您還記得我小時候與您說過的話嗎？」

這是她第一次主動提到那個夢。其實那根本就不是夢，那是前世之事，是她親眼所見、親耳所聽，是她親自經歷過的一切。

現在，歷史正慢慢地走向原本該有的樣子。

殷廷謹緊緊地盯著她，眼神中帶著一種極致的忍耐，卻又克制不住的狂熱。

紀清晨輕輕一笑，柔聲說：「看來我的夢要成真了。」

坐在椅子上那一直面無表情的人，終於露出一絲笑容。

「沅沅，舅舅早說過，妳是福星，是大福星。」

顯慶三十七年，十月十八，在經歷了十一日的痛苦煎熬後，年僅八歲的二皇子，夭折。

此時正居長春殿的皇上，突聞喪子消息，悲痛欲絕，竟是當場昏倒。

二皇子夭折，而皇上更是一病不起，顯然已到了最壞的情況。這幾日來紀家拜訪的人，顯然有些多了。

就在紀延生苦惱不已時，卻被曾榕叫了過去。

見她面色慘白，紀延生趕緊按住她的肩膀，皺眉道：「怎麼了？」

「湛哥兒突然發熱了。」曾榕眼神慌亂地說。

紀延生身子一晃，幸虧及時扶住了身後的桌子，這才沒失態。他連吸了兩口氣，問道：「怎麼回事？怎麼會突然發熱了呢？」

天花最初的症狀便是高熱、頭疼還有嘔吐。

丫鬟向曾榕稟告的時候，她都恍惚了。可是待她到了院子裡，卻被攔住了，說是老太太已在湛哥兒的房裡了，並吩咐不許任何人進去。

「母親正在照顧他，我也想去照顧，你去求求母親，讓我進去吧。」曾榕緊緊地抓著他的肩膀。

紀延生點頭，扶著她，便往紀湛的院子走了過去。

可是到了門口，就見兩個健壯的僕婦此時正守在院內。他們剛到門口，就被其中一個僕婦攔住，恭敬地道：「二老爺和二太太還是回去吧。老太太吩咐了，叫咱們死死地守住這個院子，不能讓任何人進去。」

「我是湛哥兒的父親。」紀延生激動地說。

僕婦也不怕，只是平靜地說：「奴婢小時候便出過天花，敢問二老爺，幼時可曾出過？」

紀延生自然是沒有，只能無力地垂下頭。

曾榕伏在他的懷中，竟是要昏厥過去。為什麼偏偏是她的湛哥兒？

紀湛在第二日被老太太帶到了城外的莊子上，隨行的還有兩位城中丈夫。本來誰都不願意跟去的，只是老太太每人三千兩的謝銀，到底還是打動了兩人。

曾榕哭著在馬車後面追了好遠，卻只能看著馬車一路往城外去。

到第三天，紀湛的精神才稍微好了點，人也不像前兩天燒得那般糊塗。只是他看著身旁老太太，一開口便問：「祖母，我是不是要死了？」

「不是，小孩子不許亂說話。」老太太沈著聲音教訓他，可聲音中卻還是帶著一絲不易察覺的哽咽。她伸手替他拉了下被角，輕聲問道：「湛哥兒想姊姊嗎？」

小傢伙艱難地點了下頭，眼睛蒙上了一層水氣，軟軟地說：「我好想姊姊。」

「姊姊寫信回來了，說過兩日就回家，可是湛哥兒卻生病了，你說你是不是該好好養病，然後去見姊姊？」老太太溫聲細語地哄著他。

紀湛又點頭，這次聲音卻堅定了許多。「我會好好養病的，我不要傳染給姊姊。」

「好孩子，祖母的好孩子。」老太太渾濁的雙眼，終於流下了兩行清淚。

在第五日的時候，紀湛身上的暗紅色斑疹開始起了變化。老太太自個兒當年就是得過天花的，只是她命大，不僅熬了過來，更因為水疱未轉成膿疱，臉上連疤痕都沒落下。

這一日，山莊的門被敲響了，一位叫雲二先生的人來到了此處。

紀湛感染天花之事，不僅殷廷謹得了消息，就連裴世澤都知道了，只是誰都沒敢告訴紀清晨。
但好消息是，雲二先生趕到了京城。瀰漫在京城近兩個月，造成幾千人死亡的天花，終於得到了有效的控制。
京城上空的陰霾，也漸漸消散了。
直到紀湛痊癒的消息傳回來，殷柏然才將這件事告訴紀清晨。
紀清晨猛地倒抽了一口氣，只說了一句話。「我要回家，我要馬上回家。」
殷柏然安撫道：「沅沅，妳聽我說，現在紀湛的天花已經好了，他只是在莊子上休養而已，等下個月他就可以把身子養好了。」
「我、要、回、家。」紀清晨神情堅定，一字一句地說。
殷柏然沈吟了片刻，道：「沅沅，妳冷靜點，我們並非刻意要隱瞞妳，只是這件事太過突然，父親和我不想讓妳擔心。」
是啊，舅舅和柏然哥哥在意的是她，因為她是舅舅的外甥女，是柏然哥哥的表妹。
可是紀湛，卻是她的親弟弟。
他出生的時候，除了產婆之外，她是第一個抱他的人，那麼一團小小的人兒，就躺在她的懷裡。
殷柏然勸她不得，只得又去找了裴世澤。
裴世澤到的時候，就看見紀清晨正指揮著丫鬟收拾行李。他一進門，還沒說話，倒是紀清晨開口問道：「柿子哥哥，你是知道的，對吧？」

裴世澤雖被她沒頭沒腦地問了一句，卻點了點頭。

紀清晨點了下頭，轉身便往內室走，可是剛走了兩步，卻又轉過身走回來。她站在他面前，咬著牙道：「這世上，就算全世界的人都不站你這邊，我都會站在你這邊，可是我沒想到，你會不站在我這邊。」

紀清晨對他說話的的語氣中，頭一次帶著如此濃厚的失望。

裴世澤也不知為何，心中突然生出一股慌張，便是他處境再艱難，在生死邊緣的時候，他都不曾有過這樣的感覺。

他急忙解釋道：「我只是不想讓妳擔心。」

「藉口。」紀清晨一下子便紅了眼眶，她說：「你是怕我知道了消息之後，便鬧著要回京。」

裴世澤的面色沈了下來。他不得不說，紀清晨說得對。

兩人在屋中爭執起來，已嚇到在內室裡收拾的丫鬟，連手腳都不知該怎麼放了。

「生死有命，如果我回去後，最終落得一個『死』字，我心甘情願。」紀清晨看著他，竟是決絕地說。

雖然此時京城的疫情控制住了，可到底未徹底消除天花，她知道自己回去還是會有危險。可是她的家人在那裡，她的親人在那裡……

就在她以為裴世澤要覺得她不知好歹，甩袖子離開的時候，突然他一步跨到自己跟前，竟伸手捧起她的臉頰。

外面正值暮色，房中的光線黯淡昏沈，可他的臉頰靠近時，卻叫她清楚地看見了他眸底翻湧著的急切。

他的唇竟比她想像中的柔軟，沒她想像中那麼冰冷；她的臉頰被他的雙手捧住，一動也動不得，甚至往後退一步都不行。

當紀清晨感覺到輕勾著自己唇瓣的是什麼時，嚇得一下子緊緊地抿住了。她沒想到他會這般膽大妄為。

原本在內室偷看的杏兒和香寧，也嚇得趕緊轉身，不敢再看。

安靜的居室裡，周圍擺著富貴精緻的擺件和用具，高大的男人捧著少女的臉蛋，狠狠地在她的嘴唇上輾轉纏綿。他溫柔的唇舌勾弄著她的唇瓣，原本如蚌貝般緊緊閉著的嬌豔紅唇，終於被他一點點吻開。

紀清晨活了兩輩子都不曾經歷過這樣的事情。剛開始她還想著要反抗，可是漸漸地連呼吸都變得困難，她拚命地屏住呼吸。

直到裴世澤將她放開，她才靠在他懷中大口大口地吸著氣。

只聽她頭頂的男人，輕笑了一聲，突然道：「果然那句老話說得對。」

紀清晨站直了身子後，忍不住問：「哪句老話？」

裴世澤輕笑道：「唯女子與小人為難養也。」

紀清晨沒想到他會這麼調侃自己，登時伸手捶了他一下。連她自己都沒發現，竟是被他的一句話，就給帶偏了。

第七十四章

顯慶三十七年，十一月二日，魏孝宗駕崩。

內閣首輔郭孝廉與皇后秦氏暫攝朝政，孝宗生前已留下遺詔，在孝宗去世當日，便由郭孝廉當著眾臣面前宣讀遺詔。

「朕疾彌留，儲嗣未建，朕親弟弟靖王爺之子廷謹年已長成，仁孝賢明。遵奉祖訓，告於太廟，即日遣官前往遼都，迎請來京，嗣皇帝位，奉祀宗廟。」

秦皇后端坐在上首，此時她已著素衣，只見她環顧眾人，問道：「諸卿以為該派哪些人去請嗣君來京？」

眾人左右相望，倒是禮部尚書任元開口道：「回娘娘，微臣乃是禮部尚書，自當前去，望娘娘恩准。」

商定之後，派了寧國公秦鶴齡、大學士朱亮、禮部尚書任元、通政使紀延生、內務總管太監魏珠等人前去遼城相迎。

除了紀延生之外，其餘諸人此時都在此處。

待皇后的懿旨傳到紀家時，紀延生倒也未太驚訝。從聖上病危開始，京中便已盛傳這個消息，如今不過是證實了而已。

待送走宮裡的人，曾榕嘆了一口氣。

紀延生倒是一笑，問道：「何故唉聲嘆氣的？」

「我聽說這位新皇，不是很喜歡你。」曾榕小心翼翼地問。關於前夫人與紀延生的事，她多多少少也是聽說過的。

之前殷廷謹繼任靖王之位，她還想著，頂多不沾人家的光；又因隔著這般遠，只要逢年過節，禮節上做得妥當，叫人家挑不出錯就是。

可是現在，對自家相公不滿的大舅子，搖身一變，竟要成為未來的皇帝，連曾榕都不禁要同情起紀延生。

「妳在家中好生照顧母親和湛哥兒，我去去就回。再說沅沅已經離開這麼久，也該回家了。」紀延生輕聲安撫道。

因諸官去迎嗣君，將有大軍隨行，行進速度不快，所以秦皇后便先派人快馬前往靖王府邸，宣讀了詔書。

這次不僅是紀清晨，便是殷珍母子三人也隨同一起跪在前廳正堂前聽著。

「嗣皇帝位，奉祀宗廟。」隨著太監拖長調的聲音，這八個字就像是鼓點般，敲在在場每個人的心頭。

紀清晨抬頭看著跪在最前頭的殷廷謹，腦子中只剩下一個念頭：舅舅真的要當皇帝了。

縱是沈穩冷靜如殷廷謹，在聽到這旨意時，都跪在地上久久沒有起身。

還是傳旨的太監，輕聲提醒道：「該接旨了。」

殷廷謹緩緩站了起來，接過太監手中的聖旨，眾人這才跟著站起來。

此時別說是方氏了，就連站在紀清晨身邊的大姨母殷珍都已經喜上眉梢。畢竟不管關係如何，舅舅一旦當上了皇帝，那麼整個靖王府的人都會跟著水漲船高。

殷廷謹叫人領著傳旨太監下去用膳。傳旨太監微微一欠身，恭敬道：「小的不敢在府上多加打擾，還要回去向皇后娘娘回稟呢。」

「先用了午膳，休整一番再回京去也不遲。」殷廷謹捧著手中的明黃聖旨，淡淡地道。

傳旨太監自然不敢駁斥他的話，趕緊謝恩。

等傳旨太監及一眾侍衛離開後，殷廷謹也先行回去，並吩咐大家各自回院子。

方氏瞧著丈夫匆匆離開的腳步，神情有些恍然。幸虧紅酥在旁邊扶著她，要不然她都要站不住了。

她最初嫁進來的時候，不過是個庶出的媳婦。好歹她也是江南名門的嫡出女，她娘當初在家裡還因為她的婚事哭了一個多月。倒是她自個兒看得開，左右嫁誰不是嫁，何況就算是庶出的，那也是王府的庶出。

她本來也沒抱多大的奢望，就是當這靖王府的女主人，她也就是夢裡頭才想想的。

可是這會兒卻成了母儀天下的皇后，單是這兩個字砸下來，便叫她眼冒金星，一時不知該擺出什麼姿態來了。

紅酥也瞧出了方氏的不對勁，只得小心地扶著她往回走。

殷柏然也回了自個兒的院子，而殷明然瞧著走了的那三個人，笑了一下，輕搖了下頭，也回去了。

反倒是留在原地的殷珍，有些著急地道：「怎麼一個個都走了？這總得拿出個章程來啊。」

紀清晨還沒走，聽到她這位大姨母的話，登時就笑了。

拿出個章程？什麼章程？是敲鑼打鼓，還是在門口放個一千響的鞭炮，然後滿遼城的去說，靖王府要出一個皇帝了？

可別忘了，這會子還在國喪期間呢。

因先靖王也是剛走沒幾個月，所以整個靖王府放眼瞧過去，都還是一片愁雲慘霧，倒是與如今的國喪應了景。

紀清晨也準備回去了，便朝殷珍輕福了下身子。

原本殷珍母子三人是準備再過十來日便要回去的，畢竟老王爺也不在了，她即便要戴孝，也該回去戴。而且陳修與殷月妍的事情，也不知怎的讓殷廷謹知道了，把陳修狠狠地罵了一頓，還叫他們過幾日便走。

可這會兒殷珍卻不想走了。她的親二哥當了皇帝，那她是什麼？她就是公主啊！一想到這一點，殷珍的眼睛登時都直了。

一旁的陳蘊本來瞧著大家都走了，也想拉著她娘離開，結果就瞧見她娘一臉狂喜。還沒等她說話呢，卻被她娘一把拉著走了。

回到屋裡之後，殷珍來回地轉著，叫陳蘊看得頭昏眼花，抱怨道：「娘，您且坐下來好生歇著吧，妳這般晃得我頭昏。」

「妳這丫頭，也不想想如今都什麼時候了。」殷珍一臉高興地拍著她的腦袋。

陳蘊潑冷水道：「您與二舅舅和二舅母之間的關係一般，二舅舅就算當了皇上，難不成還能給您封個公主啊？」

「怎麼就不能了？我是他的親妹妹，我理應被冊封為公主，這可是禮法所在，又不是看關係好不好。」殷珍理所應當地說。

陳蘊聽她這麼一說，倒也醒過神。是啊，先不說二舅舅與她娘關係如何，那可是她的親舅舅啊。如今親舅舅當了皇帝，她的身價可不就跟著水漲船高了，說不準爹爹還能藉機調回京城。她可是真不喜歡湖廣那地方，看起來便透著一股窮酸氣。她年幼時也是在京城住到七、八歲的，隨後爹爹被調到外省，一家人才跟著四處奔走，要是能回京，她是比誰都開心。

不說別的，就看看紀清晨平日裡穿著的衣裳、戴著的首飾，哪一樣不是最精緻、最好的？她瞧著就眼熱。那殷月妍是王府嫡女，處處比她好也就算了，憑什麼連紀清晨都能處處比她好？

可是轉念一想，二舅舅與紀清晨的母親乃同胞兄妹，這大家族中，異母兄妹感情不深，等二舅舅真的登基了，或許連殷月妍都比不上她了。她倒是個好命的，竟有這樣一個舅舅。

陳蘊心底一嘆，只恨殷廷謹與她娘不是同胞兄妹，若不然她們母女也不至於這般汲汲營營。

而紀清晨此刻想的卻是另外一件事。聽說這次來迎舅舅上京的官員裡就有她爹爹，她已半年沒見到家人了，能先見到爹爹，自是開心不已，所以她難得勤快地把繡筐裡的針線活拿出來。如今遼城已都冷了下來，她想給爹爹做一對護膝，免得他騎馬傷了腿。

晚膳的時候，方氏才知道，殷廷謹把自個兒關在書房裡一下午，竟是誰都沒給進去。管事的不敢去打擾他，便求到方氏跟前來。

正好這會兒殷柏然也過來了。他瞧著管事的出去了，便進來問一問是發生了什麼事？

方氏揮揮手，叫屋裡站著的丫鬟都出去，這才叫殷柏然過來她身旁，拉著他的手問道：「你今兒個都幹什麼去了？可有什麼話想跟娘說的？」

殷柏然便把他回去院子之後，看了書、練了字的事情說了一遍，倒也沒什麼出奇的。可就是沒什麼出奇，才最出奇。畢竟家裡發生了這麼大的事，就連一向沈穩的殷廷謹也把自己關在書房裡一下午，她也是發呆了一下午。可柏然這孩子倒好了，竟照常地看書、練字，像是沒受到一絲影響。

她想著家裡的父母和兄弟姊妹，又想到自個兒剛嫁過來時的種種艱難。雖說王妃就只有兩個兒媳婦，可就是這樣，才叫人更看得清楚這其中的差別。她初嫁進來的時候，不管在什麼地方都必須謹小慎微，侍奉老王妃的時候也得小心翼翼的。

可回頭再瞧這些苦澀，莫非就為了如今這一日？

「母親，最艱難的時候咱們都熬過來了，您現下還有什麼值得擔心的？」殷廷謹輕輕拍了下她的手背，柔聲安慰道。

方氏聽他這樣說，不由得笑了出來。就連之前那樣的大事都闖過來了，她這會兒倒是被這從天而降的富貴給砸花了眼睛，倒也可笑。

「再說了，您不是一向思念外祖父和外祖母他們？待咱們去了京城，便把他們都接到京城裡來吧。」殷柏然又提醒道。

方氏想著娘家人，點點頭。遼城離江南實在是太遠了，她自嫁過來之後，雖說逢年過節也能收到家裡送來的東西，可是卻未再見過父母。二十多年了啊……她沒想到，竟還能有再見到他們的一日。

想到這裡，她心底反倒好受了些。

殷廷謹此時已出了書房，徑直往老王妃的院子裡而去。

老王妃還沒傳膳呢，見他來了，只是淡淡地叫人賜座。

要說這座府裡頭最淡定的，就是老王妃了，畢竟丈夫、兒子都沒了，她還有什麼好指望的，無非就是坐吃等死罷了。所以就算殷廷謹當了皇帝又如何？難道還能叫她的兒子活過來不成。

她倒也沒想什麼要是殷懷謹不死，這皇位就是他的之類的念頭。她活了一輩子，也算是看透了。

這人啊，都是有命數的，要不然殷廷謹前頭擋著好幾個人，可偏偏最後卻讓他得了這大寶之位。這就是命，爭也爭不來，搶也搶不來。

她這會兒倒是想通，只是想通得太晚了。

「今日京城來了旨意，大行皇帝生前有遺詔，命兒子不日進京嗣皇帝位。」殷廷謹恭恭敬敬地道。

老王妃淡淡地點頭，說了句。「大行皇帝既是將這江山交付給你，那你也該盡心盡力，日後便是我去了地下，也好同你父王說。」

殷廷謹想到老王爺的音容，不由感慨。這時間過得可真快。只是他這感動和感慨還沒結束，就聽到老王妃話鋒一轉。「你父王去世的時候，你可是答應過我，要好生照顧月妍她們母女的。如今，我要你答應我一件事。」

殷廷謹並未立即回她。

倒是老王妃先忍不住了，道：「月妍到底也是你大哥唯一的女兒，我不求旁的，你若是登上大寶，便封她為公主，這樣也能叫我安心。」

殷廷謹笑出了聲。他這都還沒進京呢，就已經開始有提要求的人了。

經過二十來天的舟車勞頓，遠從京城前來迎接新君的隊伍，終於到了遼城。

遼城大小官員早已在城外十里等候，此次領頭的便是秦皇后的胞兄，寧國公秦鶴齡。因他在眾人之中爵位最高、地位最尊，所以此次使團乃是以他為首。不過秦鶴齡卻對紀延生頗為敬重，有什麼事也都會與他商量。

紀延生也知道秦鶴齡看重的，是他未來皇帝妹夫的身分，只可惜他也只能狐假虎威到遼城了。待進了城，與他那大舅子一見面，眾人也該知道，新皇是真的不喜他。

雙方官員匆匆見面後，也不敢耽擱，便立即出發前往靖王府。這一路上，他們也是快馬加鞭地趕著路。國，不可一日無君，雖說有內閣首輔郭孝廉總攬朝政，可到底不是長久之策，還是該儘快迎回新君。

皇后娘娘的意思是，一定要趕在年底前將嗣君迎回京城，這樣待過了年，便可更改年號了。於是誰都不敢在行程上耽擱。

使團浩浩蕩蕩地進了遼城之後，夾道早已安排了官兵把守，卻還是有不少百姓圍觀。畢竟遼城要出一位新君的消息，早傳遍大街小巷了。靖王爺日後便是皇上了，如今使團進城，更是證實了這個傳言。

待使團進入王府之後，眾人馬上被安排謁見殷廷謹。

這也算是舊臣和新君的第一次見面。因遼城在北邊，殷廷謹也極少到京城，所以眾人對這位新皇還真是一無所知。

紀延生此刻卻被推了出來，畢竟這裡頭，他可是和未來皇帝最熟的人。

他略一抱拳，道：「小女在府上打擾多日，真是給王爺添麻煩了。」

「沅沅是我的外甥女，何來麻煩一說，倒是我聽說你家中幼子得了天花，如今可還好嗎？」

其餘乾坐著的人，一瞧紀延生竟與嗣君聊上了家常，說明這大舅子和妹夫的關係真是不差啊。這個紀大人一路上還這般謙虛，可真是太過客氣了。

別說他們感慨，就連紀延生自個兒都覺得太陽這是打西邊出來了。

不過他不知道的是，這都是紀清晨特地給紀延生求的情。

昨兒個她知道爹爹明日便會到，就特地給殷廷謹送了些好吃的，還求著他，讓他待她爹爹稍微好一點，就算是不額外寬待，也別擺出一張冷臉，免得讓她爹爹在眾人面前丟臉。

這些日子，府裡的人真是個個戰戰兢兢。畢竟先前家裡的這位還只是尚未繼承王位的世子爺，可如今卻成了大魏朝未來的皇帝，就連方氏與他說話，都要再三斟酌。

所以紀清晨來求他的時候，還真是把他逗樂了。吃了她精心準備的糕點，也算是吃人家的嘴軟。

等說了一會兒話後，殷廷謹便讓眾人下去休息，卻把紀延生單獨留下來。

寧國公秦鶴齡在離開前，還頗含深意地瞧了紀延生一眼。

等人都走了之後，殷廷謹淡淡地道：「沅沅好些日子沒見到你了，我讓人帶你去瞧瞧她。」說完，連讓紀延生說話的機會都不給，揮揮手就叫他出去了。

紀延生苦笑。他這哪裡是獨得皇上的恩寵啊，擺明了就是沾上自家閨女的福氣。

紀清晨早在院子裡等著了，瞧見外頭有點兒動靜，便站了起來，四處張望。這般來來回回折騰了好幾次，才終於把紀延生給盼了過來。

紀延生有大半年沒瞧見自家閨女，乍然一看，覺得長高了，好像又瘦了點，登時心疼的啊。到底不是自己的家裡頭，瞧瞧把他家閨女給瘦的。

「爹爹，我好想您啊。」紀清晨說這話時，聲音還帶著哭腔，她是真想家裡人了。

紀延生瞧著她一雙大眼睛泛著淚，登時心疼地摸了摸她的頭髮，安慰道：「爹爹這不是來接妳回家了嗎？」

一提到回家，紀清晨瞬間破涕為笑。

是啊，回家……她就要回家了。

她又問了紀湛的病情，才知道他已經徹底好了，臉上竟連痘疤都沒留一個，這可真是祖宗顯靈保佑了。

父女兩人好久沒見，紀清晨乾脆留了父親在自己的院子裡用膳。

顯慶三十七年，十二月初一，嗣君殷廷謹正式拜別母妃，前往京城。此前一天，他已經拜別了先靖王的陵墓。

一路上二十五日的兼程，終於在十二月二十六日抵達京師，卻止於郊外。

原以為是今日天色已晚才要明日再進京，可紀清晨去找紀延生的時候，就在帳外聽到有人著急地說：「紀大人，你應勸說嗣君才是，這是內閣擬定的方案，讓嗣君以皇太子的身分入宮，擇日再行登基大典，若是不儘早進京，只怕登基大典便不能在年內舉行了。」

紀清晨一聽，登時皺眉。皇太子？可先前詔書明明是說，讓舅舅嗣皇帝位的。

紀延生也有點兒著急。「國公爺，並非我不想勸說，只是嗣君的性子您也是瞧見的，最是再堅定不過的。嗣君既然已打定了主意，又豈是我三言兩語便能勸說得了的？」

要是規勸真的有用，那他們今日便不用停留在這郊外了。

紀清晨匆匆地回了營帳，馬上派人去打聽，才知道原來這件事在使團中已傳開來了。聽說是內閣首輔郭孝廉擬定了這個法子，卻讓舅舅不滿意，於是他們便暫時留在郊外。

這還沒進京，未來皇帝便和內閣首輔先起了衝突。

她竟有種以後肯定不得安生的念頭。

第七十五章

嗣君已至京城，車隊卻停於郊外。

眼看著都快兩日了，京城內外俱是焦急不已。畢竟這會兒已是二十八了，要是再不進城，只怕登基大典便無法在年內舉行，明年更改年號之事，也會拖延。

不過殷廷謹卻堅決不接受內閣遞過來的方案，而內閣那邊卻依舊堅持他以皇子禮先入宮，再登基。

紀延生越來越著急，就連與紀清晨說話的時候，都走神了。

「爹爹可是在煩惱進城一事？」紀清晨開口問他。

紀延生愣了下，立即道：「沅沅，朝堂之事，可不是妳一個小女孩能過問的。」

「我是不能過問，可是爹爹一直在煩惱，難道我就不能幫爹爹解憂？」紀清晨歪了下頭，嬌俏地衝著他眨眼睛。

紀延生見她這般調皮可愛的模樣，無奈地搖了下頭，不過臉上卻沒了強烈反對的意思。她輕聲說：「爹爹，您覺得為什麼如今雙方會僵持不下呢？」

「妳還與爹爹打啞謎不成？」紀延生瞧她一眼，立即搖頭。

「雙方勢均力敵，才會僵持不下，可是君臣之間，又何來的勢均力敵呢？我聽聞先皇素來仁慈，所以朝中政務多由內閣處理，特別是內閣首輔郭大學士更是說一不二。可是他們卻沒意識到，如今天下已換了個主人，舅舅的性子，可不是能任人揉捏的。」

紀延生聽了她這番話，當即心頭大駭。也不知是不是旁觀者清，沅沅站在局外，竟是看得比他還要清楚。他沒想到，她雖平日裡一派天真，可是對政局的看法，竟完全不似閨閣女子，便是讀書多年的那些舉人，都未必有她這樣的見解。

是啊，君臣之間，哪有什麼僵持不下？如今殷廷謹雖為嗣君，可那也是君，但內閣卻拒不更改，一意孤行地要用這個方案。若是先皇在世的時候，內閣也會這般待先皇嗎？

就像沅沅說的，先皇仁慈，可是先皇再仁慈，內閣也不敢如此藐視先皇。

待想通這一點後，紀延生反而明白了殷廷謹的堅持。畢竟他初入京城，在京城可以說是人生地不熟，而所有的人都注視著他，所以他連一步都不能行差踏錯。

「所以爹爹，你們從一開始的方向就錯了。你們不該想著怎麼勸舅舅，而是應該想著，怎麼去勸那位郭大學士低頭。」紀清晨淡淡地說。

紀延生這才發現，她竟是來做說客的，可偏偏紀延生還覺得她說的這番話極有道理，甚至他第一次發現自己的這個小女兒，有著獨到又叫人無法忽略的一面。

他此時竟是生出一股後悔來。若她是個男兒身，那麼紀家必可以在她的帶領之下，走上比父親當年在世時，還要輝煌的地位。

殷廷謹從案桌後抬起頭，就瞧見帳門口的小姑娘，此時手上端著紅漆描金海棠花托盤，上頭放著一只成窯五彩小蓋盅。

「沅沅。」殷廷謹有些疲倦地喚了她一聲。這兩日他聽著那些人在耳邊嗡嗡嗡地勸說，真恨不得叫人縫上他們的嘴。可偏偏卻又不能由著性子，還真是痛苦不堪。

他這次上京，因為太過突然，便只帶了長子殷柏然隨行，就連方氏都未帶著。他是打算等他在京中安定下來，再派人去接他們，讓他們慢慢來京城即可，一路上也不致於太過辛苦。

紀清晨將托盤放在桌上，輕聲道：「我瞧舅舅這兩日頗為辛苦，便叫人燉了人參鴿子湯給舅舅。」

「到底還是女兒貼心。」殷廷謹嘆了一口氣。兒子雖也好，卻不會想著這些小事。

紀清晨叫了個侍膳的小太監進來，叫他先嚐了這道湯，才敢盛給舅舅喝。

這次使團去遼城時，大概猜到殷廷謹身邊伺候的人手必定不夠，日後會多有不便，就帶了二十八個太監隨行。而如今這些人，便在他身邊伺候著。

殷廷謹著人給她搬了張椅子過來，道：「我知妳心急著要回家，只是這幾日，妳暫且先忍耐些。」

一想到那些臣子，他就又覺得頭疼。每次來勸說他的，還不是同一批人。昨日內閣的幾個閣臣都來了，今兒個六部的尚書也都來了，俱是勸他要接受郭孝廉的提議。

「比起舅舅的事情來，我回家不過是小事而已。」其實紀清晨說這話當然是假的。眼看著京城就在眼前了，可她卻因為君臣雙方的拉鋸戰而不能回家，她內心也是焦急不已。

當然不管是從情理還是法理上，她都是站在舅舅這邊的，所以對於那位頗為跋扈的郭大學士，她還真是有些不喜歡。

但又能如何呢？誰叫人家是當了十幾年的閣臣，就連首輔這個位置，他也已經坐了五年之久。

只見殷廷謹面色微冷，將手中的五彩小碗放下來，輕聲道：「他們每個人倒是都想逼迫我讓步。」

他這話倒也不是專門對紀清晨說的，只是這兩日他心中頗為苦悶，他雖也帶了王府的謀士隨行，可到底是寡不敵眾。

「舅舅，其實您不必和那個郭大學士一般見識，畢竟這朝務雖由他暫時總攬，可他上頭還有皇后娘娘。若是皇后贊成舅舅的方式，難道他還能固執己見不成？」紀清晨輕聲開口道。

殷廷謹並未說話，只安靜地聽著。

紀清晨又大著膽子說：「我知道這位郭大學士甚是可惡，一直強逼舅舅您。可現如今最緊要的不是這位郭大學士，而是舅舅應該早些登基，畢竟國不可一日無主。如今朝政被一個臣子總攬，實在叫天下百姓無法安心啊。」

他與紀延生一般，沒想到小姑娘竟會有這樣的見地，還真是一語點醒夢中人。其實也不怪殷廷謹，只是他一向居於遼東，就算靖王府有安排眼線在京中，但此時真正到了關鍵時刻，還是有種兩眼一抹黑的感覺。

況且這場他與郭孝廉的爭執，他並不想迂迴行事，他就是要郭孝廉向他低頭，畢竟他才是大魏未來的皇帝。只是如今紀清晨的大膽提醒，讓他一下子想通了。

他過於在意自己與郭孝廉的爭執，以為不堅持下去，便是對郭孝廉的妥協。可他卻忽略了一件事，那就是一旦他成了真正的帝王，這個郭大學士就得乖乖地跪在他的面前。

待想通了這一點，他哈哈大笑，道：「對，這個郭孝廉還以為他能一手遮天不成？」

他可以派人去遊說秦皇后，只要她能同意自己的方式，就連郭孝廉也不得違抗她的懿旨。只是一想到這裡，他心底便對郭孝廉有了一絲厭惡，畢竟若不是郭大學士對他步步緊逼，他也不至於要這般曲折地登上皇位。

不過如今最重要的是，他必須直接嗣皇帝位，而不是以什麼皇子的身分進京。

「沅沅，那妳可知，誰是去勸說皇后的最佳人選？」殷廷謹又問她。

紀清晨立即笑道：「自然是有一位。」

只是殷廷謹怎麼都沒想到，她說的人竟是紀延生。

「這一來一回的路上，爹爹與寧國公的關係頗為融洽，我相信國公爺肯定會聽取爹爹的意見，而國公爺又是皇后娘娘的親兄長，也定能說服皇后娘娘。」紀清晨早就想好了。

甚至她還估算著，這會兒紀延生早已經去勸說國公爺了，只不過她故意這般說，也是想讓爹爹在舅舅跟前能有個表現的機會，畢竟他們兩人之間，還是有些嫌隙的。

殷廷謹倒是沒反駁。誰知他還沒叫紀延生呢，便聽說國公爺已進宮去了。待他又問，才知道紀延生竟是先他一步，去勸說了國公爺。

紀清晨立即在旁邊感慨道：「看來爹爹一直是站在舅舅您這邊的。」

殷廷謹這次神色是真的緩和了不少。說來，紀家也算是一股不小的勢力，畢竟紀家姻親中，還有晉陽侯府這樣的百年勛貴，他進京後，也要多番拉攏這些勛貴，如今倒是有現成的關係可以利用了。

第二日上午，秦皇后便令朝中群臣上疏勸進。

殷廷謹在帳內，聽著外頭文武百官齊齊喊出的聲音，竟忍不住心潮澎湃。

他走出帳外，接受群臣上疏，於巳時啟程入京。待午時，便到了正陽門，隨即抵達奉天殿，在登基大典中即位。

紀清晨沒有隨同入宮，而是由一隊人馬護送，回到了闊別半年之久的紀府。

待她下車的時候，就見一個肉乎乎的小身子，一下子便衝過來抱著她的腰，哭唧唧地說：「姊姊、姊姊。」

紀清晨趕緊摟住面前的小傢伙，眼中也泛著盈盈淚光。接著她彎下腰，仔細瞧著小傢伙的臉，果真像爹爹說的那般，一個痘疤都未落下。

「姊姊還以為這次回來，會看到一個麻子臉的湛哥兒呢。」紀清晨伸手刮了下他的小鼻子，緩和一下氣氛。

紀湛皺著眉頭，當即不樂意地道：「我就是成了麻子臉，姊姊也得喜歡我。」

「喲，竟變得這般霸道。可是姊姊不喜歡麻子臉啊，姊姊喜歡又白又嫩的。」紀清晨這會兒只覺得渾身舒暢，站在門口便與紀湛鬥起嘴來了。

倒是後頭的曾榕瞧著他們姊弟兩人好一會兒，才上前道：「沅沅，咱們先進府吧，老太太已經在家中等著了。」

曾榕說著也跟著笑了。這對姊弟，還真是一對活寶。

等到了老太太的院子，就聽屋裡有人在說笑，一進屋子才發現，紀寶芸今日竟然也在，只是她挺著個大肚子，看起來已有四、五個月的樣子。只見她一手扶著肚子，抬頭瞧見她，便笑著道：「喲，瞧瞧這是誰回來了，不是咱們府裡的七姑娘嗎？」

紀寶芸的語氣實在是太過陰陽怪氣，即便她沒說什麼難聽的話，老太太的臉色仍是沈了下來。

還是韓氏立即輕拍了下她的背，教訓道：「怎麼與妹妹說話的呢？妳是姊姊，哪能這般打趣妹妹。」

這哪裡是打趣的口吻。

只是聽著一向長袖善舞的大伯母說話，紀清晨居然都能有幾分親切感。

紀寶茵卻是一下子從椅子上起來，上前挽著她的手臂道：「沅沅，妳可回來了，妳這幾個月不在家裡，我快悶死了。」

還真是人走了，才知道可貴。紀寶茵和紀寶芙壓根兒就玩不到一塊兒去，再加上自從她三姊懷孕之後，在韓家是越發作威作福，連帶著韓家的表姊妹看她都不順眼了。

「祖母，我回來了。」紀清晨恭恭敬敬地跪在蒲團上，給祖母磕了三個頭。

她知道這次紀湛出天花，是祖母親自照顧他的，若不是有祖母日夜守著，紀湛便是好了，日後也得落了痘疤。要知道殿試時，可有不少人便是因儀容問題而落了榜的。

所以此時，紀清晨對祖母不僅有感激，更多的是感動。

這麼些年來，不管是待他們哪個孩子，祖母都是這般關心。

老太太瞧著眼前的小姑娘，離家半年，不僅人長高了，還一下子變得懂事了，老太太當即摟著她，默默地濕了眼眶。

新皇登基，自是一番新氣象，首先宣布的便是會在明年三月開恩科。

這對於天下學子來說，自然是了不得的好消息。

而秦皇后也已被皇上尊奉為太后，搬入了壽康宮中。皇上更是派人前往遼東，接靖王府的一干女眷來京中，此行將由大皇子殷柏然親自前往。

紀清晨沒想到柏然哥哥剛來京，便又要離開，不免有些難過。只是她更沒想到的是，殷柏然會在離京前，來紀家看她。

不過他倒是先在花園裡遇到了紀湛，他遠遠瞧著那小傢伙，似乎正指揮著身邊的小廝爬樹，於是便走過去，見他們竟是要掏樹上的鳥蛋。

「這些蛋日後可是要孵出小鳥的，你若是貿然讓他們給掏了，便是害死了這些小鳥呢。」殷柏然低頭看著他，提醒道。

紀湛瞧著面前這個好看的哥哥，登時來了興趣，問道：「哥哥，你是誰啊？」

「我啊……」殷柏然突然想起沅沅提到紀湛時的笑容，也不知為什麼，竟起了逗弄面前這個小傢伙的心思，道：「我是沅沅最喜歡的人，你猜猜我是誰？」

紀湛一下子愣住了，半晌才「哼」地一下撇過頭，道：「你騙人，姊姊最喜歡的人是我。」

雖然在紀清晨面前，他總是不好意思說喜歡這樣的話，可是在旁人跟前，他從來都是說，他最喜歡的是姊姊，連爹爹和娘親都得排在姊姊後頭。

可這個連見也沒見過的大哥哥，竟然說姊姊最喜歡的是他？騙人、騙人、騙人！

「是嗎？不如你親自去問問你姊姊吧。」殷柏然覺得自個兒大抵是無聊得瘋了，竟與一個七、八歲的孩子在這裡爭論沅沅到底比較喜歡誰。

可誰知，他們正說著話，紀清晨居然真的過來了。

紀湛一瞧見她，便趕緊跑上前，抓著她的手便問道：「姊姊，妳最喜歡的人是誰啊？」

紀清晨正要與柏然哥哥打招呼，就被小傢伙攔住，於是她牽著他的手，走到殷柏然跟前，問他道：「你有給哥哥請安嗎？」

紀湛這會兒都覺得他對這個好看的哥哥有點兒意見了，哪裡還想得起來要請安啊。於是他立即說：「姊姊，妳快告訴這個哥哥，妳最喜歡的人是我。這個哥哥居然說妳最喜歡他，他是不是說錯了？」

殷柏然沒想到，自個兒與小傢伙說的幾句戲言，會被拿到紀清晨面前問了，當下有些無奈地笑起來。

可誰知紀清晨卻有些為難地看著他們，半晌才開口道：「你們誰也不是我最喜歡的人。」

殷柏然：「……」沅沅，妳不用這麼誠實吧。

紀湛摸了摸頭。這真是尷尬了。

第七十六章

殷柏然是低調過來的，不過還是要拜訪紀家老太太。

「父皇自來京之後，便一直忙於政務，尚未得空請老太太入宮，便派我過來給您請安。」殷柏然恭恭敬敬地道。

別說老太太了，便是坐在一旁的韓氏都滿面紅光。這可是新鮮出爐的大皇子，誰家都沒去，就先來他們紀家了，這該是多大的榮光啊。

韓氏這會兒再打量著殷柏然，心底激動不已。畢竟誰能想到，這最後能登上大寶的會是那位啊？不過殷柏然這般年紀尚未娶親的，也實在是少數。

老太太一臉溫和地看著他，輕聲問道：「來京城的這些日子，可還習慣？」

韓氏瞧著老太太連問了幾個問題，都是不鹹不淡的，恨不得親身上陣，對殷柏然噓寒問暖一番。畢竟他乃皇上的嫡長子啊，這身分可不是一般的尊貴。

殷柏然雖低調，不過禮物卻沒少。紀寶茵和紀寶芙兩人都得了一只音樂盒，據說這是西洋進貢上來的，和市面上那些舶來品都不一樣。

大房的小孫女悅姊兒不僅得了和姑姑們一樣的音樂盒，還多了一個金項圈。小姑娘一手抓著黃澄澄的金子，另一手還非要抱著音樂盒不放。

大少奶奶傅氏，也就是她的母親，怕她把如此金貴的東西給摔壞了，便不讓拿著。結果小姑娘一撇嘴，便要哭出聲來。

韓氏覷了兒媳婦一眼。傅氏也怕孩子鬧得貴人不安寧，便趕緊叫人把小姑娘抱下去。

給老太太的一尊白玉如意佛，據說是護國寺大師開過光的；韓氏則得了一套頭面，不說別的，光是內造二字，便叫她喜上了天。

曾榕也得了一套翡翠頭面，裡頭光是翡翠簪子，便是整支都以翡翠雕出來的，那簪身通體碧綠如水，就是沒眼力見兒的，都能瞧出這套翡翠頭面的不俗。這樣的水頭兒，可是極難得的，況且還是一整套頭面，叫曾榕覺得受寵若驚，不敢接受。

「我在遼都之時，便經常聽沅沅提起您，說這麼些年多虧您的照顧了。」殷柏然本就生得儒雅俊俏，這會兒又是溫聲細語地說話，就連曾榕都不由得面色一紅。

一旁的紀清晨和紀湛姊弟兩人，眼巴巴地看著殷柏然把所有人的禮物都給了，就是沒他們兩人的分。

紀清晨登時便不高興了。沒湛哥兒的分就算了，反正這小傢伙剛把柏然哥哥給得罪，但為什麼連她都沒有啊？

兩人正一臉渴望地看著殷柏然，就見他朝紀湛招招手，叫他過去。

紀湛走到他跟前的時候，殷柏然便從身上取下一塊東西，竟是一只懷錶，這樣的東西光在市面上就能賣到兩千兩銀子，更何況殷柏然給他的，還是貢品。

「這個是給你的，相信你有了這個，就會更加珍惜時間，好好讀書。」殷柏然在小傢伙的肩膀上拍了兩下，溫和地說。

紀湛握著手中的琺瑯懷錶，只見懷錶面上有個金色頭髮的光屁股小孩子。待他小心翼翼地打開錶蓋，就瞧見裡頭正滴滴答答走動著的錶盤。

「大皇子，這實在是太貴重了，他一個孩子哪裡能用到這個。」曾榕立即道。可偏偏紀湛聽到她的話，反而把手裡的懷錶抓得更緊，顯然是真的喜歡，不想還回去。

殷柏然笑道：「夫人客氣了，這不過是我給表弟的一點見面禮。」說來，紀湛和殷柏然是沒有血緣關係的，不過根據禮法，殷廷謹確實算是紀湛的舅舅，所以殷柏然這聲表哥也是沒錯的。

紀湛這會兒可是真喜歡這個哥哥了，畢竟小男孩都喜歡這些稀罕玩意兒，況且這樣的琺瑯懷錶，便是連他爹都沒有。

所以他清脆地喊了一聲。「謝謝表哥。」

曾榕見狀，便也不好再說。

老太太留了殷柏然用膳，又打算叫人去請紀延德他們回來，只是卻被殷柏然阻止了，說不必再煩勞他們跑一趟，他用過午膳便要回宮。

雖然還有兩日便要過年，但先前的天花疫情叫六部都停擺了，如今好不容易疫情沒了，衙門裡的公務早已堆積如山，所以紀家的兩位官老爺，這些日子都是天黑透了，外頭已開始打更，才回到家裡來。

韓氏和紀寶茵回院子裡的時候，就瞧見紀寶芸正歪靠在羅漢床上，面前擺著一盤草莓。

這草莓如今可是稀罕東西，一斤便要好幾兩銀子，而且還有價無市，便是要買都得四處託人。偏偏紀寶芸懷著身孕，就愛吃這個。

韓氏又怕送到韓家去，她還得分給旁人，便乾脆叫她回來吃。不過韓氏還是送了點去給韓老太太，只是老太太年紀大了，也不愛吃這些。

「不是說叫妳留一點大的給我嗎？」紀寶茵見她把又大又紅的那些都挑著吃光了，只留下那些個小草莓，登時有些不悅。

紀寶芸一點兒也不客氣地說：「又不是我想吃，是妳未來的外甥想吃，我有什麼法子。」

「就會拿肚子說事。」紀寶茵真是煩透了她三姊這個模樣。先前懷不上的時候，那呼天搶地的模樣，叫她瞧著都心疼不已，恨不得跟大舅母去吵才好呢。

可這下子懷上了，她倒是好，盡是折騰起家裡人來了。

先前天花疫情蔓延的時候，她躲在家裡不出門倒也還好，可自從解禁之後，她便三天兩頭地往家裡跑。

韓氏見她是第一胎，便使勁地替她補著，什麼人參、燕窩跟不要錢似的買給她吃。紀寶茵倒是提醒了兩句，畢竟肚子裡的孩子若是養得過大，日後恐怕不好生產。韓氏自個兒便生過三個孩子，如何會不知道這樣的事情，只是她太偏寵紀寶芸了，就怕她受了委屈。

紀寶茵不過是說了這一句，反叫紀寶芸懟了回來，話裡話外的意思，便是說她嫉妒自個兒受母親寵愛，沒安好心眼，氣得紀寶茵當場便哭出來，好些日子都沒與紀寶芸說話，後來還是紀寶芸主動與她和解，姊妹兩人才算勉強和好。

韓氏見她們說沒兩句就又要拌嘴，便趕緊道：「寶芸，妳不是說想吃醬瓜？娘已經叫人準備了。」

紀寶芸點點頭，就瞧見紀寶茵身後的丫鬟手上似乎拿著一個盒子，她好奇地問道：「那是什麼？」

「大皇子給的東西。」紀寶茵故意道。

果不其然，紀寶芸的臉色沈了下來。

方才去老太太院子的時候，韓氏也叫著紀寶芸一塊兒去的，可偏偏她自個兒不願意，非要留在房中，所以韓氏也不好硬拖著她去。

其實紀寶芸哪裡是不願意去，只是她還記得年少時見到殷柏然的情景，那時候她還是個嬌俏少女。可如今的她卻挺著個大肚子，臉上還因為懷孕不能上妝，又黃又糙的，便是她自個兒都不願多照鏡子，又怎麼會去殷柏然跟前，讓他瞧見自個兒這副模樣？

不過她也就是自尊心作祟罷了，倒也沒什麼旁的想法，畢竟如今這會兒，兩人之間已是雲泥之別了。

紀寶茵端著茶喝了一口，又因屋子裡頭早燒著地龍，到處暖烘烘的，便是方才在外頭受的那點寒氣，這會兒也都沒了。等身上暖和，她的話也願意多說幾句了。「先前光是聽著外頭在傳這些事，總說沅沅的舅舅當了皇上，老覺得是別人家的事情，可這會兒瞧見大皇子，才發覺還真與咱們家有些關係了。」

可不就是，小時候還能一起玩著的大哥哥，如今竟成了尊貴的皇子。

紀寶茵倒是連羨慕都羨慕不了紀清晨了。先前大家都是紀家的嫡女，雖說沅沅的外家是王府，可她親舅舅也不過就是個庶出的。那時候紀寶茵還覺得兩人之間不差什麼，頂多就是二叔和二嬸娘寵沅沅多一些。

可如今沅沅的親舅舅卻成了皇上。那可是皇上啊，一句話便能叫她全家翻天覆地的皇上啊。

這下子，紀寶茵是真的連一點兒嫉妒的心都沒了，以後她還是和沅沅繼續好好相處吧。

紀清晨回了院子才知道，柏然哥哥竟給了她兩大箱子之多的禮物。那幾塊皮子都是頂好的，冬天不管是做斗篷還是大毛衣裳，都再好不過。

她原本想叫人挑了一半送去晉陽侯府的，卻被杏兒攔住了，道：「姑娘，大皇子叫人抬進來的時候就說了，大姑娘那邊的東西，他自是叫人送去了，這些是專程為姑娘準備的。」

滿滿兩大箱的東西，光是首飾盒子一打開，裡面就是好幾層，擺了滿滿當當的。赤金簪子、刻絲織品、羊脂白玉手鐲、紫羅蘭掛件等等，那珠子打得是渾圓剔透，一顆顆都同樣大小似的。

雖說紀清晨先前也過得富貴，可就是一般大家閨秀的樣子，平日裡她便是比旁的姊妹多出幾件好東西，也是過節時舅舅叫人從遼東送來的，或是紀寶璟給她的。

只是這會兒，殷柏然一出手就送了兩大箱的東西，她都覺得光是這兩箱子，再添置點別的東西，都夠給一個三品官員的嫡女打一副嫁妝了。

先皇旁的不說，攢錢實在是有一手。所以殷廷謹不僅得了皇位，還得了滿滿的一個內庫。雖說這天下都是皇帝的，可皇上想伸手到國庫裡頭卻也難。

先皇還是皇子的時候，就時常聽到武宗皇帝抱怨內庫空虛，就連想修繕一個宮殿，都要讓內閣討論上半天。要是想蓋一座消暑的莊子，那些老臣恨不得跪在武宗皇帝跟前，哭訴上半日。

先皇是知道這些艱苦的，所以與蒙古打仗之後，蒙古為了求和，割了好些東西過來，這些全被收入內庫中去了。不過先皇都還沒來得及想著該怎麼用這些財寶，便一命嗚呼，卻是便宜了殷廷謹。

只是這會兒大行皇帝才過世不足百日，殷廷謹自是低調行事；況且他又剛接手這天下，一心想做出一番政績，好狠狠地摑了郭孝廉的臉。

昨兒個皇帝身邊的太監總管，小聲地問他今年過年，可還要辦宴？雖說大行皇帝離開尚不足百日，可宮裡的人總是要吃飯的吧。

皇帝這才想起來，再過兩日便要過年了，只是他的嫡母和媳婦都還在遼城，身邊就兩個尚未成親的兒子；又想起還有個姻親在京城裡，這才叫殷柏然送了東西過來。

殷柏然是在過年後，初五那日才出發去遼城的。因是要接未來的皇后入京，所以皇帝大手一揮，給了他足足一千人的兵馬，路上是再不怕那些小毛賊了。

整個京城的年，過得是真安靜，就連放鞭炮的聲音都沒有。

畢竟這會兒先皇逝世還未出百日，宴飲是絕對不允許的，所以一家人聚在一塊兒吃飯，連清酒都不敢擺上。

不過守夜卻是照常的，曾榕帶著紀清晨和紀寶芙一塊兒打葉子牌。

紀清晨手氣不怎麼樣，玩了半個時辰，竟輸了好幾兩銀子。等又輸了一把之後，她便一撒手，不想再玩了。

「不玩正好，贏的這些錢，正好叫廚下頭弄個熱湯鍋子來吃。」曾榕笑道。

紀清晨倒也不是心疼錢，實在是輸得有些鬱悶。

一旁的紀寶芙不緊不慢地收了銀子，竟也跟著笑道：「那我就沾太太的光了。」

曾榕笑得更開懷，回道：「瞧瞧這個孩子，還真是一毛不拔了。」

今天誰的心情都不錯，即便是一向格格不入的紀寶芙，都能與曾榕有說有笑的了。

第二日，便要早早地進宮給太后請安，就連老太太都穿上正一品夫人的禮服。雖說大家都是穿新衣裳，不過也都是極低調的顏色，沒人敢穿那些大紅顏色。

等進到宮裡，她們便被領到秦太后的壽康宮中。此時宮裡的太妃們也都在，只是紀清晨瞧著坐在當中的柳貴太妃，才二十多歲，正是顏色最妍麗的時候，可鬢角卻隱隱有華髮，瞧著那模樣，竟像是三十好幾的人。

上回瞧見她時，還是在宮宴上，只是那會兒她與皇后兩人，一右一左地坐在皇上案桌的下首。當時的她嬌俏玲瓏，一顰一笑間都是得意和高貴，這才一年不到，她便從美夢中跌落下來了。

二皇子沒能熬過天花，早夭了；而皇上更因為受不住喪子之痛，竟一病不起，最後也撒手而歸。柳貴妃沒了兩個最大的靠山，往後的日子，就是在這宮裡頭，對著牆壁，度過漫長的一生。

她倒是也想找個怨恨的人，可偏偏帶二皇子出宮的是她的娘家姪子，也是她自個兒親口同意的。

柳尉也同樣沒活下來，只是誰都不知道，他究竟是真的死於天花，還是有別的死因。

反而秦太后瞧著氣色卻是最好的。她雖沒了丈夫，可丈夫本來也不是她一個人的，如今她還能從皇后成了太后，比從前更加尊貴，所以心底的那分傷心，也就淡化了。

從前秦太后便對紀清晨不錯，如今瞧見她，更是親熱了。秦太后叫人給紀家的女眷賜座，卻單單把她叫過去，竟是叫她在自個兒旁邊坐著。

紀清晨便是再大膽，也不敢這般，立即屈膝不敢受。

倒是秦太后打量著她，歡喜地說：「哀家早就說過了，妳與別的孩子不同。這些日子，聖上倒是沒少念叨妳，說是等天氣暖和了，便接妳進宮來住著。妳說妳可願意陪陪我這個老人家？」

這話要是旁人聽了，那真是眼睛都嫉妒得紅了。不過在場的人都知道，她是聖上的親外甥女，日後的前途自是不用說，不過誰都沒想到，聖上竟是這般喜歡她。

此時在場的公侯夫人都紛紛抬起頭，仔細地打量著紀清晨，哪家有適齡少爺的，更是已經開始盤算著。

紀老太太聽見太后的話，心裡卻是咯噔一下。

等回到家裡，紀老太太便叫人趕緊把紀延生找過來。等她把太后說的這話告訴了他，紀延生卻笑著安慰她道：「娘您也不是不知道，皇上一向待她們姊妹好，往年哪一次不從遼東送些東西過來。如今都在京城中，皇上就是叫她進宮住兩日，也不是什麼稀罕事啊。」

雖然紀延生這麼說，可老太太卻不放心，她總覺得，太后的那些話是意有所指。

今年的元宵節是不怎麼熱鬧，就算想看花燈，也是在自個兒的院子裡看。街上再沒往年那麼熱鬧，倒是皇上在宮裡辦了個小宴會，紀延生也有幸受邀參加了。

可是他回家的時候，卻把曾榕嚇了一跳。只見他衣裳上都是雪沫，靴子也都濕透了，似乎還摔了一跤，衣裳上好幾處都沾了泥水。

曾榕又著急又心疼，趕緊叫人給他拿了衣裳來換，卻又忍不住責備小廝。也不知怎麼照顧他的，竟讓他摔成這般狼狽的模樣。

紀延生卻突然一把抓住她的手臂，喊了一聲。「榕榕。」

曾榕一抬頭，瞧見他眼眶都紅了，登時更嚇了一跳，忙問發生什麼事了？可他就是不說，把曾榕給急到不行。

好半晌，他才動了動唇，顫抖地說：「皇上要過繼沅沅。」

第七十七章

曾榕聽罷，愣在當場。

等她回過神，馬上抓著紀延生的手臂，問道：「可是皇上今日同你說的？明說了？」

要不是明說了，紀延生何至於這般狼狽。他一出宮門就摔倒在雪堆裡，後頭跟著的小太監連拉都沒拉住。幸虧今兒個外頭下著雪，要不然，他非得摔得鼻青臉腫不可。但卻也沒好到哪裡去，一雙靴子濕透了不說，衣袍也全都是髒污和泥水。

曾榕咬著牙，登時便道：「就因為咱們把閨女養得討人喜歡了，便要搶走？這天底下哪有這樣的道理！我不同意，就算是皇上開了金口，我也不同意。」

紀延生愣住，眼巴巴地瞅著曾榕。皇上是天下之主，他身為臣子，便是皇上叫他即刻去死，他都不得有半句怨言的。

倒是曾榕不像他這般，滿腦子都是君君臣臣的道理，她只知道，是他們辛辛苦苦把沅沅養大的，總不能因為沅沅性子好、生得又美，他們把閨女養得太好了，皇上喜歡他們家沅沅，就要過來搶吧。

所以當曾榕直截了當地說不同意，卻是叫紀延生怔住了。

「難不成你還動了這心思？」曾榕瞧他傻傻地望著自個兒，登時恨鐵不成鋼地說。

紀延生哪裡能同意啊，便是給他封個侯爺當，他都不願意拿沅沅去換。他知道皇上是看重沅沅，才會這般說。可先不說他，沅沅是老太太自小養到大的，這不是要了老太太的命？所以他是萬萬不能答應的啊。

可皇上既然提出來了，他要是堅持不同意……

本來這元宵節，熱熱鬧鬧的一個日子，竟讓他像在火裡頭走了一遭似的。

曾榕瞧著他身上的雪珠子都化開了，衣裳也濕了一大片，好在丫鬟已經拿了乾淨袍子過來，她趕緊叫他脫了；又吩咐丫鬟去拎一壺熱水進來，好讓他泡泡腳。

他那雙靴子已是濕透，因為進宮之前外面還沒下雪，所以也沒換上牛皮靴子，這尋常的皂角靴，哪裡禁得起踩雪？

等紀延生坐在羅漢床上，曾榕給他脫了靴子，一摸上去，雙腳竟都凍得跟冰疙瘩似的。她心疼得厲害，趕緊要他把雙腳放在溫熱水裡泡一泡。

許是凍久了，他將腳伸進銅盆裡的時候，竟是一點兒都不覺得燙。

「你說皇上怎麼就突然有這想法了？」曾榕嘆了一口氣，問道。

紀延生又怎麼會知道，只道：「皇上只有三個兒子，膝下沒個女兒；沅沅之前又在靖王府裡住了大半年，皇上大概是喜歡她喜歡得緊吧。」

除了自家女兒太討人喜歡這個原因，紀延生還真是想不出別的理由。

畢竟他又不是什麼了不得的人物，需得皇上這般拉攏他。其實這件事要是擱在旁人家，還不知道要多高興，畢竟這可是光宗耀祖的好事。要是真的過繼成了，一個公主的位分必定是跑不掉。

本朝公主可是食邑的，元后所出的長公主，食邑三千戶，其他庶出的公主，則是食邑一千戶。

所以若是不考慮他們身為父母的感受，把紀清晨過繼給皇上，那就是百利而無一害。可是一想到他自個兒的女兒以後不能再叫他爹爹，紀延生的心底便跟被刀割過一樣。不管怎麼說，他都是不願意的。

「我覺得這件事還有轉圜的餘地。」曾榕道。

紀延生露出苦笑。一直以來皇上對他都是極不喜歡，若不是有寶璟和沅沅兩個孩子在，只怕皇上早就斷了和紀家的來往。今兒個他瞧著皇上那意思，就是通知他一聲而已，並沒打算要問過他的意思。

所以他也不知道，若是皇上心中真的決定了，還能如何轉圜？

「若是沅沅不願意，我想皇上肯定也不會一意孤行吧？」曾榕猜測道。

紀延生心中無奈。當公主這樣的誘惑，豈是一個姑娘能拒絕得了的？她在紀家就只是個三品京官的女兒而已，可若是過繼給皇上，那便是高高在上的公主殿下，就連他以後見到她，都得恭恭敬敬地行禮。

在親人和公主之間，紀延生還真不敢叫紀清晨去選。

曾榕看著他面露苦笑，登時便道：「你也別太過喪氣，我看沅沅可不是那種愛慕虛榮的姑娘，若讓她親自去勸皇上，說不定這件事就能過去了呢。」

「妳明日去瞧瞧寶璟吧，我不想讓沅沅知道這件事，先瞞著她吧。」紀延生有些疲倦地道。

曾榕點點頭，又問了句。「那老太太那邊呢？」

「我再找個機會親自與娘說吧。」

第二天，雪還在下，放眼望過去外頭白茫茫的一片。

紀清晨起床時，就聽杏兒和香寧念叨，說外頭雪大，便給她穿了內裡是鹿皮的長靴；又把羽緞斗篷給找出來叫她披上，還給她把護套也戴上了。

她屋裡的皮子本來就多，畢竟舅舅還沒當皇上那會兒，每年過年便會叫人送年貨到京城來，皮子是必不可少的。雖說也分給了家裡的姊妹不少，可她自個兒餘下的還是夠做好些衣裳，光是鹿皮靴子她就好幾雙了。這些皮子要是拿出去賣，一件也能有上百兩的銀子。

窗戶上結了一層厚厚的霜花，叫她看不清外面，只能瞧出模糊的白影子。等出了門，一腳踩下去，咯吱咯吱作響不說，半隻腳都陷進了雪堆裡。

曾榕一夜都沒怎麼合眼，起床時，就瞧見眼下的青色。她叫丫鬟上了一層細粉，這才算遮上了。

待兩個姑娘到了，她一邊叫人上膳，一邊道：「我今日要去瞧瞧妳們大姊。」

「我也要去。」紀清晨想也不想地說。

紀寶璟如今已有八個月的身子，約莫在三月便要生產了。紀清晨覺得她這會兒孩子生得正是時候，天氣不冷不熱的，便是坐月子也不遭罪。曾榕生紀湛時，正是八月最熱的時節，頭上一層一層的出汗，可就是不敢用冰。

只是她沒想到，曾榕卻不准。「不行，今日外頭下著雪呢，妳在家裡好生待著。等過幾日天氣好了，我再叫人送妳過去。」

紀清晨登時便撒嬌道：「太太都能去了，為何就我嬌貴啊？」

曾榕聽著她撒嬌的話，登時心底苦笑。可不就是嬌貴，說不定以後在她跟前，自己還得下跪請安呢。不過心底這麼想著，嘴上卻還是哄她道：「這外頭實在是太冷了，我是去瞧瞧妳姊姊而已，畢竟她現在月分也大了。有些咱們的私密話，可不能叫妳這個小姑娘聽了去。」

還不就是生孩子那點事嗎？紀清晨在心中哼道，卻還是聽了曾榕的話。

紀寶璟因月分大了，所以晨昏定省都免了。

曾榕與晉陽侯夫人見了面，說了一會兒話，就來到紀寶璟的院子。這會兒，溫凌鈞去衙門了，他如今在翰林院當值，月俸就那麼一點，卻是盡心盡力在當差；而溫啟俊則是去了學堂。

「外頭這麼大的雪，太太該過幾日再來的。」紀寶璟扶著肚子起身，曾榕瞧見她這肚子，趕緊叫她坐下。

曾榕也沒迂迴，只說有要緊的話想與她說。

紀寶璟一聽，便立即叫身邊的丫鬟都出去。她早上接到信兒，聽說太太要過來，心底還疑惑著，外頭下這麼大的雪，究竟是有什麼要緊事，非要今兒個過來呢？

果不其然，還真是有事。

曾榕把紀延生的話複述一遍。不管怎麼說，意思只有一個——皇上想過繼紀清晨。

紀寶璟聽完，眼神都直了，半晌說不出話來。

曾榕看著她這模樣，怕真的把她給嚇住，立即安慰她。「這也不是說馬上就定下來，我瞧著就是皇上與妳爹爹這麼一說而已。」

紀寶璟的面色倒是慢慢地恢復過來。她伸手摸著小几上的茶盞，剛端了起來，卻是雙手捧著茶盞，又轉頭急急地問：「這件事，沅沅可知道嗎？」

「妳爹爹自是還沒告訴她。妳也知道皇上要過繼咱們家的孩子，若真要說，這也是天降的富貴，可是妳爹爹與我卻是捨不得。」曾榕是真的捨不得。「這要是真過繼了，以後她可就不是咱們紀家的孩子了。」

紀清晨五歲的時候，她便嫁過來了。這孩子幾乎是她一手帶大的，可如今卻轉頭告訴她，紀清晨往後就是別人家的孩子了……

紀寶璟雙手一抖，手裡拿著的茶險些潑出來。她將茶盞放下，連吸了好幾口氣。這消息實在是太過突然，讓她腦子一時都轉不過來。

舅舅要過繼沅沅，那麼對於沅沅來說，是一件好事。畢竟如今舅舅已是皇上，若是沅沅真的被過繼了，那日後便是公主……

紀寶璟的雙手一下子捏緊了，她自然是恨不得沅沅什麼都好。如今她只是個普通的大家閨秀，這要是一隻腳踏出去，身分上便天翻地覆了。

她會受到所有人的仰望，成為京城最耀眼的那顆明珠。

她至今依舊還記得，當年她與三妹的那次爭吵，沅沅跪在蒲團前與她說，以後她們會成為所有人仰望的人。

如今她是世子夫人，日後便是晉陽侯夫人，身分已然尊貴。可是她的沅沅，卻還什麼都沒有。

紀寶璟捏緊手掌，忽而輕聲一笑，道：「太太，既然爹爹還沒告訴沅沅，不如讓我來告訴她。」

曾榕聽她這麼說，還以為她是想幫著勸紀清晨呢，登時喜上眉梢。畢竟這件事若是清晨不願意，皇上總不能強逼著她吧？不過她又擔心，沅沅要是真拒絕了皇上的這番心意，會不會讓皇上覺得她是不識抬舉？還真是讓人左右為難啊！

等外頭的雪化得差不多了，曾榕便叫人送紀清晨去了晉陽侯府。姊妹兩人一見面，紀寶璟便把丫鬟都屏退出去。

丫鬟關上了門，紀寶璟立即抓著她的手，鄭重地說：「沅沅，妳與姊姊保證，一定會答應姊姊這件事。」

紀清晨瞧著她凝重的神色，登時噗哧一笑，道：「姊姊，妳都沒說是什麼事，我要怎麼答應啊？」

「沅沅，舅舅想要過繼妳，這件事妳還不知道吧？」紀寶璟的話一說完，紀清晨也是驚呆了。

她自然以為是自個兒聽岔了，又問了一遍。「過繼？舅舅好端端的為什麼要過繼我啊？」

「舅舅沒有女兒，他又那麼喜歡妳。」紀寶璟道。

紀清晨是真的被嚇住了，她沒想到最後竟會發展成這般。她想過舅舅登基之後，大概也會像前世那樣，給她和姊姊封個郡主，不過那也是之後的事情了。

可舅舅竟然要過繼她，過繼便意味著，她會是舅舅的女兒，她是皇上的女兒……那她就是公主啊！

這個念頭在腦海裡只那麼一閃，她便覺得有種不真實的感覺。前世她不過是個商戶的女兒，可是今生，她卻有機會成為一位公主。

那些她曾經仰望過，甚至求見而不得的貴夫人，往後到了她的跟前都要行禮，還要尊稱她一聲「公主殿下」。

這一切美好得就像是夢一般。

紀寶璟見她發呆，也知道她是被這個消息震驚得太過，所以也沒打擾她，只讓她一個人先細細地想一會兒。不管怎麼說，這件事真正影響的人是她，不管是爹爹還是太太，又或者是自己，都不能真正替她作決定。

也不知過了多久，紀清晨開口輕聲問道：「姊姊，是不是我過繼給了舅舅，日後便是公主了？」

紀寶璟點點頭。

紀清晨眼中出現一絲迷茫。「那我以後就不再是爹爹的女兒了？」

紀寶璟一下子濕了眼眶，嗓子梗住，卻還是強忍著，說：「是。」

然而，紀清晨到離開的時刻，仍沒有說，她是願意還是不願意。

二月，殷柏然終於護送靖王府的一干女眷進了京。李氏母女是孤兒寡母，王妃自是不會將她們丟在遼城，所以乾脆全都帶來了。

後宮裡早就準備好了宮殿，方氏被安排在鳳翔宮，那是歷代皇后住的宮殿。皇上也早就著禮部準備封后大典，待方氏到了之後，便會擇吉日舉行。

殷柏然一回來便去向皇上請安。父子兩人好久未見，殷廷謹也是極想念他，便叫人準備了他愛喝的茶水，叫他坐下與自個兒說話。

這一路上，辛苦自是不必說，畢竟是護送自己的親娘上京，定會更加仔細小心。

倒是聽到殷廷謹提起想要過繼紀清晨的時候，殷柏然震驚得將手中的茶水潑了出來，滾燙的熱水滴在手背上，叫他疼得厲害。

殷廷謹瞧著兒子這失態的模樣，登時笑道：「我一向喜歡沅沅，膝下又只有你們這幾個小子，便想知道養女兒是個什麼樣的滋味。」

「父皇，此事非同小可。」皇上過繼一個孩子，可不比旁人啊，這其中牽扯到的還有前頭那些朝臣呢。

殷柏然都能想到，那位郭大學士肯定是第一個跳出來反對的，他不想讓沅沅成為被攻擊的對象。

不過待聽到沅沅還不知此事，他也知道對於這件事，父皇暫時還未宣揚，便稍微放心了些。

等第二日，紀清晨進宮給方氏請安，殷柏然特地等著她。

紀清晨許久未見他，自是開心不已，問東問西的好不歡快。

殷柏然瞧著她這副模樣，再想著公主該是什麼樣子，怎麼都覺得不該是她這個活潑樣就是了。

「沅沅。」殷柏然突然叫住她。

紀清晨抬起頭看著他。

就聽殷柏然突然啟唇一笑，柔聲問道：「沅沅，妳想嫁給柏然哥哥嗎？」

第七十八章

二月的陽光，帶著暖洋洋的味道，照在這黃瓦紅牆的宮殿上。長長的夾道上，明媚清妍的少女站在原地，驀然抬起頭，一臉驚詫地望著身邊高大英俊的男子。

殷柏然彷彿不知道自己說了什麼了不得的話，反叫紀清晨不知所措了起來。

嫁給柏然哥哥？怎麼可能呢！

她瞪大了眼睛，瞧著面前的殷柏然，好半天才道：「柏然哥哥，你是在與我說笑嗎？」

「怎麼會覺得我是在說笑呢？」殷柏然口氣輕鬆地反問。

紀清晨深吸了一口氣。這些日子她一直為舅舅想要過繼她的事情而煩惱，畢竟這可是影響她終身的大事，她可不能行差踏錯。沒想到殷柏然一回來，便又給了她一個措手不及。

若不是身後還有她的丫鬟和殷柏然的隨從，她都想伸手探一探柏然哥哥額上的溫度，瞧瞧他是不是病了？

「怎麼一臉不相信的表情，難道妳不喜歡柏然哥哥？」殷柏然說罷，還輕「嗯」了一聲，那嗓音就像是帶著誘惑一般，撩撥得紀清晨面紅耳赤。

她對柏然哥哥沒有任何男女之情，現下突然驚覺，柏然哥哥也是個男人，而不只是一個哥哥了。

「當然不是，我當然喜歡柏然哥哥，可那是對哥哥的喜歡啊。」紀清晨有些無奈地說。

對她來說，殷柏然就跟親哥哥一般，就算很多年沒見面，可是每年她都會給他寫信，在他生辰的時候，也會送上貼心的禮物。

所以她壓根兒就沒把殷柏然當成一個男子看待，對她來說，他就是哥哥，親哥哥一般的存在。

而且她也不覺得柏然哥哥是把她當成女子一樣在喜歡的。她覺得他對她一直像在看待一個小丫頭，老是動不動就摸她的髮頂，似乎還覺得她是小時候那個胖丫頭呢。

此時他們兩人站在前頭，身後的宮人都離他們遠遠的，所以紀清晨便大著膽子問他。

「柏然哥哥，你怎麼會突然有這麼奇怪的想法？」

「奇怪？」殷柏然好笑地問。

「當然奇怪了，柏然哥哥你又不喜歡我，卻無端說這樣的話。」紀清晨與他素來是有話直說。

殷柏然看著她有些激動的模樣，微微一笑，卻是不作聲。

紀清晨有點兒著急了，可又覺得奇怪。這舅舅剛說要過繼自己，這會兒柏然哥哥便說要娶她……難道是因為，他不想讓自己被過繼給舅舅？

想到這裡，她才覺得有點兒道理。

只是她卻不懂柏然哥哥的意思。他為什麼不想讓她被過繼給舅舅呢？

殷柏然瞧著她臉上的表情變了又變，心底只覺得好笑。倒是他莽撞了，這話本不該說的，如今卻脫口而出。話說，他也有許多年不曾這般衝動了。

要說對沅沅，他確實是沒有男女之情，只是數來數去這身邊的女子，除了他親娘之外，他對沅沅最是上心不過。

他過了年都已經二十五歲，這個年紀擱在外頭勛貴人家家中，孩子都生下好幾個了，可他卻還是孤家寡人一個。

原本父皇是想等著大伯父嚥了氣，他繼承王位之後，再給自己說親事。到時候他是靖王府未來繼承人的身分，也是板上釘釘了，說的親事定然不差。

可誰承想，陰差陽錯間，父王竟成了父皇……原本只想著靖王府，卻一下子得了整個天下。別說殷廷謹自個兒心裡發怵，便是看似淡然的殷柏然，心裡也沒個底，只是父子兩人誰都不說罷了。

如今他成了風風光光的大皇子，婚事必然要提到檯面上來說的。

先前宮裡晚宴的時候，太后便拉著他說話，話裡話外的意思都是他這個年紀就算尚未大婚，也該放些人在房裡頭了。

方氏是耕讀世家出身的，在江南也是體面的人家，家裡別說寵妾滅妻這樣的事情從未發生過，就連妾室都是極少的，也就是到了三十多歲，正妻實在是生不了孩子，才會叫人抬了良妾進門。

方家規矩便是這般，只是方氏管不著丈夫如何，畢竟靖王府作主的也不是她。可是殷柏然房中，她是再不許人行那勾引之事，便是丫鬟塗脂抹粉，都要被她訓斥一頓，就是怕兒子被這些丫鬟給勾了，壞了性子。

可誰知這婚事卻也耽誤下來，方氏實在是心疼兒子，便想在兒子房裡放上兩個通房，反倒是殷柏然自個兒不願意。

既然都開了口，殷柏然便順著說下去。「妳若是嫁給柏然哥哥，柏然哥哥會一輩子對妳好的。」

紀清晨真是哭笑不得。柏然哥哥是真把她當成一個還在吃糖的小孩子，哄她的話竟跟小時候一模一樣。

「柏然哥哥，你是不是不想讓我被過繼給舅舅，才會這麼說的？」紀清晨小聲地問。

殷柏然愣了下，微微一挑眉。這小姑娘果真比他想的還要聰明。「是，但也不是。沅沅，我知道妳不會捨得姑丈還有寶璟他們，而父皇又那麼喜歡妳，若是妳嫁給我，便跟成為父皇的女兒沒什麼兩樣；況且咱們自幼便相識，知根知底，柏然哥哥有信心，會一輩子對妳好的。」

說到底，這麼多年來，他不願娶親，一方面有殷廷謹的考量在，一方面也是因為他心目中沒有適合的人選。

雖說婚姻之事，乃父母之命，媒妁之言，可是殷柏然也不想完全任由旁人作主。他對於未來妻子雖說沒有期待，卻也不希望娶一個完全陌生的女子。

如果未來是與沅沅一起度過，想必也不會無趣吧。況且他也不喜歡因為過繼一事讓姑丈為難，如今父皇這是在逼著姑丈呢。再說紀老太太待沅沅一向都好，若是貿然過繼，只會讓她老人家傷心。

紀清晨簡直是聽得瞠目結舌。她算是明白了，柏然哥哥之所以這麼說，並不是說他有多喜歡自個兒，只是覺得她是最適合的，而且他想順道解了過繼這個難題。

既是明白了他的想法，她笑著抬起頭，堅定地說：「不要。」

殷柏然聽到小姑娘乾脆的否定，也沒覺得意外，只是心頭有種說不出的失落。他還以為他的小姑娘，會羞答答地答應他呢。

「柏然哥哥，婚姻大事，豈可兒戲？你這般態度，實在是太不對了。」紀清晨瞧著他，這才多大年紀就這般將就，怎麼可以如此委屈自己的終身大事？

畢竟她喜歡裴世澤，便恨不得身邊所有人都能有個好的歸宿。

她想起前世的時候，柏然哥哥也是一直沒娶親，他和裴世澤兩人簡直可以說是京城兩道未解之謎。他們都是掌權一方的大人物，可兩人卻都清心寡慾，就跟那廟裡的和尚一般。

殷柏然她自是不懂的，畢竟她前世當魂魄的時候，也只是偶爾見到他，而且還只是匆匆一瞥而已。

倒是柿子哥哥，他身邊是真的沒有任何女子，有時候她會飄出去，聽定國公府裡的小丫鬟說八卦，都說他是做了太多壞事，京城裡的姑娘都怕他，不敢嫁給他。那時候國公府裡的老夫人早已經去世，國公夫人謝萍如恨不得他這個世子一輩子不娶親才好。

說不準裴世澤前世名聲那般壞，也有謝萍如的功勞在。

只可惜她如今竟是怎麼都想不起來，在前世，裴世澤的名聲究竟是怎麼壞的？按理說，他就算有嗜殺的名聲，可那也是殺外族人，保護大魏的國土，大部分的人，都應該覺得他是大魏的大功臣才對啊。

可是後來，他又是怎麼惹上那樣的壞名聲呢？

紀清晨一發呆，竟想了這麼遠出去，所以待她回過神，就瞧見殷柏然盯著自己，一個勁兒地笑著。

她還以為殷柏然沒把她的話聽進去，便苦口婆心地說：「娶妻要娶賢，柏然哥哥，你怎麼連這點道理都不知道，哪能隨著性子來呢？我知道你是為了我好，可是以後你可不許這樣啊。」

殷柏然轉身便往前走，紀清晨還以為他生氣了，又上前小聲地哄道：「我這都是為了你好，你這樣子是不對的。」

「妳說娶妻要娶賢，妳是在說自己不夠賢慧？」殷柏然見她小嘴絮絮叨叨的，是不打算放過自己了，便轉身問她。

紀清晨愣住。她居然把自己給套進去了。

殷柏然瞧著她這呆呆的模樣，便朗聲大笑起來，還順手在她頭上摸了一把。

她哼了一聲，別過了頭，不打算與殷柏然說話了。可剛走沒幾步，倒是殷柏然主動過來與她搭腔，兩人就這樣彆彆扭扭地到了方氏的宮中。

如今方氏還未正式冊封，不過鳳翔宮卻早早就收拾出來，裡頭的宮女和太監也都分配齊全。

他們一進去，方氏便瞧見他們兩個之間氣氛不大對勁的樣子，於是笑問道：「這是怎麼了？」

「柏然哥哥欺負我。」紀清晨立即瞥了殷柏然一眼，氣嘟嘟地說。

方氏板起臉，問道：「柏然，你是怎麼欺負妹妹的？」

殷柏然挑了挑眉，正欲說話，卻又聽紀清晨急匆匆地說：「舅母，您這一路上可辛苦？」

方氏這般年紀了，舟車勞頓自是辛苦的，不過聽小姑娘問著，她也樂得回答她，倒是把前頭的話題給岔開了。

待午膳的時候，方氏只留了紀清晨一塊兒吃，殷柏然早早地便走了。

如今這宮裡，可再不像從前的靖王府裡，一家子還能坐下來吃上一頓飯。這會兒君臣分明，便是殷廷謹和方氏這對夫妻，見面都要叫宦官在旁邊記上一筆，所以與紀清晨這般坐著說話，倒是叫方氏心底鬆快些。畢竟，她心中雖然已經接受了現實，可真的被放到這個位置上來，卻還是有些頭重腳輕的感覺。

當紀清晨要出宮的時候，皇上身邊的太監楊步亭突然過來請人。

紀清晨一聽說舅舅要見她，臉色微變，卻還是點點頭，向方氏行禮後，才跟著楊步亭去了。

一路上，她實在是忐忑得很，便問楊步亭：「楊公公，不知你可知舅舅叫我有何事啊？」

原本紀清晨也是跟著眾人一塊兒叫皇上的，不過殷廷謹嫌太過生疏，便給了她特權，不必稱皇上，還是一樣叫舅舅得了。

楊步亭在先皇在位的時候，便是司禮監的總管太監，如今這皇帝都換了一位，他這個總管太監卻是紋絲不動，可見他是個極會做人、看人臉色的。

他自然也知道，聖上待紀家這位嬌滴滴的小姑娘，那是格外恩寵。不過這也難怪，這位紀姑娘單單這相貌，便是天下難尋的好。

先皇在世時，這位姑娘一進宮，楊步亭便注意到了。旁人都說柳貴妃如何如何，可他瞧著柳貴妃美雖美，但身上那股驕縱之氣，卻是叫她落了下乘。倒是這位紀姑娘，有一雙靈慧動人的雙眼，水汪汪的，讓人瞧了她一眼，便覺得這孩子心思純淨。

況且那日聖上與紀大人說話，他可是在身邊的，所以對於聖上想要過繼的事情，他也是一清二楚。

這會兒紀姑娘既然都開口問了，他也打算露個底，賣一賣人情。「姑娘，包管是好事，您別著急，待見了聖上，自會清楚。」

可聽了這話，紀清晨心中反而咯噔一下。

她已經猜到舅舅想與她說什麼了。

殷廷謹瞧著坐在下首，一言不發的小姑娘，登時便輕笑道：「沅沅，是被朕嚇到了？」

果真如紀清晨想的那般，舅舅竟是直接問了她。

「妳若有話，便直接與朕說。」殷廷謹待她素來寬厚，即便寶璟也同樣是他的外甥女，可他還是更偏愛沅沅多一些，要不然也不會想要過繼她。

紀清晨百般為難。她自是捨不得爹爹他們，因為一旦過繼了，她便是旁人家的女兒，爹爹便不是爹爹，而是姑丈了；而姊姊也會變成表姊，湛哥兒成了她的表弟，就連祖母，也不再是她的祖母了。

可誰又能抵擋得住當公主的誘惑呢？她若是過繼給舅舅，她便能成為公主，誰見了她，都得尊稱一聲「殿下」。

紀清晨在心底嘆了一口氣。其實她來之前，心底早已有了答案。

就算是再惋惜、再無奈，這個答案卻是她心底唯一的答案。

「沅沅，朕知道妳定是捨不得妳家裡的人，可是妳要知道朕這麼做，也是想要給妳最好的，一旦妳過繼給朕，朕便封妳當公主。」殷廷謹似是瞧出小姑娘的表情有些不對，便哄道。

其實殷廷謹這般做，一是真的寵愛紀清晨，二也是紀清晨身上有太多叫他覺得神奇的地方。不說她小時候那個離奇卻精準的夢，便是她之前墜崖卻毫髮無損，便讓殷廷謹更加認定她是個與眾不同的孩子。

紀清晨頓時抬起頭，眨了下眼睛，調皮地說：「那難道舅舅不過繼我，便不能封我當公主了？」

「竟是個擔心的小東西。」殷廷謹大笑道。

楊步亭垂眸站在一旁，聽著這話，心底又是一驚。只覺得聖上對這位紀姑娘的寵愛，竟比他想的還要深。

紀清晨從椅子上站起來，恭敬地在殷廷謹跟前跪下。

其實這件事在紀寶璟告訴她的那一刻起，她便有了答案。若是她真的成了公主，那麼柿子哥哥該怎麼辦？他年紀輕輕便已立下赫赫戰功，可是本朝的駙馬，卻是不能大權在握的。

她若是成了公主，就算最後真的如願嫁給了裴世澤，卻要讓他落得一個只能成為富貴閒人的結局，卻是她死都不願意的。

她說過，就算全世界都在他的對面，她也會站在他那一邊。

所以她不能。

前世一心想要嫁入高門的她，在此刻竟為了一個男子，放棄了唾手可得的公主之位。

第七十九章

「我知舅舅是心疼我，憐惜我自幼便沒了母親。只是一想到母親因生我而離去，若是我以後無法以女兒的身分為她祭奠，便寢食難安，沅沅不敢忘了娘親。」紀清晨說到最後，語帶哽咽。

一旁的楊步亭聽得眼睛都直了。他在先皇跟前已伺候二十多年，自問也是見過不少市面的，卻沒想到今兒個竟見到了連公主之位都不要的女子。

殷廷謹之所以想要過繼紀清晨，確實是心疼她小小年紀便沒了娘親，況且這孩子與他投緣，他膝下又沒有女兒，便想著把她過繼後，以後便是想抬舉她，那也是名正言順的。

可此時聽她提起琳琅，殷廷謹心中也頗為難過，畢竟那是他唯一的妹妹。一想到如今自己成了帝王，可是親娘和親妹妹卻早已不在……殷廷謹是庶子出身，太知道不被人重視的滋味了，這也是他動了過繼這個念頭的原因。

可一想到琳琅就只有兩個孩子，他也是於心不忍。於是他起身，走過去親自把紀清晨扶起來，溫和地笑道：「傻孩子，舅舅知道妳是個孝順的好孩子。」

「我以後會時常入宮給舅舅請安，所以舅舅您不可以生我的氣喔。」紀清晨眼中含著淚，撒嬌地說。

殷廷謹當了皇帝之後，紀清晨也依舊待他如往常，這反倒叫殷廷謹覺得親近。畢竟連自己的妻子，如今都對自己戰戰兢兢的情況下，她能這般待他如初，實屬難得。

瞧著她還是一副小姑娘的嬌憨模樣，殷廷謹又怎麼會與她生氣呢？想想也是，她到底是被紀延生養大的孩子，若是她真的歡歡喜喜地捨了紀家，迫不及待地來當自個兒的閨女，說不定他心底又會生出別的想法來。

放下了過繼一事，殷廷謹難得與紀清晨說起了從前，關於琳琅的那些事情。本以為有不少事都忘記了，可是如今想起來，卻仍是歷歷在目。

他們的母親去世得早，兄妹兩人幾乎是相依為命。琳琅表面上是溫和的性子，卻比誰都倔強，是個極有主見的。

此刻殷廷謹倒是真的在紀清晨身上，瞧見了琳琅的影子。

待紀清晨回了紀家後，曾榕立即便領著人去了她的院子裡。今兒個她獨自進宮，曾榕已是寢食難安，這會兒她一回來，曾榕便即刻趕過來。

曾榕到的時候，紀清晨正在更衣。香寧請曾榕在羅漢榻上坐下，又叫丫鬟泡茶。

曾榕立即擺手，輕聲問道：「今日妳們進宮，聖上可有召見沅沅？」

只見香寧輕輕點了下頭，曾榕覺得一顆心都要跳出來了。本想要問香寧，可是一想，皇上與沅沅說話，豈會讓她們這些丫鬟在一旁聽著，便又按捺住了。

此時香寧把從宮裡帶回來的膳盒打開，將點心端到曾榕跟前，都是一些內造的糕點，光瞧著就覺得精緻，是紀清晨走的時候，皇后娘娘特地叫人賞了一盒子。等從皇上的勤政殿裡出來，又賞了一盒子十八樣的乾果，裡頭裝的是琳琅滿目的果脯，有些連香寧都未曾聽說過。

曾榕聽香寧說著這些賞賜，心裡又開始覺得難過。他們是捨不得孩子，便想叫她留在家裡，可瞧瞧聖上和皇后待她這般好，若真的到了那宮裡，可就是天家的富貴。況且清晨這會兒也十四歲了，再等個兩年，這滿京城的少年郎，還不得任她挑選。

她如今的身分雖也不低，可和一個公主比起來，卻真是低到塵埃裡了。

就在她唉聲嘆氣的時候，紀清晨正好出來。她已把進宮的那身衣裳給換了，只穿了一件月白色紗紋大袖衣，便是頭上的釵環也都拆了個乾乾淨淨，只將烏黑的長髮鬆散地綰在身後。

見曾榕已在羅漢床上坐著，便過來笑著問了聲好。她低頭瞧見桌上擺著的食盒，立即便指著其中一樣道：「太太，這個是內造的橘餅，您別瞧著外頭也有，這味道可真與外頭賣的不一樣。」

說完糕點，她又叫人把舅舅賞的那盒十八樣的果脯分一分，讓丫鬟往家裡各處都送一份去。她知道曾榕最愛的便是桃脯，便叫人多留了一些下來，等待會兒她走的時候，一併帶回去。

曾榕瞧著她從出來以後，張口閉口說的都是吃食，不禁撫額深思，這孩子是不是被她和紀延生給養傻了？於是她乾脆問道：「今日聖上可與妳說了什麼？」

「舅舅啊，說了。」紀清晨倒是滿臉的不在意，伸手在食盒裡撚了一粒杏脯。她打小就愛吃這個，不過每回吃多了，肚子都疼得厲害，氣得紀寶璟都要叫丫鬟看著她，只能一粒一粒地吃，一天不許吃太多，真是把她管得死死的。紀寶璟嫁出去以後，她這習慣倒也養下來了，吃果脯時，總愛數著吃。

曾榕見她這麼不緊不慢的樣子，都快要急死了。

紀清晨見逗她也逗得差不多了，趕緊挽著她的手臂道：「太太只管放心吧，我已與舅舅說過了，捨不得爹爹和太太呢。」

曾榕雖知道這話是她哄自己的，可心底卻甜得跟蜜似的，說到底她還是養了個有良心的孩子。可轉念一想，一個公主的封號就這樣硬生生地溜走了……

紀清晨彷彿知道她在想什麼，立即笑道：「我聽說宮裡的嬤嬤可厲害呢，以我這般懶散的性子，規矩肯定是過不去的，到時候要再從頭到尾學一遍規矩，那可是要了我的命，這公主不當也罷。」

她雖說得好聽，可心底卻是哭喪著臉。畢竟下定決心是一回事，可真的沒了公主的封號，卻又是另一回事。

曾榕這下子是真歡喜了，晚上還特地把家裡的人都叫過去，弄了好大一桌菜，就連紀湛都好奇地問，今兒個家裡可是有什麼好事？

紀清晨在心底哼了一聲。還不是你姊姊不當公主，偏要留在家裡給你當姊姊呢。不過這話卻不能當著小孩子的面說。

過了兩日，定國公府上的請柬送來了，裴玉欣請紀清晨過府去賞花。

紀清晨瞧這外頭才二月天，便是草地上的新草都才剛剛冒了頭，又能從哪裡開的花？只是她也許久沒見到裴玉欣了，她的手帕交不算多，裴玉欣算是一個。所以人家既是送了帖子過來，她也沒有拒絕的道理。

曾榕聽說是裴玉欣請她，自是滿口答應。

次日她去了定國公府，先去正院給老太太請安。老夫人也是許久沒瞧見她，拉著說了好久的話，才叫裴玉欣帶著她出去玩。

兩人一出門，裴玉欣便嘆道：「妳瞧瞧我祖母多喜歡妳啊，這長得好看就是不一樣，走到哪兒都討人喜歡。」

「那是我性子好。」紀清晨立即不滿地反駁道。

兩人雖然差了兩歲，不過卻能說到一塊兒，紀清晨挺喜歡她的性子，爽朗又大方。其實姑娘家的友情說來也脆弱，畢竟這模樣擺在那裡，長得好看的總是比長相普通的要出眾些。紀清晨這模樣是太出眾了，可又沒一個叫所有人都追捧的身分，又有誰願意與她站在一處，被她硬生生地比下去呢？所以也不是她高傲，不想與別的姑娘交好，實在是人家對她避之唯恐不及。

倒是裴玉欣性子大方，即便羨慕她的樣貌，也都能大大方方地說出來。

「妳還記得謝家那位謝姑娘嗎？」裴玉欣問道。

紀清晨點頭。她家裡辦宴的時候，謝夫人帶來的那位謝蘭謝姑娘，她自然是記得的。

「自妳去遼城之後，我還邀了她來家中兩回，她可是個才女，詩詞歌賦信手拈來，厲害得很。我還想著等妳回來了，要引薦給妳。」只是紀清晨雖回來了，卻又趕上了先皇的喪禮，整個京城百日內都不得宴飲，她又哪敢邀旁人來家裡。也就是如今出了百日，才鬆泛了些。

紀清晨對那位謝姑娘的性子也頗為喜歡，雖有規矩卻不刻板，說起話來也是妙語如珠。只是走著，她卻見裴玉欣不是去她的院子，她有些奇怪，誰知裴玉欣卻說：「我順道去三哥院子裡借本書，沅沅妳陪我一塊兒去吧。」

紀清晨聽了她的話，一張白皙的小臉登時變得緋紅，晶亮的大眼睛裡夾著說不出的羞澀。自從回京之後，她再也沒和裴世澤見過面，舅舅似乎把西山大營練兵的事情交給他了，所以打從正月裡，他便一直在軍營裡頭。

待到了他的院子裡，就見擺在外頭的木樁子，看來是他練武用的。紀清晨還小時曾來過他的院子，這一晃眼，都過去好些年了。

她們一進院子，小廝便進去通稟。等進了屋子，就見裴世澤穿著一身家常袍坐在榻上，裴玉欣瞧見他，便大聲道：「三哥，你今兒個竟在家啊。」

裴玉欣實在是太此地無銀三百兩了，紀清晨一個沒忍住，便不客氣地笑了出來。

裴世澤難得與她廢話，道：「妳自個兒去書房裡找吧。」

於是裴玉欣一溜煙地跑到另一頭的書房，只把紀清晨留在這裡，臨走的時候，還特地給他們關上門。難怪先前進屋子，裴玉欣非要叫她們的丫鬟留在外面，竟是打這個主意。

紀清晨瞧著他們兄妹兩人算計自個兒，當即便道：「柿子哥哥，如今我也是大姑娘了，可不能與你單獨待在一處。」

「可是生氣了？」裴世澤站起來，走到她跟前。他身材本就高大，紀清晨就算這三個月長了點個子，卻還是只到他的胸膛處。這會兒他站得這般近，便有種壓迫感，讓她不由得往後退了一步。

裴世澤突然伸手摟住她的腰身，將她帶進他的懷中，卻是嘆了一口氣。

紀清晨聽出了不對勁，還以為他遇到什麼難處了，立即問道：「柿子哥哥，怎麼了？」

裴世澤摟著懷中的小姑娘，竟是不想再鬆開手。可他心中卻像堵著東西一般，頭一回他明白了不知所措是什麼樣的滋味。

「沅沅。」他想了又想，竟是沒接著說下去。

「柿子哥哥，你究竟是怎麼了？」她從未見過他這般，心裡的小彆扭早就煙消雲散。

裴世澤放開她，低頭看著面前的小姑娘，輕聲說：「妳知道嗎？我原本想著過些時日，便求皇上為我們指婚的。」

聽到他這麼說，紀清晨登時心花怒放。可瞧著他沈重的臉色，心卻又慢慢地沈了下去。

「可我聽到一個消息，是真的嗎？」裴世澤一雙深邃的眸子，緊緊地盯著她的眉宇。

紀清晨登時有些慌亂了。柿子哥哥是不是聽到了舅舅想要過繼她的消息，所以他現在是不想娶她了嗎？也是，尚主在旁人看來是何等榮光，可他本就是定國公府的世子爺，如今又有著大好前程。若是真的尚了公主，從此便只能當一個富貴閒人。他前世時，是何等的風光無限，這樣一個達到權力巔峰的男人，又怎麼可能會沒有野心呢？

她立即揮開他的手臂，轉身便往外走，邊走還邊說：「我想回家了。」她不敢再聽裴世澤說下去，可是卻被他一把抓住肩膀，重重地按住。

他皺著眉頭，似有些無奈，可偏偏又捨不得衝著她發火，只得道：「怎麼不聽我把話說完？」

「你要說什麼？是啊，皇上就是要過繼我，以後我就是公主了，我多風光啊。」說著說著，她眼裡已含著淚。

裴世澤瞧著她這小模樣，想狠狠地把她壓到牆上親她一頓，親到她的小嘴再也說不出話來，親到她的腦子再也不能胡思亂想。可是見她要哭了，他也不敢再惹她，只連聲哄道：「我話還沒說完，妳居然就要哭了。」

紀清晨被他說得有些不好意思，垂著頭，不願去看他。

裴世澤輕聲地嘆了口氣，便繼續道：「若是皇上真的過繼妳，那咱們的婚事便不是由我去向皇上提了。」

紀清晨聽他這麼說，猛地抬起頭，目不轉睛地看著他。那雙眼睛蒙著一層水霧，叫人心生憐愛。

「所以未來的公主殿下，妳願意選我當妳的駙馬嗎？」

第八十章

紀清晨眼巴巴地看著他，裴世澤瞧著她這傻乎乎的模樣，便伸手摸了摸她的小腦袋。

「不願意選我？」

「你知不知道本朝駙馬會有什麼下場？」紀清晨看著他，又認真地問了一遍。

只見他輕輕一挑眉，原本清冷的氣質，此時卻有股風流倜儻的隨興。紀清晨面色一紅，想不到他卻一勾唇，輕笑著說：「娶得美人歸？」

「我與你說正經的呢。」紀清晨都要被他氣笑了。平日裡他素來都是冷著一張臉，這會兒竟學會了油腔滑調。

不過裴世澤也就是逗弄她一下，隨後便斂笑容問她。「若皇上堅持要過繼妳，我也不會放棄的。」

我不會放棄妳，也不會放棄娶妳。

一句話，就叫紀清晨心底的陰霾煙消雲散。裴世澤的每一句話都讓紀清晨明白，她的拒絕是值得的。

這世上沒有十全十美的事，有時候人生就是這般無奈，當你想得到一件東西，就必須要捨棄另外一件。

其實當國公夫人也不錯啊，大概就比公主差一點點吧。

裴世澤見她笑得像隻小狐狸似的，伸手在她白嫩的小臉上彈了一下，好笑地問：「想什麼呢？這麼開心。」

「不告訴你。」紀清晨微抬起頭，笑得又美又甜，就像是掛在那櫻桃樹上，正散發著誘人香味的櫻桃，叫人只想一口咬下來。

下一刻，她像是想起什麼似的，突然抓住裴世澤的衣袖，水亮的大眼睛一眨也不眨地看著他說：「柿子哥哥，你給欣姊兒什麼書啊？我也要看。」

能讓裴玉欣與他合謀的，那定不是一般的書。

說真的，雖說爹爹的書房她是可以隨便進出的，可裡頭也就是遊記讓人想瞧上兩眼，至於戲本那些的，卻是一次都未曾見過。

「那書就一本，要不妳與欣姊兒借去？」裴世澤好笑地道。

紀清晨重重地「哼」了一聲，轉身就要走，結果裴世澤卻不放她離開。

他的聲音又低沈又溫潤，在她耳邊響起的時候，就像是用一根羽毛一直撓著她的耳朵，癢得她心底都酥酥的。

「這樣就想走了？」他低笑一聲。

紀清晨覺得好笑，一時生出了逗弄他的心思。她轉過頭，道：「難不成我還要留下買路錢，才能走？」

裴世澤搖搖頭，不給她逃避的藉口。「妳還沒說選不選我呢。」

自古成親都是父母作主的，哪有一個小姑娘自個兒挑選夫婿的？便是紀清晨這樣大咧咧的性子，這會兒都要羞得臉紅起來。

只是他們在房中說著話，卻聽外頭一聲呵斥。「妳是誰？如何進來的？」

裴世澤立即皺眉，叫紀清晨站在房中不要動，便開門出去了。

卻不想竟是一個貌美丫鬟站在屋內，而裴玉欣則是一臉怒氣地責問道：「這是誰教妳的規矩？端著個盤子便趴在門上偷聽，倒是有能耐了。」

「子息。」裴世澤喊了一聲，可是他的貼身小廝卻沒進來。

杏兒是看著那個丫鬟端茶盤進去的，她以為是世子爺院子裡的丫鬟，便沒當一回事。而她到了門口，還與站在門口的兩個小廝說了話，這才進門的。

世子爺見沒人進來，便又開始叫人。

子息沒被叫來，倒是另一個他身邊的貼身隨從子墨進來了。

裴世澤指著那丫鬟，便問道：「誰叫她進來的？」

世子爺素來就不喜歡他們小廝站在跟前，有時候就算是他在家裡，房中也不留人，只讓人站在廊下候著，若是有事，他從裡頭叫一聲便是。

卻不想，今兒個竟被一個初來的丫鬟闖進來。子墨自知這件事犯了大忌，當即便道：「世子爺息怒，奴才這就把她叫下去。」

「三哥，可不能就讓她這麼走了，我看她在門口似乎聽了好久。」裴玉欣立即道。

這丫鬟此時也知自個兒犯了大錯，當即便跪下來，求饒道：「世子爺饒命啊，奴婢不是偷聽，奴婢只是想給您送茶。」

「子息人呢？」裴世澤皺眉，連眼角餘光都沒給這丫鬟一個，只問子墨道。

子墨方才瞧見子息去張羅著煮茶，卻不想這一轉頭，卻是個丫鬟過來了。

待子息趕過來的時候，臉色都白了。他瞧著那丫鬟手中端著的托盤，一下子便跪在地上。「世子爺，奴才該死、奴才該死。」

「你確實是該死。」裴世澤冷冷地看了他一眼。他指著那跪在地上的丫鬟，立即道：「先把她關起來，問問看，方才她都聽到了些什麼？」

雖然他的語氣很輕，可是子息和子墨自小便是他的貼身小廝，知道他家世子爺越是盛怒的時候，看起來越跟無事人一般。

子息和子墨兩人上前，只見那丫鬟嚇得手上的托盤連同瓷器都摔在地上，發出巨大的刺耳聲。子墨和子息一個堵了她的嘴，一個扭著她的手，兩人輕而易舉地將她拉了出去。

裴玉欣恨恨地說：「三哥，她就是大伯母給你的丫鬟吧？我就知道她沒安什麼好心。」

過年的時候，謝萍如非說裴世澤身邊只有小廝伺候，實在是不像話。畢竟哪家爺們屋子裡沒個丫鬟啊，要是傳出去了，還讓旁人以為是她這個做繼母的虧待他呢。

因當時裴延兆也發話了，裴世澤便把人收了，只是不許她們進屋子伺候。他在軍營的時候，身邊便只有兩個小兵，便是回家之後，也不喜歡屋子裡有太多人。

沒想到，今兒倒是被人鑽了空子。

待他重新回到內室，紀清晨因為已經聽到外面的動靜，便好奇地問道：「是有人在外面偷聽？」

「沒事，我會處理。」裴世澤輕聲安撫她。

不過她們兩個過來的時間也夠久的了，裴世澤便叫裴玉欣領著紀清晨去她院子裡，臨走前，裴世澤輕聲對她道：「妳乖乖待在家裡，我過幾日便去看妳。」

「三哥，不帶這樣的。」裴玉欣跺了下腳，撒嬌地道。雖說她知道他們兩人之間肯定有些什麼，可她三哥這會兒卻是當著她的面毫不避嫌地說這些話，可見心底已是認定了沅沅。真是叫人羨慕死了。

在裴世澤的院子裡時，裴玉欣還不敢說話，等出了門，她拉著紀清晨的手臂，便道：「好啊，我說我三哥怎麼打小就對妳那麼好呢。趕緊告訴我，可不許隱瞞一點兒。」

紀清晨哪能告訴她細節啊，兩人回了她的院子裡，裴玉欣把丫鬟都支出去端茶倒水、拿點心，便立即問道：「這次下帖子的事，也是我三哥指使的，妳若是生氣，只管氣他，可不許連累我啊。」

「妳還說呢，竟騙我說要賞花，這二月裡哪來的花賞？就算要瞎編，也不知編個厲害的。」紀清晨揚了下秀眉，打趣地道。

裴玉欣清秀的小臉登時擰成一團，無奈地說：「誰叫三哥說得那般突然，我一時也想不到好藉口。」

不過等她回過神，發現自個兒又被紀清晨給帶偏了，便立即露出壞笑，伸手又去撓紀清晨纖細得不盈一握的腰肢。「別以為我這樣就會忘記逼問妳，還不從實招來！」

紀清晨素來便怕癢，裴玉欣一碰她的腰肢，她便一個勁兒地往後縮。不過就算是這樣，她都沒求饒，還是裴玉欣自個兒累了，直喘氣地說：「好了、好了，我也不逼問妳了。」

可誰知一轉頭，她又問：「你們是不是去年一塊兒去遼城的時候，有了情誼的？漫漫長路上，哦，我聽說路上還有山賊什麼的呢，那些山賊來襲的時候，三哥便於千軍萬馬之中，將妳救了出來。」

紀清晨目瞪口呆地瞧著她，半晌才道：「妳不該看話本，妳應該去寫話本。」

「是嗎？妳也覺得我有這才情？」裴玉欣自幼便沒什麼出眾的地方，卻喜歡看這些話本，不過這些東西她娘素來不許她看，她也一直都是偷偷地看。

紀清晨：「……」柿子哥哥，你堂妹瘋了。

紀清晨是在定國公府裡被留下用了午膳之後，才離開的。

她才走沒多久，裴世澤便叫子墨去了謝萍如的房中。

他一到門口，便瞧見謝萍如身邊的平嬤嬤，這會兒正在院子裡教訓小丫鬟，好像是丫鬟說話的聲音大了些，吵著夫人歇息。瞧見他過來了，平嬤嬤這才叫小丫鬟下去。

「倒是難得見子墨你過來，可是世子爺有什麼吩咐？」平嬤嬤立時便換了一張臉，笑容滿面地對子墨道。

子墨立即道：「是世子爺吩咐奴才過來，向太太稟告一件事，還請平嬤嬤進去通傳一聲。」

既是世子爺叫過來的，平嬤嬤自然是沒攔著的道理，便進去稟報。

正好謝萍如也剛午歇起身，她聽說是裴世澤的貼身隨從來了，只輕輕一哼，便又叫身後的丫鬟繼續替她梳頭。

足足過了半個時辰之後，站在外頭的子墨才被叫進去。不過他臉上的神情卻是一絲都不曾變化，依舊是恭恭敬敬的模樣，即便是進去給謝萍如請安，聲調也是平緩的，似乎一點兒都沒把自個兒被晾在外頭半個時辰當一回事。

「太太，世子爺吩咐奴才過來，是因今日有個丫鬟犯了事。」子墨說得慢，卻極有條理，幾句話便把那丫鬟如何偷聽、如何被三小姐抓住，如今又被裴世澤關起來，全都說了個清楚。

只是這丫鬟到底是謝萍如給的，如今裴世澤便是要懲罰她，也得先稟明謝萍如才是。謝萍如聽得眼皮直跳。她是給裴世澤賞賜了兩個丫鬟，可她卻沒吩咐那兩個丫鬟去偷窺他。要知道這後院裡頭，不管哪個奴才，敢窺視主子，若是被打死都是活該。

她又不是個蠢的，自個兒送過去的人，還叫她偷聽，這不是故意要讓把柄給人家逮著嗎？

可是這丫鬟卻是被裴玉欣發現的，她若說是裴世澤故意陷害自個兒，卻又會牽扯到三房裡頭。

這會兒謝萍如哪裡還有方才那股子閒暇勁，登時她便凝眉怒道：「這後院之中，竟出了這樣不守規矩的丫鬟，我這就叫平嬤嬤與你走一趟。這樣的丫鬟，確實不該留在世子爺的院子裡，叫平嬤嬤把她領回來吧。」

她是知道今兒個紀家的那位姑娘來府中找裴玉欣的。只是她素來瞧不上紀清晨，只覺得不過是個三品官家裡的女兒，倒是得了裴世澤的青眼，連帶著裴玉欣那丫頭都喜歡紀清晨喜歡得不得了。

之前裴玉寧還在她跟前抱怨了幾次，說是裴世澤待那個紀清晨，比待她這個妹妹還要好。

這會兒裴玉欣不在院子裡陪著那個紀姑娘，無端跑到裴世澤屋子裡做什麼？

所以平嬤嬤走了之後，她便又叫人去打聽。裴玉欣是大大方方領著紀清晨過去的，所以這件事也不是什麼秘密，一打聽就打聽出來了。

謝萍如心底更開心了，只等著平嬤嬤回來，她要好好地審一審那個丫鬟，究竟都偷聽到什麼了？

可平嬤嬤去了許久，都不曾回來。

她實在等得著急了，便又叫丫鬟去世子的院子裡瞧瞧，誰知丫鬟竟也好久沒回來。

好不容易，外頭有了動靜，她正想要發火。眼看著天都要黑了，竟才把一個人給領回來，真是一點兒用都沒有。

可誰知，她一抬頭，就見自個兒身邊的大丫鬟采蓮，滿眼驚恐地指著外頭道：「太太，平嬤嬤把芍藥帶回來了。」

芍藥是那個偷聽丫鬟的名字，因她模樣生得不錯，裴延兆有回來謝萍如院子裡時，朝芍藥多瞧了幾眼，謝萍如看見了，便把人打發給了裴世澤。

所以芍藥剛被送到裴世澤那裡，裴延兆瞧見他便眼睛不是眼睛，鼻子不是鼻子的。謝萍如挑撥他們父子倆素來頗有一手，所以不經意間，便說了其實芍藥早已被裴世澤瞧中，只是他不好意思說罷了，她這個做繼母的，只不過是做了個順手人情。這若是一般人，自然能分辨出來話中的真假，可裴延兆一向不喜這個長子，所以一聽見這話，竟連懷疑都沒有，便一股腦兒地都相信了。

謝萍如瞧著采蓮驚慌的模樣，倒是有些好奇了。

於是她便站起來，一出去，就瞧見院子裡躺著的丫鬟。這會兒，她身子底下流出來的血，竟把青石板都給染上了紅色；她身上裹著一層薄薕，可露出的那截腿上，全都被血給浸透了。也不知是流了多少血，看起來竟跟個血人一樣。

這滿院子的人，何曾見過如此血淋淋的景象？原本站在院子裡的小丫鬟，早已經嚇得瑟瑟發抖，聚在一起，誰都不敢開口。

空氣裡頭的血腥味，濃得叫人心驚膽跳。

謝萍如未曾想過，一出來就會瞧見如此可怖的情景，她跨門檻的時候險些絆倒，幸虧旁邊的栖霞及時扶住了她。

「這都是怎麼回事？」謝萍如說這話時，連手都是哆嗦著的，聲音尖銳得叫人聽著都覺得刺耳，哪還有一點兒國公夫人的雍容華貴和處變不驚。

這會兒平嬤嬤也被謝萍如後來派過去的小丫鬟扶著，她聽謝萍如正在問話，便掙扎著過來，可一張嘴就道：「太太，救命啊！」

平嬤嬤是在後宅幾十年的老人，何曾嘗過這般血淋淋的手段，一出手就把人打得跟一團死肉似的。

謝萍如是叫她把人領回來，可是這會領回來的卻是個血人。

倒是子墨也跟著回來，只見他依舊是下午那副恭恭敬敬的模樣，輕聲開口道：「太太，今兒個的事情，世子爺說了，既是發生在世子的院裡，便該先受了世子院裡的規矩。芍藥與子息都是當差不當，而且芍藥還窺視主子，所以世子爺便叫人賞了芍藥五十板子，賞了子息三十板子。」

一個丫鬟被打了五十板子，那基本就是個死人了。

可偏偏謝萍如還說不出別的話來。因為確實是她叫平嬤嬤把人領回來的，只是裴世澤卻給她送了個半死不活的人回來。

再聞著這院子裡的味道，謝萍如眼睛一翻，便昏了過去。

第八十一章

坐在烏木鎏金寶箱纏枝拔步床旁邊，裴玉寧捏緊了手中的帕子，瞧著躺在床榻上，頭上還搭著一條濕帕子的謝萍如，嚶嚶地哭個不停。

一旁的采蓮才勸說兩句，可思及二小姐的性子，便不敢再說話。

謝萍如其實已經醒過來，卻聽著自家閨女這連綿不絕的哭聲，只覺得頭殼都要炸裂開來了。

她閉了閉眼睛，便又聽到外頭傳來一陣吵嚷聲，緊接著便是一陣腳步聲。

裴渺闖進來的時候，就見到謝萍如躺在床上，臉色蒼白得厲害，而妹妹則坐在一旁哭個不停。

「娘。」他走過去，半跪在床榻邊，抓著謝萍如的手，輕喊了一聲。

謝萍如見是兒子回來了，這才睜開眼睛，只是這一抬眼，便要落下淚來。

裴渺還未說話，反倒是一旁的裴玉寧先抱怨上了。「哥哥這是去了哪裡？竟這麼久都沒回來，娘和我都快被別人欺負死了，你也不曉得回來幫幫咱們。」她眼淚還未擦乾淨，一張嘴滿是怨言。

裴渺本就處處讓著她，此時謝萍如又病著，他實在不想與裴玉寧吵架，便柔聲安慰道：「我這不是回來了？我不清楚發生了什麼事，妳總該告訴我才是。」

道。

「還不是三哥，他竟敢這般對娘，等爹爹回來，我定要叫他好看！」裴玉寧咬牙切齒地

了。

裴渺是被小廝急匆匆地叫回來的，所以一路上也不知道發生了什麼事，只知道他娘昏倒

瞧著妹妹這般模樣，他又輕聲問道：「三哥怎麼了？」

「他竟叫人把一個打得血肉模糊的丫鬟，拖到娘的院子裡，這才把娘親給嚇病了。」裴玉寧張嘴便道，信誓旦旦地竟像是自個兒當時就在場一般。

其實她也是在謝萍如昏倒之後，才來到她的院子裡。那會兒芍藥已經被抬了下去，不過

她倒是瞧見了地上的那些血跡，雖然天色略暗，可那麼一大灘血跡，看起來依舊可怖。

裴渺登時怔住，立即道：「怎麼可能，三哥怎麼會做這樣的事？」

「哥哥，我還會騙你不成？況且娘都被嚇成這樣了，難道娘這番模樣也是作戲？」裴玉

寧氣得登時大喊道。她也不知為什麼哥哥就如此怕三哥，都到這個地步了，竟還要幫三哥說

話。

裴渺立即摸著謝萍如的手腕，輕聲安慰道：「娘，您別害怕，兒子回來了。」

而另一頭，裴老夫人知道這件事以後，立時叫人把裴世澤請來。

「你啊你，這麼做豈不是要落人話柄了？」不管謝萍如如何，到底是裴世澤的繼母，便

是實在瞧不慣她，擺到祖母跟前，難不成還能不替他作主不成？

老夫人這是心疼他，怕這件事要是傳出去，會對他的名聲有影響。本來因幾年前與蒙古

的一場戰役中，裴世澤便因為殺戮太過，而遭人詬病，當時朝中那幫文臣，還說什麼要以懷柔政策，對待那些蒙古人，善待他們的戰俘。

老國公打了一輩子的仗，老夫人可不是那些一般的貴夫人，所以對這些話都是嗤之以鼻。但這件事不同，這是家事，裴世澤卻行事過於激烈了些。

誰知裴世澤突然一笑，輕聲說：「您以為我真的會這般做嗎？」

老夫人一愣，她正要問話的時候，就見她身邊的常嬤嬤進來了，見裴世澤在，立即道：「世子爺，您吩咐奴婢找的大夫，奴婢已經找來了，也給那個芍藥姑娘看過了，沒有性命之憂。」

裴世澤點點頭，道：「待她傷好之後，便叫人讓她離開定國公府。這樣不守規矩的丫鬟，裴家不需要。」

老夫人瞧了常嬤嬤一眼，倒是裴世澤解釋道：「我房中沒有可靠的嬤嬤，便請常嬤嬤幫我辦了件事。」

「那丫鬟又是怎麼回事？不是說被打得都成了一個血人，怎麼沒有性命之憂了？」老夫人倒是被他弄糊塗了。

所以她又朝常嬤嬤看過去，常嬤嬤瞧了裴世澤一眼，才輕聲說：「回老夫人，我瞧著那丫鬟身上的血，倒不似人血。」

老夫人輕呀了一聲。不是人血，那又是什麼血啊？

「是豬血。」裴世澤輕輕點頭。

他這般說，老夫人登時便轉過彎來了，她伸手便拍在裴世澤的手臂上，又是好笑又是無奈地說：「你竟是嚇唬她的？」

裴世澤叫子墨和子息兩個人仔細拷問那個丫鬟之後，也確定她是真的什麼都沒聽到。誰承想，謝萍如卻要將人帶回去，裴世澤怎麼會猜不到她那點小心思？無非就是想從這個芍藥口中，撬出點什麼秘密來。只怕撬不出來，她也能無事生非地造出來。

對於這位繼母造謠的本領，裴世澤自小到大便已經領教了不少。

這個芍藥確實是被打了板子，不過他也無意要她性命，待她昏過去之後，小廝便停了板子，再由子墨親自把一桶豬血潑上去。

因為打板子是在屋子裡，他只叫平嬤嬤等人站在院子裡等著。

板子是真的打了，慘叫聲自然也是真的，再加上子息也挨了打，所以兩人的慘叫便已把平嬤嬤嚇得夠嗆。

此時再把一身血的人拉出來，平嬤嬤便被嚇得癱軟在地。

那會兒天色已經暗了下來，芍藥被人抬過去的時候，身上又裹著一層蓆子，所以誰都不知道，那些看起來不停流淌下來的，竟是豬血。

老夫人怎麼也沒想到，他竟能想出這樣的主意去嚇唬謝萍如。

「你真是……」老夫人又在他肩膀上敲了下，卻笑得像個孩子一般。「你這孩子怎麼能這麼淘氣呢。」

不過老夫人又心疼地道：「你若是不喜歡她賞丫鬟給你，拒絕了便是，你這般做，待你爹回來，又該教訓你了。」

裴世澤只不過是有些厭煩謝萍如這有一下、沒一下的挑釁。若說她能有掀翻他世子之位的能力，他倒是能看得起她一些。可這麼多年下來，她也不過就是仗著長輩的身分，做些上不得檯面的小動作。

況且自從謝萍如賞了丫鬟給他之後，這府裡便有人心思開始不安分了起來。

他不過是想一勞永逸而已。

「那人真的被打得那般慘？」紀清晨有些驚訝地問。

裴玉欣瞧著正在坐在那裡畫畫的謝蘭，低聲道：「我騙妳的。其實啊，是我三哥故意叫人潑了一桶豬血在那個芍藥身上，要嚇唬她的。」

雖說在背後議論長輩不大好，可裴玉欣真的是太討厭謝萍如了。先不說這些年來她對三哥的態度，便是前些日子，謝萍如竟想給她舅舅家的表姊保媒，可誰知說的竟是謝萍如的姪子，謝家五少爺。

誰不知那個謝五是個尋花問柳的浪蕩子，名聲壞得連她身為閨閣姑娘都聽說過了。

裴玉欣的舅舅家雖不說是何等尊貴的人家，可也是知書達禮、守禮守節的，她表姊更是溫柔賢淑的大家閨秀。大伯母這哪裡是保媒，分明是想把她表姊往火坑裡推啊！

這件事氣得她娘在屋子裡，罵了大伯母足足一個月，連當著她的面都沒迴避。畢竟她大舅母託她娘幫忙相看親事，這要是傳出去，還以為她娘親要害自個兒的親姪女。

倒是紀清晨立即擔心地問：「那妳大伯父可有為難柿子哥哥？」

「三哥如今可是正三品的朝廷命官，我大伯父頂多教訓他幾句，又哪裡能真的拿他如何。況且那丫鬟是大伯母非要叫人領回去的，三哥總不能不聽她的吩咐吧？」

謝萍如這會兒是真的搬了石頭，砸了自個兒的腳。

況且裴延兆還沒罵上裴世澤幾句，便被趕來的老夫人狠狠地罵了一頓。說是她謝萍如賞過來的丫鬟，竟敢幹出趴在門口聽主子隱私的事，這可真是定國公府百年來前所未聞。

謝萍如自知理虧，所以最後這件事，也就不了了之。

至於那個叫芍藥的丫鬟，都說是沒活下來，被拖出去埋了。就因為這樣，府裡的丫鬟，如今哪還敢再像之前那般，含情脈脈地瞧著裴世澤，都恨不得離這位閻王越遠越好。

謝蘭是個坐得住的，她往水榭旁邊一坐，便能自個兒畫畫。

紀清晨這是頭一回來謝府。謝蘭不常出門，她母親是孀居的，總不能帶著她出去交際。謝夫人倒是帶著她出去過幾回，可謝夫人自個兒就是個不喜出門的。

所以謝蘭便寫了帖子，請她們過來玩。

謝家人丁極為興旺，不過這會兒卻已經分家分得差不多了。

謝二老爺，也就是謝忱的父親，如今與謝老太爺住在一處；謝蘭與她母親劉氏，也住在此處。謝蘭的父親是謝家的三老爺，只可惜英年早逝，她們只有母女二人，自是不能叫她們單住到外頭去。

所以便與二房一塊兒跟著老太爺住，也好照顧她們母女。

她們來的時候，已經去見過謝夫人了。裴玉欣之前來過一回，紀清晨是頭回來，所以謝夫人與她多說了幾句。後頭又去拜見了謝蘭的母親劉氏，她見女兒竟帶著交好來看望她，喜得叫人又是上果子、又是上點心的。

還是謝蘭找了個藉口，拉著她們出來玩了。

紀清晨給謝蘭帶了一瓶花露，用透明玻璃瓶子裝著，方才她一拿出來，旁邊兩個姑娘便好奇得很。

倒是裴玉欣是個眼尖的，一眼便認出來，說這是洋貨行裡才會賣的舶來品，金貴得很，這麼半個巴掌大的玻璃瓶子裡裝著的花露，就得賣三十兩銀子呢。

上回她在裴玉寧的屋子裡見過，所以這次才識得的。

她是帶來送給謝蘭的，畢竟頭一回上門，也不好空手。待說完話，裴玉欣嗅了嗅，便道：「這花露可真夠香啊，就灑了那麼一點兒，便滿室生香，可比咱們的熏香好用多了。」

紀清晨登時便笑了。「這花露也就是剛開始透著香，時間久了，味道也就散了，平時大都是抹在帕子上頭。」

本來謝蘭覺得太貴重，還不願要，還是一旁的裴玉欣幫忙勸她，說她若是收了，等回頭自個兒也好開口向紀清晨要一瓶了。

「上回妳送我的那小座鐘，可真是稀罕，每天到了正午的時候，便有一隻小鳥從那籠子裡跑出來，頭一天的時候，險些把我的丫鬟給嚇著了。」裴玉欣突然想起來，紀清晨上回去定國公府，給自個兒帶來的東西。

那麼個小座鐘，定國公府裡也就老夫人的院子裡有。董氏聽說這件事後，還狠狠地把她叫過去訓了一頓，說她沒輕沒重的，這般貴重的禮物都敢收。裴玉欣站在那裡，足足聽著她念叨了一刻鐘。

第二天，董氏又準備了禮物回了紀家，這才勉強不罵她了。

「我頭一回見到的時候，也覺得有趣極了。」紀清晨是在宮裡見到，自然是柏然哥哥拿給她的，他就是估算著要正午了，才擺到她跟前。他總共給了她兩個，她便送了一個給裴玉欣。

五姊知道之後，罵她是胳膊肘往外拐，紀清晨又給她塞了些東西，好不容易才堵住她的嘴。

「妳如今可真好，什麼都有，什麼都不缺了。」裴玉欣雙手托腮，羨慕地說。

如今誰都知道，沅沅的親舅舅成了皇帝，而且她還時常入宮。

裴玉欣覺得她都要羨慕死她。她如今都十六了，去年本就說了親事，可接下來剛好先皇駕崩，便又耽誤了半年。

她娘的頭髮急得都要變白，可這說親也得看機緣，像沅沅和三哥這種打小的情分，就讓她覺得，怎麼她就沒打小遇到一個對自個兒好的男孩子呢？

現在說到身分，沅沅是聖上的親外甥女，要說姑娘最重要的親事，三哥想娶她簡直都要望眼欲穿了。

裴玉欣真想站起來，搖著紀清晨的肩膀問道：妳的命怎麼就這麼好呢？

對面的謝蘭站起來，招呼她們道：「妳們過來瞧瞧。」

待她們過去，便瞧見謝蘭畫上有兩個清雅脫俗的少女，少女有種躍然紙上的活潑靈動，特別是左邊穿著淺藍色衣裳的少女，容貌絕美，垂眸淺笑，即便只是紙上的人，都叫人心生憐惜。

「這也太不公平了，沅沅長得比我好看也就算了，怎麼連畫中也比我美這麼多。」裴玉欣抱怨道。

謝蘭倒是誠懇地道：「我覺得沅沅長得太好看了，我倒是畫不出她十成的容貌來。」

「得了，沅沅便是被妳畫醜了，也比我好看，我懂妳的意思。」裴玉欣悲慟地說。

謝蘭登時著急了。她是個老實人，沒聽出來裴玉欣口中的打趣，便一個勁兒地與裴玉欣道歉。還是紀清晨笑著拉住她，道：「蘭姊姊，妳放心吧，欣姊姊是與妳說笑的呢。」

三人又說了一會兒話，倒是裴玉欣不經意地問道：「蘭妹妹，妳家裡下個月可有人下科場？我表哥要參加這次恩科，也不知道能不能考中？」

她這麼一說，旁邊兩個登時便明白她問的是誰了。

於是謝蘭抿嘴一笑，道：「旁的堂兄弟，我倒是不清楚，不過七哥這次倒是會下場考試。二伯只說叫他去試試，不拘是什麼名次，即便是落第也不要緊，不過可不能考個同進士回來。」

同進士，如夫人。不少讀書人都是視同進士為奇恥大辱，紀家便有位堂叔，因考了個同進士，乾脆在家裡做個田舍翁，也不願出來選官。

「謝公子那般文采斐然，他肯定能榜上有名的。」裴玉欣算是謝忱的狂熱支持者，所以深信他一定會金榜題名。

倒是謝蘭幽幽地嘆了一口氣，道：「這天下學子何其多，即便是考中舉人已是萬分不易，若中了進士那更是萬裡挑一。」

她父親一直到三十多歲都只是個舉人，後頭因身子骨撐不住，這才放棄了。

別看有謝忱這樣十幾歲便中舉人，還是個解元的，可這樣的少年天才，畢竟還是少數。真正多的，都是那種三十幾歲才考上進士、入了官場的。

裴玉欣不愛聽這話，立即道：「旁人不說，可是妳堂兄是何等厲害，咱們京城裡誰不知道啊，我想連皇上肯定都聽過他的才名。」

「沅沅，妳說是吧？」裴玉欣似乎是為了認證自個兒的話，就尋求旁邊紀清晨的支持。

畢竟她們雖沒見過聖上，可紀清晨卻是常見的。

紀清晨愣住，沒想到自個兒突然被點名，可她還沒與舅舅討論過前朝的事情，所以也不知道他聽沒聽說過謝忱。

不過這會兒她也不好打擊裴玉欣，只含糊地「嗯」了聲，卻叫裴玉欣和謝蘭兩人都高興壞了。

誰知她們這頭討論得正高興，謝忱便來了。

三人匆匆忙忙地向他見禮，就聽他笑問道：「說了什麼開心的事，我在外頭便聽到妳們的笑聲了。」

謝忱先是瞧了謝蘭一眼。堂妹素來安靜，即便是笑也是柔柔一笑，卻沒想到她也有這樣活潑的時候。反倒是旁邊的紀清晨，只看了她一眼，他腦中便浮現那句「清水出芙蓉，天然去雕飾」。

小姑娘年紀越長，模樣更是美得驚人，是那種清妍到極致的美，像是天然雕琢的一塊美玉，不需要再刻意去雕刻，便已是十足好看。

三人面面相覷，方才雖然討論得激烈，可這會兒哪裡好意思說。

最後還是謝蘭開口道：「咱們只是在說今年恩科的事情。對了，七哥，再過幾日你便該下場考試了，我先提前祝你金榜題名。」

有了含羞的謝蘭打頭陣，裴玉欣登時也跟上，輕聲道：「七公子，我也在這裡祝你金榜題名。」她說完，便低頭含羞一笑。

結果謝忱等了一會兒，卻沒聽到紀清晨開口，便略有些好笑地問：「紀姑娘，妳不打算祝福我？」

這還有主動討要的？

不過旁邊兩人的眼睛都盯著她看，她自然不好不說話，便敷衍地說：「那我便祝謝公子高中。」

「高中什麼？」謝忱又追問了句。

紀清晨見他這樣，只得誠心誠意地說：「自然是高中狀元了。」

「承紀姑娘吉言了。」謝忱揚了揚唇。

不過她剛說完，便突然想到，前世這屆恩科的狀元是誰來著？

只可惜，她前世光是關注著喬策，竟連狀元是哪裡人都不曾好奇過。

不會真叫她一語成讖吧？

第八十二章

二月十八，乃是欽天監算好的日子，冊封皇后的大典便在這日舉行。

封后大典這樣的盛事，命婦們自是要進宮朝賀的。

方家的女眷，也在三日前趕到了京城。便是方家的老夫人，這次都從富陽過來了，年後皇上讓大皇子殷柏然去遼東接人的時候，便已派人召方家人上京。

皇后的雙親皆還在，此番陪著二老上京的乃是方氏的三弟。這位方家三老爺並未中進士，只是個舉人功名，又因為方家大老爺和二老爺一直在外做官，是以都是他在家裡打點庶務。

如今方氏成了皇后，整個方家一下子便成了后族，饒是百年大家族，仍欣喜若狂。畢竟方氏祖上雖出過狀元，卻不曾有女子入宮，如今皇后不僅是方氏女，便是皇上的嫡長子身上也有方家的一半血統，那可是莫大的榮耀啊。

一大早禮部鴻臚寺官員便在太和殿內，設節案於正中南向，設冊案於左西向，設寶案於右東向，隨後鑾儀衛官在內閣門外設采亭。

皇上親封內閣首輔郭孝廉為冊封使，禮部侍郎林荀為副使。

此時所有來宮朝賀的命婦，都被安排在御花園中的攬月閣等候著。待前頭的封后大典結束，皇后娘娘便會擺駕來此，接受朝廷命婦們的恭賀，隨後，也會在此處擺宴席慶祝。

眾命婦都是天未亮就進宮候著了，年紀小的精力倒還能撐得住，而年歲大的老夫人們此時雖疲倦不已，可身子卻還是坐得端端正正的。

紀清晨是陪在祖母身邊坐著的，韓氏因丈夫是三品官員，所以她被封為三品淑人；曾榕則是四品恭人，兩人身上穿的禮服也是不一樣的。

此時能在這裡坐著的，都是京城裡有頭有臉的夫人，國公夫人、侯夫人、伯夫人，還有一位最尊貴的咸安大長公主。這位大長公主的生母不過是個嬪，不過人家輩分高，乃是先皇的庶妹，便是如今的聖上都要喚她一聲皇姑母。

秦太后倒是不在此處，畢竟她身分尊貴，無須在此等候。皇后在前頭太和殿冊封之後，聖上還要攜她一起前往秦太后宮中，向太后行禮。

不過雖說此處既有咸安大長公主在，又有這麼多的公侯夫人，可最受矚目的，卻還是坐在那裡、穿著二品夫人禮服的方老夫人。

此時她身邊坐著的一個太太，是在場少數幾位未著禮服的女子，不過其他未著禮服的都是小姑娘。

黃氏是頭一回進宮，也是第一次見到這麼多貴夫人，方才有人與她搭話的時候，開口便說她是某某侯府的夫人，又或者是尚書家的女眷。

黃氏的丈夫是方家三老爺，只是她嫁進來的時候，方家老太爺已致仕回鄉，若不然以她那單薄的家境，也不至於能嫁入方家。

後來方三老爺並未做官，只是在家中做了個田舍翁。

雖說黃氏大字不識得幾個，可打理家務卻是井井有條。若是一直這般生活著，她自是個人人稱讚的好媳婦，可誰知家裡的姑太太一下子成了皇后娘娘……她陪著上京，卻不想一下子便露了怯，就連方老太太都在私底下搖頭，覺得她到底是個沒什麼見識的。

只是方家的其他兩房，一家在湖南，一家在福建；皇上也只說叫方家的兩位長輩上京，所以只能叫在家裡的三房隨著他們一起來。

此時旁邊的寧國公夫人不時與方老夫人說話。如今的這位寧國公夫人乃是秦太后的嫂子，也才四十歲，真論起輩分來，她是與方老夫人平輩，可老夫人畢竟已六十多了，所以秦夫人說起話來，也是恭恭敬敬的。

她本就長袖善舞，又意在交好方老夫人，便大略介紹了如今這屋裡坐著的幾位重要人物。

「沅沅，這桂圓可還好吃？」曾榕瞧著紀清晨摸了一把桂圓放在手中，時不時捏了一個放進嘴裡，也不知那桂圓殼被她藏到哪裡去了。

紀清晨正偷偷吃得開心呢，卻被曾榕戳破了，當即便羞紅了臉頰，輕聲哼了下，嬌嬌地喊了聲。「太太。」

「沅沅，怎麼這幾日不到家裡去玩了，妳姊姊一直念叨著妳呢。」坐在一旁的晉陽侯夫人輕聲笑道。

這是怕曾榕說她，專門給她解圍的。晉陽侯夫人對自家的兒媳婦真是一萬個滿意，這幾年來，她連家裡的事情都不怎麼管了，全放手讓寶璟去打理。若不是寶璟又懷孕了，她捨不得媳婦挺著大肚子操勞，這才又將掌家的事情給拾起來做。

愛屋及烏，她自是對紀家這門姻親十分看重，畢竟能教養出這樣女兒的人家，怎麼都是家風好、有規矩的。再說了，紀清晨又生得這般好看，光是軟軟一笑，便叫人心都要化開了，哪裡還捨得看她被訓斥呢。

「我家那元寶，也是整日喊著要去找沅沅姊姊，要不是他娘壓著不許他胡鬧，指不定還要怎麼鬧騰呢。」此時開口的是忠慶伯夫人。紀清晨上京那年，在路上救了她的孫子元寶，在這之後，兩家便一直交好。

忠慶伯夫人也是瞧著紀清晨長大的。小姑娘小時候便長得跟粉團堆出來似的，這越長大模樣越是精緻。

要不是自家孫子比她少了三歲，她倒是想替元寶求娶了。所以這會兒，她便多嘴問了句。「沅沅今年也有十四了吧，似不曾聽說她定了人家？」

別說紀清晨了，便是曾榕也沒想到忠慶伯夫人會在這裡問這個問題。曾榕瞧著小姑娘羞紅的面頰，輕笑道：「沅沅年紀還小，咱們倒是不著急，最要緊的是她爹爹捨不得。」

紀延生是真的捨不得。紀寶璟出嫁的那年，他都紅了眼眶、落下眼淚了。這要是再叫他把另一個心肝嫁出去，那可是真要了他的命。

所以為了丈夫那可憐的玻璃心著想，曾榕哪裡敢提這檔事啊？

況且如今聖上又對沅沅這般好，曾榕料想著，雖說過繼的事沒成，可沅沅的婚事想來也不是他們能作主的了。

「紀大人疼女兒，那倒是全京城都知曉的。」忠慶伯夫人登時笑了下，將紀清晨的婚事給帶了過去。

又過了一個時辰，皇后終於乘著全副儀仗姍姍而來。所有人登時站起來，垂首恭候她進到大殿之中，此時這麼多的人，只聽到那繡著鳳凰展翅的鳳袍拖地時，輕輕的沙沙聲。

待皇后走到最上首的高座上，一旁的太監引領眾人向皇后跪拜行禮。所有人都跪下來，高呼皇后娘娘千歲千歲千千歲。

一場封后大典，辦的是風風光光，沒能前去的紀寶茵，在紀清晨回來之後，還追問了好久。

畢竟上一次的封后大典，她們都沒還沒出生呢。

只是讓紀清晨感到有些奇怪的是，這次不僅立了方氏為皇后，便是二皇子殷明然的母親任氏，都被封為端妃。原先府中的兩個通房，也都被封為貴人，可是卻未提到安素馨。

倒是朝中已有人呈上摺子，請皇上早日選秀，廣納後宮。雖說比起先皇來，當今聖上有三個兒子，已是子息繁茂。可不管哪朝哪代，都是講究多子、多孫、多福氣；況且一旦開始選秀，有些人便能乘機將自家閨女送進宮裡。

如今皇上的後宮，大多都是靖王府中的舊人，總共也才四個人，這對於帝王來說，實在是太過清心寡慾了。

只是皇上如今初登基，要考慮的事情太多，便把這一樁給駁了回去。畢竟先皇過世還不到一年，他自是要做出表率。

朝堂上的事情，沒能影響到後院女眷，如今唯一能叫紀家掀起波動的，便只有紀家幾個姑娘的婚事。

韓氏選來選去，就是沒挑到好的。倒也不是她眼光太高，只是眼見紀寶芸嫁給自個兒的親表哥都能雞飛狗跳的，她自是要好生給紀寶茵選一選了。

倒是老太太勸她，恩科三月初七開始考試，待放榜了再看看也不遲。

韓氏聽著只是苦笑。若能有那少年進士，哪裡輪得上紀寶茵呢？

「妳說說我娘，可是好笑，祖母都勸她了，她倒是一個勁兒地看低我。」紀寶茵把從韓氏那裡聽回來的話說了一遍，氣得自個兒都笑了。

為了婚事，紀寶茵都生了好久的悶氣。不說旁的，光是紀寶芸就喜歡在她的婚事上指手畫腳的，她自個兒在婆家都是一地雞毛，倒回來在她跟前逞能。

紀寶芸最愛說的就是她的身分尷尬。雖是紀家的長房嫡女，可是二房出了皇帝舅舅，紀清晨走到哪兒都風光，外頭的人只知道二房的姑娘，哪裡知道長房的女兒。

聽著這些話，紀寶茵只是冷笑，當年的事情，她可是一點兒都沒忘記，就因為晉陽侯夫人瞧上了大姊，三姊便大鬧一番，險些讓爹爹要休了娘親，還不就是因為她自個兒處處都比不上大姊。

紀寶茵是瞧得清楚了，所以她才不會傻到和沅沅去互別苗頭呢。

紀清晨見她一臉惱火，偏頭對著旁邊的杏兒道：「給五姊換杯茶吧。啊，也別奉茶了，把先前的槐蜜罐子拿出來，沖一杯槐蜜水。」

「好端端地給我沖蜜水做什麼？」紀寶茵這會兒把手肘撐在桌上，臉頰擱在手掌上，偏著頭好奇地問。

紀清晨噗哧笑了出來，輕聲道：「怕五姊妳心裡太苦了。」

如今只要她們待在一處，便能聽到紀寶茵不住地抱怨。畢竟也是十六歲的姑娘了，這還沒定下婚事，可不就是讓人著急嗎？

紀寶茵氣得捶了她一下，惱火道：「好啊，連妳都要打趣我。」

「五姊，我想妳也別著急，這該來的總會來。況且十六歲還沒嫁人的也不只有妳，裴家的欣姊姊也還沒說親呢，就是那謝蘭姊姊也還沒說親……」紀清晨正要扳著手指數下去。

紀寶茵立即舉起手，道：「好了、好了，妳別說了，妳越說我越是頭疼。怎麼聽著光是姑娘沒嫁人的，竟沒一家是要娶媳婦的嗎？」

此時杏兒正端著蜜水過來，結果聽到這話，險些把托盤給摔了。

如今姑娘們也都大了，在一處除了說些衣裳首飾，談得最多的便是婚事了。可五姑娘這樣的話，也實在是太驚世駭俗。

「五姑娘，咱們姑娘還小呢，您可別和她說這些。」杏兒開玩笑道。

紀寶茵騰地就要跳起來，幸虧紀清晨及時拉住了，不過她還是道：「妳家姑娘都十四歲了。我告訴妳啊，沅沅，妳可不能任著二叔的性子來。我娘說了，要是能行，二叔恨不得給妳在家裡招個上門女婿呢。」

尋常人家十四歲確實該說親了，可到了紀清晨這裡，光是紀延生那一關便過不去。他還想著讓紀清晨等到十七、八歲才出嫁，雖說有些晚，可有些百年詩禮之家，也都是這麼個規矩。

「說妳呢，怎麼好端端地又說到我了？」紀清晨只覺得頭疼。

可紀寶茵卻以過來人的姿態，教訓她說：「妳以為十四歲說親還早？瞧瞧我吧，我娘也說心疼我，非得十四歲才給我尋親事。結果呢，到了去年及笄的時候，又趕上先皇喪事，一下子便拖了大半年。」

紀清晨一聽還真是這麼個道理。她可不想像爹爹想的那般，等到十七、八歲的時候，再嫁給柿子哥哥。

這想來想去，似乎能求的，就只有舅舅了。

結果這還沒求呢，恩科倒是開始了。

今年紀家也有兩人下場，大堂哥上回沒考上，二堂哥則是頭一回下場考試，連老太太早晚燒香的時候，也都不忘給兩個孫子求一求。

紀寶芙的貼身丫鬟墨書，前兒個回家一趟，到今日才回來。她一瞧見墨書，便問道：「怎樣，東西可送到了？」

「我哥哥回來說了，表少爺已經收下了，姑娘只管放心吧。」墨書安慰她。

紀寶芙這才放心。年前的時候，曾榕賞給她一塊皮子，雖然不大，頂多就能做個護手罩。她當時讓丫鬟收起來，知道要開恩科之後，便又叫丫鬟拿出來，親手做了兩個護膝。聽說考場裡陰冷潮濕得很，表哥身上也沒什麼多餘的銀子，所以她還把攢下來的五十兩銀子，也叫墨書一塊兒送過去。

紀家的姑娘也不是人人都像紀清晨那般有錢，她只是個庶出的，平日裡便是胭脂水粉都是公中給的。按理說，每個月還有五兩月銀，逢年過節的時候，長輩也會給一些。可平日要打賞丫鬟，也是一筆銀錢。再加上她從去年開始，便偷偷叫墨書給喬策送東西、送吃食，就是知道他在京城開銷大，怕他太節儉，熬壞了身子。結果她這日子過得反倒比之前還要緊巴巴呢。

「待表哥高中後，他便好與爹爹開口了。」紀寶芙心滿意足地想著。

紀清晨正在院子裡繡花，就聽香寧進來了，低聲與她道：「姑娘，六姑娘房中的墨書，今兒個回來了。」

「六姊又給他送東西了？」紀清晨放下手裡的繡花繃子，冷笑著問道。

香寧點點頭，她家就與墨書家住在對門。紀清晨臨走的時候，就怕喬策耍什麼花招，便叫人盯著紀寶芙的院子。

誰知還真沒叫她失望，自從喬策來京城沒多久，紀寶芙身邊那個叫墨書的丫鬟，一個月竟是要回家三、四趟。要知道，一個貼身丫鬟在主子身邊伺候著，即便是一月告假一回都是了不得的。

況且她每次回去，都帶著一包東西，說是紀寶芙賞的。門房因為早得了紀清晨的好處，從來都不攔著，不過卻偷偷地記下了她每回帶的東西。

「這次據說，還給了銀子。」香寧悄悄地說了個數字，紀清晨登時氣壞了。

這人還真行啊，兩輩子都能吃上軟飯；且不管她姓什麼，還都專吃她家的軟飯啊。

這次，她非要叫他丟盡臉面不可。

他若是想像上輩子那般，娶了高門大戶的女兒一步登天，她就偏要戳破他的癡心妄想。

第八十三章

三月初七，恩科正式開始。

紀延德領著兩個要下場的兒子，好生祭拜了紀家的祖先後，才讓家裡的馬車送他們去考場，一路上用的、吃的也早就準備好了。

就連紀清晨、紀寶芙還有紀湛這三個二房的孩子，也都一大早就過來恭送兩位堂哥去考場。

只見大伯母韓氏拉著大堂哥紀榮堂的手念叨了許久，都是叫他別凍著、冷著、餓著了。其實這會兒都三月天了，就算只穿著一層夾襖也不覺得冷，只不過韓氏是慈母之心，便拉著長子說個不停。

可這次不單單是大堂哥要去考試，二堂哥紀行堂也要下場。所以韓氏只拉著紀榮堂叮囑個不停，倒是把紀行堂冷落在一旁。

紀行堂的媳婦劉氏本想關心一下丈夫，卻又礙於婆婆在旁邊一直說個不停，她也不好插話。

最後紀延德拍了拍兩個兒子的肩膀，叫他們不要太緊張，好好地寫文章便是。

等馬車都走到瞧不見了，韓氏還站在門口。紀延德也不好叫眾人都陪站著，便道：「都回去吧。」這送行才算正式地告一段落。

回去的路上，紀湛縮了下脖子，有些擔憂地說：「姊姊，若是我以後長大要去考試，娘也會這般嘮叨嗎？」

曾榕是長輩，自然不用來送兩個小輩去考場，不過她提前已送過別的東西給兩個考生。就是因為她不在，紀湛才敢問的。

紀清晨本來要說不會的，可是一想到誰家母親不是望子成龍，況且太太還只有湛哥兒這麼一個兒子，便是爹爹也只有他這麼一個獨苗，肯定會有些期待的吧。

大堂哥如今二十五歲了，之前的會試已名落孫山一次，這次是第二回了。說實話，一次就能考中的，那真是少數中的少數，天才中的天才。大多都是考一次不中，再接再厲，一直到考中為止。

其實紀榮堂如今是個舉人，可以再一直考下去，若是真的不想考了，舉人也是能選官上任，只不過不會像正經的進士般，先到翰林院熬資歷，而是到外頭去謀個小官職，再慢慢地往上爬。

不過紀家本就是科舉立身，紀榮堂是家族長子，這些年來家中也為他請了名師，就是盼著他能金榜題名，謀個進士出身。這樣便是要在官場上晉升，也要容易些。

「所以你要好好讀書，要不然太太就會天天念叨你、日日念叨你。」紀清晨扣著他的肩膀，笑著嚇唬他。

紀湛皺起秀氣的鼻尖，哼道：「我娘才不會這樣呢。」

「那就走著瞧嘍。」紀清晨抿了抿嘴，好笑地看著他。

見小傢伙真的沈下臉了，紀清晨又趕緊哄他，誰叫他是她的小祖宗呢。

三日之後，紀榮堂和紀行堂都被家裡下人扶著回到各自的院子中。韓氏見狀，趕緊叫人煲了人參湯，往兩人房裡都各送了一份。

紀清晨對於會試倒不是挺在意，反正是兩位堂哥的事情，即便考中了，她也就是跟著高興、高興。真正叫她在意的，是大姊的產期就在這幾日，聽說這兩天她已坐在床上，不下來走動了。

就連穩婆也已經被請到家裡住下，可是一直沒聽見消息傳來，她難免有些擔憂。

結果三月十一這天晚上，她洗漱後，剛換上桃粉色繡荷花的中衣，準備上床歇息，就聽到外頭傳來吵嚷聲。

紀清晨見一個丫鬟急匆匆地進來稟報，那是太太身邊的貼身丫鬟司琴，她便問：「可是大姊要生了？」

司琴點頭道：「太太已換了衣裳，準備坐車過去了。不過太太說了，這一時半會兒也未必會生，讓姑娘今晚就別去，等明天早上再去也不遲。」

紀清晨哪裡能聽得進去，因為她記得前世的時候，紀寶璟這一胎的胎象並不好。

「妳等我一會兒，我這就去換衣裳。」她說話的時候，旁邊的杏兒和香寧便一個去拿衣裳，一個便去開妝奩。

不過紀清晨卻等不及，只吩咐香寧道：「不要開妝奩了，給我編個髮就行。」香寧便又過來為紀清晨編髮。

她坐在梳妝檯前的雕花圓凳上，對著身後的司琴吩咐道：「妳先回去告訴太太一聲，說我隨後就到，請她務必等我一會兒。」

司琴知道大姑娘和七姑娘的關係素來就好，所以也不勸說了，只回去先告訴曾榕一聲。結果司琴剛回去說完沒多久，曾榕這邊都還沒收拾妥當呢，紀清晨便已趕過來了。她穿著白底撒紅的長褙子，一條淺粉色百褶裙子，身上披著一件同是淺粉色的帶帽披風，頭髮大概是來不及梳起來，乾脆編了個麻花辮子，只是編髮的時候纏了五彩的髮帶，倒也不至於讓編髮看起來太素淨。

「我就知道妳在家中是坐不住的。」曾榕見她已打扮妥當，便也不再說什麼。倒是瞧著她身後的杏兒，手裡拿著鼓鼓的一大包東西，心想大概是要帶給寶璟和未來姪子的禮物，所以她也沒多問。

曾榕想著老太太這會兒該睡下了，便吩咐下人明兒個一早便去老太太的上房說一聲。紀延生已經在馬車裡等著了，因此她們兩人也趕緊上了馬車。

等到了晉陽侯府，進了內院就瞧見裡頭有一片是亮著燈的。

晉陽侯夫人已在紀寶璟的房中候著了，溫凌鈞也領著溫啟俊過來。

紀延生不好開口問，還是曾榕道：「寶璟這會兒如何了？」

「穩婆都在，我娘也在裡頭陪著呢。」溫凌鈞是被晉陽侯夫人趕出來的，主要是溫啟俊聽到動靜爬起來，鬧騰著要去看紀寶璟。晉陽侯夫人也沒閒工夫哄孫子，便叫他領著孩子出來，等著岳父一家過來。

上一回媳婦生孩子的時候，紀家便是全員都到了，晉陽侯夫人猜想著，這次應該也都會來吧。

紀家疼女兒，還真是跟一般人家不一樣。這尋常人家，閨女生了孩子，外家蒸喜餅、發紅雞蛋也就差不多了，紀家是非得在跟前看著，要不是上回紀寶璟親自勸了，曾榕和紀清晨都恨不得住下來照顧她呢。

晉陽侯夫人知道紀家這是因為疼女兒，所以也只是替媳婦高興，並沒有別的想法。

「小姨母，娘都哭了。」溫啟俊方才在院子裡聽到紀寶璟哭喊的聲音，被嚇得不輕。

紀清晨立即低頭在他的小臉蛋上香了一口，輕聲哄道：「只是小弟弟調皮，想要趕緊出來和咱們俊哥兒玩，等俊哥兒睡上一覺，明兒個就能看見小弟弟了。」

之前家裡人逗著溫啟俊，問他是想要弟弟還是妹妹，他便堅定地說想要個弟弟，就算旁人再怎麼哄他，說小妹妹又香又可愛，他都一口咬定要個弟弟。

因女子生產的地方不適合讓男子一直待著，所以溫凌鈞便請紀延生去前院書房坐坐。

溫啟俊本來還死活不想走，還是紀清晨哄了好一會兒，溫凌鈞實在不耐煩，才一把將兒子抱起就走了。

等她們進了院子，晉陽侯夫人就在正堂裡，見她們過來，便起身相迎。

剛開始還能寒暄幾句，可這等的時間一久，便也無話可說了，就聽到旁邊不時傳來紀寶璟喊疼的聲音。

後來晉陽侯夫人又叫人煮了桂圓蓮子銀耳湯，怕晚上熬的時間久了，肚子會餓，只不過這會兒卻是誰都不想吃。

一直到了後半夜，紀清晨有些犯睏的時候，房裡的動靜突然大了起來。丫鬟端了一盆又一盆的熱水進去，接著又是一盆盆的血水被端出來，就連正堂都聞到那股若有似無的血腥味。

紀清晨剛站起來，就聽到房裡大喊了一聲，她想也不想地便衝過去。待進去後，就聽到裡頭的接生嬤嬤正對紀寶璟的丫鬟道：「這孩子的胎位不正，已經有一個多時辰了，再不生出來，只怕大人和孩子……」

接生嬤嬤也知道這裡是晉陽侯府，哪裡敢說喪氣話，可是夫人的胎位確實不正，先前她們已試了好幾個法子，卻還是無法讓胎位轉正，要是再這樣下去，只怕孩子就要憋死在肚子裡了。

這會兒晉陽侯夫人和曾榕也趕了過來，兩人是在門口聽到的，臉色俱是發白。

「這可如何是好？」晉陽侯夫人倒抽了一口氣。先前太醫來請脈的時候，只說寶璟要好生靜養。只是紀寶璟這胎懷得本就不如前一胎好，這一到要生的時候便出事了。

「杏兒，妳立即去前院告訴大姊夫，請他即刻去請太醫院的許太醫；還有，一併請他家夫人過來。這位夫人的娘家出了許多婦科聖手，她自個兒也時常幫人看病。妳與大姊夫講，十萬火急，便是綁也要把他們給綁過來。」紀清晨心急如焚地說。

杏兒愣了下，這要用綁的……

紀清晨又發了狠，道：「妳只管與大姊夫說，要是出了事，由我擔著，我會親自去向舅舅請罪。」

杏兒嘆了一聲，調頭就往外跑。

紀清晨轉過身瞧著產房。晉陽侯府這次請了兩個老道的接生嬤嬤過來，都是從內務府出來的，專門給京城的勛貴人家接生，但此時產房裡卻連一點聲音都沒有，似乎靜得連一根針掉下來，都能叫人聽得清清楚楚。

「今日只要我大姊平安無事，不拘是誰，我都賞一錠金子。」紀清晨站在原地，眼睛一眨也不眨地盯著產房。

晉陽侯夫人此刻倒是醒過神來了，馬上叫人把早就備好的人參拿過來，是一支六十年的老參。這是早就準備好的，就是為了給寶環生產時可以含著。她又怕寶環這會兒餓得沒力氣，便又讓人熬了參雞湯端進來。

曾榕捏緊帕子，聽著晉陽侯夫人的吩咐，處處都是妥當的。

可是她們外頭照顧得妥當，裡頭卻是說不出的艱難，直到紀清晨聽到大姊的喊叫聲，似乎是在叫她的名字。

紀清晨想也不想，拔腿便往裡頭走。可門口站著的兩個丫鬟，登時便攔住了她，勸道：「姑娘，產房不乾淨，您可不能進去。」

攔著她的都是紀寶環身邊的丫鬟，尋常是沒這個膽子的，只是世子夫人要生之前，竟是頭一個吩咐她們，若七姑娘想進去產房，是絕對不行的，死都要把她給攔住。

兩個丫鬟站在門前攔著她，也是心裡忐忑，生怕她發火。

紀清晨倒是沒生氣，只道：「妳們都讓開，沒聽到大姊在叫我的名字嗎？」兩個丫鬟面面相覷。她們站在門口，只聽到世子夫人痛苦的呻吟聲，並沒聽到夫人在叫七姑娘的名字啊。

「沅沅。」曾榕也察覺到她的不對勁，上前想攔住她，可看著小姑娘臉上的表情，便知道方才她那般鎮定地讓丫鬟去找溫凌鈞，都只是表面的堅強而已。

「妳大姊會沒事的，咱們都在這裡等著她、陪著她呢。」曾榕伸手握住小姑娘的手，才發現她的手掌比冰雪還要冷，原本柔軟的手掌，如今僵硬得像一塊石頭。

紀清晨皺著眉頭，卻聽見屋子裡又陡然傳出一聲喊叫，接著便是兩個接生嬤嬤說話的聲音。可隔著一道門，紀清晨聽不清楚她們說的話。

直到溫凌鈞氣喘吁吁地將許太醫夫妻兩人拉進門，許夫人頭上也是釵環未戴，想必是急匆匆地就過來了。

晉陽侯夫人趕緊上前。「許太醫、許夫人，就麻煩兩位了。」

許夫人點頭，匆匆說了句「夫人客氣了」，便一頭鑽進產房裡。

曾榕見太醫都來了，心底稍稍鬆了一口氣，可是卻不敢說話，只是緊緊地握著紀清晨的手掌。生孩子就跟闖鬼門關一樣，稍有不慎，便會出了意外。

如今誰都不敢說什麼，也都不敢保證什麼。

第八十四章

沒一會兒，許夫人便出來了，她看著晉陽侯夫人和溫凌鈞，道：「世子夫人的羊水已經流得差不多了，只是孩子還沒生出來，只怕要喝點助產藥。」

「會對大人的身子有傷害嗎？」溫凌鈞想也不想地問。

一屋子的人都朝他望過去。許夫人不是頭一回被人請來接生了，畢竟就算有太醫，可到底是女人生孩子的事，哪有叫男人進去的道理。但她卻是頭一回見到只問大人的丈夫，這位世子夫人的福氣，可真是叫人羨慕啊。

「若是用藥，只怕對生育會有所影響，旁的倒也沒什麼大礙。」許夫人輕聲開口道。

「我已經有兒子了，我只要能保住她的性命就好。」溫凌鈞咬牙道。

曾榕別過頭，可眼淚卻止不住地往下落。還記得溫凌鈞來家裡提親的時候，那般高大的男子就站在她和紀延生面前，說是以後一定會對寶璟好。都說男子薄倖，說出來的話，轉頭就能忘記，可他卻是真的做到了。

許夫人明白他的意思，他這是要保住大人。許夫人也是個女子，瞧多了那些家裡三妻四妾不夠，還要一個勁兒地往房裡抬新人的男人，如今頭一回遇到這樣的事情，她也有些紅了眼眶，只點頭道：「世子爺放心吧，夫人和孩子，我都會盡力幫你保住的。」

晉陽侯夫人一直沒說話，只緊緊地抓住兒子的手臂。

許夫人自個兒也有個藥箱，這會兒許太醫打開兩人的藥箱，夫妻兩個便低聲商量起來，最後才慎重地開了藥方子。

等藥煎好了，許夫人便親自端進去。

溫凌鈞瞧著她碗中的褐色汁液，只是抿著唇，一言不發。

等到了屋裡頭，就見兩個接生嬤嬤正指揮著丫鬟扶起紀寶璟。此時她臉色白得就跟一張紙似的，烏黑的長髮早就被汗水浸濕，身子底下鋪著的褥子，又是血又是羊水，污糟一團，叫人看了害怕。

許夫人讓丫鬟給她灌下藥汁，隨後又朝接生嬤嬤使了個眼色。

「世子夫人，外頭的世子爺和侯夫人，還有您的娘家人都等著您的好消息呢，咱們可不能在這時候撒手啊。來，使勁。」許夫人與紀寶璟說了幾句鼓勵的話。

她原本已經有些渙散的眼神，似乎在聽到丈夫和家人的時候，陡然又凝聚在一處。

接生嬤嬤低頭瞧了一眼，登時大喜，喊道：「瞧見了，瞧見頭了。」

外頭的人聽到這句話，所有人都抬頭看著門口，直到一聲撕心裂肺的哀號之後，就聽到一個丫鬟喜極而泣地喊道：「生了、生了！」

曾榕身子一軟，險些要摔倒。

紀清晨則是整個人站得筆直，就連眼睛都不眨一下，反倒叫一旁的杏兒心裡有些發怵。

也不知過了多久，就聽到裡頭傳來小嬰兒響亮的啼哭聲，隨後許夫人便掀了簾子進來，手裡抱著一個襁褓，歡喜地說：「是個兒子，恭喜了。」

溫淩鈞這時候才敢長吐一口氣，可是卻沒先看許夫人手中的兒子，只盯著她焦急地問：「夫人，內子可還好？」

「放心吧，世子夫人只是昏睡過去，不礙事的。」許夫人安慰他。雖說用了藥確實是會傷了身子，不過這藥也不霸道，乃是她家中祖傳下來的，若是養個三年五載，未必就不能再生。左右這會兒母子平安了，倒是比什麼都好。

溫淩鈞這才鬆了一口氣。許夫人見他這般，便笑問道：「世子爺可要抱抱孩子？」

此時孩子身上的血污已經被洗乾淨，頭髮又黑又濃密，雖閉著眼睛，可是眼線卻極長，日後這雙眼睛定不會小。

晉陽侯夫人知道他此時肯定沒這個心思，便道：「他粗手粗腳的，哪裡能抱孩子。」說著，便伸手接過孫子，又招呼曾榕過來瞧瞧小孫子。

既是母子平安了，先前的那些驚慌，倒也都煙消雲散了。曾榕正要拉著紀清晨過去，瞧一瞧她這個大寶外孫，突然身旁的人便直勾勾地倒了下去。

周圍很黑，紀清晨瞧著四周，一直想要出去，卻只能困在這無境的黑暗之中。

她一直往前走，可是不管怎麼走，這條路似乎沒有盡頭一般。

怎麼才能走出去呢？

她一直在問，卻沒有人能回答她。直到一個聲音從遠處傳來，她霍地睜開眼睛，就看見坐在她床邊的裴世澤。

她眨了眨眼，以為是幻影，可是不管她眨幾次，裴世澤都安靜地坐在她面前。

「醒了？」裴世澤輕聲開口，伸手替她將頭髮往後順了下。

這會兒紀清晨才發覺她的手正被他握著，於是她忍不住開口問道：「柿子哥哥，你怎麼在這裡？」

「餓了嗎？」裴世澤沒立即回答她的話，反而問她餓不餓。

紀清晨這才想起來，她昨晚是在晉陽侯府裡等著大姊生產，她記得大姊難產了，不過好在最後順利生下一個兒子，母子平安。

不過，她好像是昏倒了？

她也記不大清楚，甚至連昨晚的記憶都有些模糊。

裴世澤嘆了一口氣，低聲道：「妳快把我嚇死了。」

幸虧昨日他是住在家中的。今日一早他便接到了晉陽侯夫人送來的喜餅，說是世子夫人昨兒夜裡生了個兒子。他本就與溫凌鈞交情甚好，又想著沅沅今日一定會去看她大姊，誰知便聽說了她昏倒的消息。

杏兒和香寧原本是在外間等著的，這會兒聽到裡面似乎有說話的聲音，登時面上一喜，便想進去瞧瞧，可是誰都不敢先敲門。自家姑娘和裴世子之間的關係，她們可都是瞧在眼中的。

兩人自是不會到處亂說，況且裴世澤一未成親，二未訂婚，在她們看來，只怕這麼多年來，裴世子就是在等著自家姑娘呢。

紀清晨也不知自己睡了多久，只覺得頭疼得厲害，便想坐起身來。

裴世澤伸手去拿床上的靠墊。他從來都沒有伺候過別人，擺了半天才覺得擺好了。他扶著紀清晨坐起來，又去替她倒了一杯水，看著她一口氣把水喝下去。

「是不是餓了？」這會兒都快晌午，她是昨日半夜昏過去的，都好幾個時辰沒進食了。

可紀清晨一想起昨晚的凶險，也不知是否是因為裴世澤在身邊，心中的軟弱頓時湧現，她拉著他的手，帶著哭腔說：「我不想吃飯，你別走。」

「別怕，我不走。」裴世澤趕緊坐下來。見她頭髮披散在肩上，白嫩的小臉被烏髮映襯得越發雪白，就如那雪山上長年不化的皚皚白雪般，透著一股清靈的味道。

「柿子哥哥，抱抱。」紀清晨伸出手臂，一臉委屈的小模樣。

瞧著她臉上撒嬌的表情，裴世澤伸手抱住小姑娘，在她耳邊輕笑了一聲。「都多大了，還撒嬌。」

可他卻把她抱在懷中，還伸手撫著她的背，似是在安慰她，讓她不要害怕。

紀清晨是真的被嚇壞了，可一醒來就看見裴世澤，這種又滿足又委屈的感覺，就像是把最酸的東西和最甜的東西都攪在一塊兒，再一口吞下去，讓她心底是又難過又歡喜。

「嚇壞了吧？」裴世澤輕聲問她。

懷中的小姑娘委屈地「嗯」了一聲。何止是嚇壞，她簡直就不敢想像，若大姊真的出事了，她該怎麼辦？

她總是擔心因為她這一世的出現，會給家裡人帶來不一樣的改變。所以這次聽說紀寶璟胎象不是很好的時候，她心底便害怕極了。

前一世她的大姊可是被皇上封為郡主的，是京城裡所有女子都羨慕的人。她好害怕大姊會出事……她怕因為自己的緣故，而改變了紀寶璟的命運。

裴世澤能感覺到她的小手，一直緊緊抓著他的衣衫。她趴在他懷中，小聲地啜泣著，就像一隻可憐的小兔子，無辜又惹人憐愛。

「姊姊醒了嗎？」外頭傳來紀湛的聲音。

杏兒和香寧沒想到這會兒小少爺會過來，正想攔著，可是小少爺已往房中走去。兩人趕緊上前，想先哄著他，只見紀湛卻皺著眉頭道：「我要先看看姊姊有沒有事，我才不要去看小弟弟呢。」

也不知他是受了什麼委屈，杏兒和香寧瞧他這副小可憐樣，恨不得伸手抱抱他。只可惜自家這位小少爺是極有性格的，除了七姑娘能未經他同意抱他，便是連太太每回想摟著他，都要先問問這位小爺的心情呢。

兩人正絞盡腦汁地想著藉口，倒是內室的門被打開了。裴世澤高大的身影出現在門口，他低頭瞧了紀湛一眼，輕聲道：「進來吧。」

紀湛愣住了。為什麼這個哥哥會在這裡啊？

他跟著走進房中，一下子便撲到紀清晨的床邊，關心地問道：「姊姊，妳感覺好些了嗎？」

「好多了，湛哥兒看過小外甥了嗎？」紀清晨伸手摸了摸他的小臉蛋。他大概是跑過來的，所以小臉紅撲撲的，額頭上還掛著汗珠。

紀湛哼了聲，立即高傲地說：「我才不想看呢，姊姊都生病了，我要先看姊姊。」

紀清晨被這小傢伙的一句話，說得心都要軟了，便在他紅撲撲的小臉蛋上親了一口。

可紀湛已經是八歲的大孩子，如今又有外人在，馬上便不好意思起來，還教訓她道：「姊姊，咱們不是說好了，妳不能再隨便親我了。」

「別人還求之不得呢。」紀清晨伸出嫩白的指尖，在他額頭上點了下，可眼睛卻朝裴世澤瞥了過去。

裴世澤此時也正看著她，紀清晨這才發現他的眼神，竟與平日裡不大一樣。依舊是一雙深邃的眸子，可此時卻像是藏著一股說不出的灼熱在裡面，像是要生吞了她一般。

紀清晨這才發現，她玩火玩過頭了，趕緊低頭，不敢再與他對視。

其實裴世澤都這個年紀了，卻還沒嘗過魚水之歡，也是有些可憐。等她回過神，發現自個兒在想什麼的時候，恨不得在腦袋瓜子上捶兩下。她都在胡思亂想些什麼呢！

她怕再讓裴世澤留在這裡，真的會出事，便對紀湛道：「湛哥兒，你先和大哥哥到外頭等著，姊姊換一身衣裳，再陪你去看看大姊和小寶寶好不好？」

紀湛嘟著嘴，卻還是點了下頭。

等他們兩人出去後，杏兒和香寧便進去替紀清晨更衣，而屋子裡別的丫鬟，早在裴世澤來的時候就被打發走了。所以此時一大一小，兩人在高背玫瑰椅上坐著，紀湛的腿兒在半空中懸著。裴世澤素來就不是會寒暄的人，此時自然更是安靜。

紀湛是認識這個大哥哥的，因為他來過家裡好幾回，而且他和大姊夫的關係也很好，之前還帶著他和俊哥兒一塊兒去騎馬。這個大哥哥的騎術很厲害，射箭也好厲害，比大姊夫還有其他人都還要厲害。小男孩本就崇拜強悍的人，所以他心底其實一直挺喜歡這個哥哥的。

他偷瞄了裴世澤好幾眼，就見他安靜地坐著，也不說話。最後還是小傢伙先忍不住，撇過頭瞧著他，問道：「你喜歡我姊姊？」

「嗯，喜歡。」裴世澤轉過頭，看著他的眼睛，極認真地回了一句。

他並未把紀湛當作一個不諳世事的小孩，反而是很認真地回答他的問題。紀湛自然也能感覺到，登時有些興奮，又問道：「那你以後會娶我姊姊嗎？」

「會。」裴世澤又認真地說了句。

紀湛倒是一下安靜下來，他的小短腿在半空中晃啊晃的。沈默許久後，他才神情堅定地盯著裴世澤道：「那你可一定要對我姊姊好，雖然你很厲害，但我也不怕你的。」

裴世澤聽著小傢伙故作堅強，卻帶著幾分顫抖的聲音，原本清冷的面容一下子染上了十足的笑意，變得柔和起來。

他伸手摸了摸紀湛的小腦袋。「那你以後可要記得監督我。」

第八十五章

晉陽侯府早已派人給家裡的親朋好友送了喜餅和紅雞蛋，紀寶璟的院子裡一時間喜氣洋洋的。

曾榕今日得空歇息一會兒，便過來看看紀寶璟和孩子。

小傢伙雖說生的時候難了點，可是胖乎乎的，哭起來的時候，那聲音別說有多清脆響亮了。

這會兒紀寶璟剛剛醒來，丫鬟便端了雞湯過來，餵她喝了一小碗。見曾榕過來，她立即笑道：「昨日叫太太擔心了。」

「咱們這點兒擔心算什麼，是妳受苦了才是。這小傢伙日後可得好生孝敬妳，為了要生他，妳這個親娘可受了不少罪。」曾榕瞧著她懷中抱著的小傢伙，奶娘方才餵他喝了一回奶，此時正睡得香呢。

紀寶璟看著懷中的小傢伙，登時也笑了下，輕聲道：「太太說得是，生他時如此不易，料想著以後也是個淘氣的。」

她頭一胎生俊哥兒的時候，不僅沒吐、沒難受，便是生的時候，都順順當當的。而這孩子的性子也是個溫和的，打小就不愛和人起爭執，便是發脾氣也是少的。

可如今這個小子，在肚子裡的時候就愛折騰。為了生他，還險些把她的半條命給折騰掉了，只怕以後也不是個叫爹娘省心的。

兩人正說話的時候，紀清晨牽著紀湛的手進來。

曾榕一瞧見兒子，立即笑道：「不是說不想來看小寶寶的，怎麼又來了？」

「我哪有說，我只是說想先去看姊姊。」紀湛立即否認道。

曾榕瞧兒子這模樣，登時樂了，她抱著懷中的小寶寶，便道：「還不快些過來瞧瞧你的小外甥，哪有做舅舅還發小脾氣的。」

「沅沅，過來。」紀寶璟一見到紀清晨，便伸出手臂招呼她過來。待她在自己的床榻邊坐下，紀寶璟握了握她的手，輕聲問道：「可是嚇壞了？」

紀清晨立即搖頭。「沒有，我好著呢，姊姊妳別擔心我。」

「才不是呢。」一旁正低頭看著他的「醜」外甥的紀湛，立即抬頭衝著紀寶璟說：「大姊，小姊姊都被嚇得昏過去了。」

「紀湛，你給我閉嘴。」紀清晨正要教訓他，可是見小傢伙那得意洋洋的小模樣，煞是可愛，便又把話憋了回去。

紀寶璟瞧她這會兒都有力氣教訓紀湛了，便伸手摸了摸她的臉頰，嘆了口氣，柔聲道：「都是姊姊害妳擔心了。」

「只要姊姊妳沒事，我沒關係的。」紀清晨握著她的手，輕聲道。

其實這次紀寶璟養胎的時候，胃口不好，幾乎是吃什麼、吐什麼，即使到了快生產的時候，也還吐個不停，所以身子瘦得有些厲害。

發現大姊握著自己的手掌，依舊是那般纖細柔軟，她不禁有些心疼。

「小姊姊，妳快來看，他吐奶泡泡呢。」紀湛看見他的小猴子外甥雖然睡著了，那小嘴卻一直咂個不停，還吐著奶泡泡。

醜是醜了點，可是還挺好玩的。

紀湛也不好意思當面說小外甥醜，他怕大姊傷心。

只是他有些奇怪，明明大姊和大姊夫長得都好看，即便是溫啟俊長得也好看，怎麼就這個新外甥醜得這般厲害？

小傢伙到底還是心疼大姊的，沒當面問出口。

沒一會兒，溫啟俊也過來了。

他先前來過一趟，只是紀寶璟那會兒還沒醒，奶娘怕他吵到世子夫人，便又領著他出去玩了一會兒。

如今過來瞧見滿屋子都是人，他娘也醒了，登時撲到床邊，非擠到紀清晨和紀寶璟兩個人中間不可。

紀清晨怕他壓著紀寶璟，趕緊把他拉進自己懷中，叮囑道：「俊哥兒，娘親剛生完小弟弟，身子還沒好呢。咱們可不能壓著娘親，知不知道？」

「小姨母，我知道了。」溫啟俊溫順地答了句，便轉過頭心疼地瞧著紀寶璟，軟軟地問：「娘，您現在還疼嗎？」

紀寶璟瞧著乖巧懂事的長子，伸手摸了摸他圓潤白皙的小臉蛋，若不是她身子不能大幅度的動作，她還真想彎腰親親他的小臉蛋。「娘不疼，你瞧過弟弟了嗎？」

「見過了。」溫啟俊回了一聲，但語氣卻有點兒失落。

別說紀寶璟了，便是紀清晨都瞧出了他的不對勁。

紀清晨摟著溫啟俊，低頭問道：「俊哥兒這是怎麼了？不開心有小弟弟？」

畢竟他之前是家中獨子，受盡寵愛，如今又來了個這般小的弟弟，或許長輩都把心思放在小弟弟身上，難免會冷落了他。

紀清晨還以為他是因為這個不開心，正打算開解他呢，就見他湊到她耳邊，低聲說：「小姨母，我覺得小弟弟有點兒醜。」

哪裡是有點兒醜，又紅又青，渾身還皺巴巴的，簡直比那街上賣藝的小猴子還醜。

紀清晨愣住了，她可沒想到會是這個原因，登時便大笑開來。

溫啟俊見她笑了，馬上著急起來，瞅了紀寶璟好幾眼，生怕被娘親聽見了會傷心。畢竟娘親這麼辛苦，卻生了一個醜弟弟出來，要是聽到自個兒說弟弟醜，肯定會更難過的。

他伸手就要去摀紀清晨的嘴，惹得紀寶璟好奇地問他們在說些什麼悄悄話？

好在紀清晨也沒說出來，只是在他耳邊輕聲道：「小弟弟現在是因為剛生下來，才長成這樣的。俊哥兒記不記得小姨母養的那些兔子，剛生下來是不是連毛都沒有，後來才長得好看的？」

溫啟俊立刻回想了下。之前紀清晨養的兔子生了一窩小兔子，他和小舅舅一塊兒去看，結果就瞧見那些小兔子和原本的大兔子一點兒都不像，濕乎乎的，也是有點兒醜。

「那是不是等他長得再大一點，就會變好看了？」溫啟俊開心地問道。

紀清晨點點頭，讓他瞬間歡天喜地起來。

洗三的時候，晉陽侯府只請了親眷過來，倒也沒怎麼大辦，畢竟紀寶璟身子還沒好起來。所以晉陽侯夫人打算滿月的時候，再大辦一場。

這會兒洗三，便是她在前頭主持，讓媳婦在院子裡好生地坐月子。

她剛好在正堂裡接待客人，就聽丫鬟跑進來，到她跟前歡喜地道：「夫人，宮裡頭來人了。」

這丫鬟聲音不小，叫這滿屋子的人都聽見了。原本還熱熱鬧鬧的廳堂，登時安靜下來。

晉陽侯夫人笑了一下，立即對屋裡的眾人道：「大家先坐下吧，我到前頭去瞧一瞧。」

「也不知是宮裡哪位賞賜的，連洗三都賞下東西來了。」坐在廳堂中的一位夫人，羨慕地說了句。

倒是有人抵了抵她的手臂，示意她瞧一瞧對面，輕聲道：「這算什麼呀，妳也不瞧瞧聖上與這府裡的世子夫人是什麼關係，那可是嫡親的外甥女。」

那位夫人這才會過意來。這也難怪，自從皇上來京，紀寶璟已懷孕好幾個月，尋常也極少出府去，便是皇后娘娘的冊封大典，她都因為孩子的月分實在大了，便被賞了恩典，不用進宮，所以一般人難得想起她來。

倒是紀清晨因為時常被召進宮，所以京城裡這些敏感的貴夫人都察覺到，聖上對這位紀姑娘的態度很不一般，也就是這樣，反倒忽略了紀寶璟。

如今紀寶璟生了孩子，這才洗三，宮裡就賞了東西下來，估計滿月的時候，賞賜也定不會少。

聖上登基還不到半年，好些個世家大族連宮裡這些新主子的邊都還沒摸著呢。況且時間才這麼短，也不知聖上和皇后的脾性如何？如今瞧見晉陽侯府因家裡兒媳婦的緣故，輕而易舉地便和宮裡搭了線，心底自然都是羨慕得很。

忠慶伯夫人這會兒正坐在曾榕的旁邊，她是溫凌鈞的舅母，瞧著晉陽侯府風光了，心底自然高興，所以和曾榕說話的時候，也是帶著十二分喜氣。

過了一刻鐘之後，晉陽侯夫人回來，見時辰差不多，便叫人把準備好的東西都拿上來，準備給孩子洗三。

倒是有人開始閒聊，問著是宮裡哪位賞賜東西下來？

晉陽侯夫人也沒瞞著，笑道：「是太后還有皇后娘娘，賞了些給孩子添盆的東西。」

太后和皇后都賞了東西，這可真是太有臉面了。

要知道有些人家，便是家裡頭兒子或者姑娘大婚的時候，能叫宮裡賞賜東西下來，都已是極有臉面的。如今不過是個孩子的洗三禮，宮裡的兩位正主子便都賞了東西，可不是天大的榮耀嗎？

這會兒，倒是有人已經往紀清晨的方向瞧了過去。

左右這位世子夫人都這般風光了，這位時常被宣進宮的，要是能娶回家，以後豈不是更加風光無限？

紀清晨過沒幾日，便又被皇后宣召進宮了。

一瞧見她，方皇后便叫她到自個兒身邊坐著，拉著她的手便問道：「我也是昨兒個才知道，前幾日妳竟是昏倒了？」

紀清晨一聽是這件事，頓時有些不好意思。她那時之所以昏倒，一半是累的，一半是被大姊生孩子給嚇的。

「妳舅舅聽說以後，也是擔心得不行，非要派太醫給妳瞧瞧。我想著妳也好久沒進宮了，便叫妳來一趟，如今身子可好了？」方皇后上下打量著她，又是搖頭。「妳啊，還是太瘦了，瞧瞧這小臉，竟是沒我的巴掌大。」

紀清晨立即笑了，撒嬌道：「娘娘就會哄我，我這幾天都待在家裡，還養胖了呢。」

曾榕瞧見她昏倒，都要嚇死了，因此這幾天在家裡，每天都叫人給她煲湯，怕她嫌雞湯膩口，便叫人換著花樣燉湯，便是連祖母都押著她喝湯。

「那也不夠，雖說小姑娘瘦一些好看，可妳也太瘦了。瞧瞧這腰，一把就能握住了。」方皇后瞧著她道。

沒一會兒，太醫便過來給方皇后請平安脈，自是也替紀清晨把了把脈。

不過她的身子確實是沒什麼問題，想來是調養得不錯。

方皇后安心了許多，便叫人準備一些禮物過來，好讓紀清晨帶回去。

第八十六章

十九歲的狀元，無論放在哪個朝代，都是極稀罕的事。

即便謝家素來低調，這會兒也請了好些賓客，一同慶祝。紀家自然受到了邀請，不過紀家也有一位中了進士。

長房的嫡長子紀榮堂中了二甲三十六名，名次雖說不是特別高，卻也不差。畢竟這也是正經的進士，紀家能夠連續三代都有人中進士，本就讓人佩服了，這消息一傳出去，家裡的親朋好友都陸續上門來慶賀。

紀寶芸如今已是七個月身孕，卻仍乘著馬車回來。這次不僅她來了，就連韓家太太，還有紀寶芸的相公韓謹也一起過來了。

之前因紀寶芸的小性子，韓太太對韓氏過於嬌慣這個女兒頗為不滿，已好久不曾上門拜訪，卻不想如今紀榮堂金榜題名，倒是叫她又大駕光臨了。

不過韓氏自然不會擺臉色，畢竟自家的閨女如今還是人家的媳婦。於是韓氏上前親親熱熱地招呼她，至於韓謹則是去了前院，見自個兒的大舅子，也就是新出爐的進士。

紀寶芸挺著個大肚子，瞧著紀寶茵正與紀清晨站在一處說話，便喊了她一聲，還伸出手叫她過來扶著自個兒。

紀寶茵當即冷哼一聲，一動也不動地站在一旁。倒是紀寶芸的丫鬟見狀，趕緊上前扶著她。

「妳是怎麼回事？自家姊姊叫妳，還敢這般無禮？」紀寶芸一過來，便頤指氣使地教訓道。

就連紀清晨都忍不住蹙眉。雖說是姊姊，可是若妳自個兒沒半點愛護妹妹的心思，又如何叫妹妹敬重妳？

紀寶茵可不怕她，不在意地道：「我又不是三姊的丫鬟，妳若是累了，便到一旁坐著吧。」

紀寶芸輕嗤了一聲，伸手點了下她的額頭，不經意地笑道：「本來還想告訴妳一個好消息的，看來妳也不想知道了？」

紀寶茵瞥了她一眼，嗤笑道：「三姊能有什麼好消息？難不成是家裡又添新人了？」

這話可惹怒了紀寶芸，當即便揮手狠狠地拍了她一下，怒道：「沒大沒小的，妳姊夫房裡的事也是妳能說的？」

紀寶茵撇嘴，也知道自個兒說得過分了，便任由紀寶芸教訓了她幾句。

不過紀寶芸發過火之後，倒也消了氣，輕聲道：「妳以為舅母這次過來，單單只是因為大哥金榜題名？她還為了妳的事情。」

這倒是把紀寶茵嚇了一跳，馬上反問道：「為了我的什麼事？」

這不是明知故問嘛！紀寶芸擺出了這個表情。

紀寶茵便明白，只怕韓氏是要幫她說親事。這兩年為了三姊的事，母親和舅母已經鬧得不是很愉快，這會兒舅母卻無端要幫她說親事，豈會安好心眼？

紀寶茵瞧著她三姊還一副高興的模樣，登時氣不打一處來。

一旁的紀清晨輕笑著問道：「那三姊妳還有沒有什麼別的消息，可以透露給我們啊？」

「妳只管放心吧，這次舅母是真心想幫妳說親事的，畢竟瞧著妳年紀也大了。」紀寶芸嘆了一口氣，似乎紀寶茵十六歲還沒訂親，已是全家人心頭的大難題了。

紀寶茵就是因為她這個態度，才不喜歡與她說這些事。她當即翻了臉，拉著紀清晨便道：「沅沅，咱們走吧。」

紀寶芸在她身後喊了兩句，紀寶茵都不回應。

她一路上拉著紀清晨便往花園裡去，此時賓客都在後院正堂，或是在前院，花園裡反倒是沒什麼人。

紀寶茵眼眶都紅了一圈，待停下來後，便恨恨地說：「沅沅，妳說我三姊討不討厭，整天就只會笑話我。」

紀清晨見她這般難受，立即安慰道：「三姊也只是關心妳，五姊別往心裡去，頂多咱們以後不搭理她便是了。」

「舅母如今瞧她不順眼極了，妳說舅母能這般好心地給我說親事嗎？還不知是哪家沒人敢嫁的豬頭，硬要塞給我呢。」紀寶茵一想到可能是個滿臉麻子，還又黑又醜的人，心中登時覺得悲苦起來。

她上頭有四個姊姊，不說早年夭折的四姊，便是她嫁到外頭的庶出二姊，當年說親事的時候，也沒像她這般艱難。

紀清晨倒是能理解她的心情，畢竟她前世的時候，被喬策退婚，那會兒都已經十五歲了，天天晚上一閉上眼睛，滿腦子想的都是婚事、婚事。那時候就她和大哥兩人在京中，大哥是個男人，自然沒法子替她張羅一切。

其實那時候她的處境，比紀寶茵還要慘，畢竟她前世不過是個商家女，連喬策那樣毫無根基的人，中了進士後都能毫無顧慮地一腳將她踹開。如今紀寶茵的父親是個三品官，大哥又是個新出爐的進士，婚事便是有些遲了，卻也不至於像她那般波折。

說來說去，還是韓氏想給女兒挑一門更好的親事，才會一再拖延。

兩人說話的時候，就見前頭涼亭裡坐著一個人，像是在哭。紀寶茵望了過去，輕聲道：「沅沅，那是六妹嗎？」

只見涼亭裡的人穿著一件淺洋紅遍地纏枝玉蘭花長褙子，配著一條暗銀刺繡湘裙，雖然是背對著她們，不過瞧著那纖細的身形，確實是紀寶芙沒錯。

「她怎麼了？哭得這般傷心。」紀寶茵有些不解地問道。

紀清晨也不知道她為什麼會哭。雖說她們兩個是同父異母的姊妹，可說實話，她與紀寶芙的接觸最少，有時候她和紀寶茵一起玩的時候，偶爾會叫上她，除此之外就沒有太多的交集了。不過紀寶芙倒是也會與府外認識的姑娘來往，曾榕也會帶著她出門。

紀寶茵見她獨自一人坐在那邊，身邊連個丫鬟都沒有，很是淒涼的樣子。她突然想到了一件事，問道：「說來她如今也十五歲了，婚事可說好了？」

紀清晨想了想，才道：「六姊的事情我一向不知的，不過倒是沒聽太太提起過。」紀寶芙的及笄禮在十一月，如今離她及笄還有大半年的時間。

兩人正說著話，就見紀寶芙擦了擦眼淚，站了起來。偷看她的兩個人，心底登時說了聲「不好」，可是這會兒再躲卻也來不及了，紀寶芙轉身的時候，就已經瞧見她們。

三人看著彼此，臉上都是一陣尷尬。還是紀寶茵拉了紀清晨一下，兩人這才走了過去。

「六妹，妳還好吧？」紀寶茵小心翼翼地問道。她與紀寶芙的關係不算好，但也不算差；而紀清晨沒有說話，只是在一旁安靜地看著她。

紀寶芙有些緊張，尷尬地衝著她們笑了下，解釋道：「五姊，妳別誤會，我不是有意在今日哭的，也不是想沖了大堂哥的喜氣。」

「那倒是不打緊，只是妳怎麼哭了啊？」紀寶茵輕聲問道。

紀寶芙低頭又抽泣了一聲，眼瞧著她又要落淚了，紀寶茵趕緊拉著她坐下。

紀清晨歪頭瞧著她，見她這般傷心，便問：「可是因為喬策落榜了？」

對面兩個姑娘同時抬起頭，只是紀寶茵眼中是驚訝，而紀寶芙眼中則是驚懼，她有些著急地說：「七妹，妳別誤會，我不是因為喬表哥哭的。只是、只是……」

她本來可以編個合理的理由，只是紀清晨乍然說出這樣的話，讓她太過震驚，便連該怎麼撒謊都忘了。

見她這麼驚慌，紀寶茵反倒更驚訝了。難不成還真被沅沅說中了？

反而是引起這番動靜的紀清晨，忽然莞爾一笑，輕聲說：「六姊，喬策是妳的表哥，他落榜了，妳替他難過也是人之常情，我沒有誤會的。」

紀寶芙心有餘悸地盯著她看。可是見紀清晨面上淡淡的，彷彿真如她所說的那樣，沒有誤會。

可她的心底卻依舊有些緊張，她捏緊手中繡著鴛鴦戲水的手帕，聲如蚊蚋般，細聲說：「七妹，妳也知道喬表哥如今家中沒什麼人了，他也只剩下我和我姨娘這兩個親人，今次見他未高中，我難免替他傷心。」

喬策未能上榜，他便不能來向爹爹提親。紀寶芙想到這裡，才是她真正哭個不停的原因。

紀清晨看著紀寶芙的模樣，雖垂著眼，可是在提到喬策的時候，整個人都散發著一種讓人無法忽略的溫柔，連面容都帶著幾分嬌羞。

她這模樣，卻叫人不要多想，是當旁人都是傻子不成？

紀清晨自個兒也喜歡裴世澤，她並不覺得姑娘喜歡男子便是不檢點。只是那個喬策，前世的時候便是個攀龍附鳳的小人，就算她不喜歡紀寶芙，可紀寶芙畢竟是她的親姊姊，她自個兒前世就吃了一次虧，難不成要她看著紀寶芙踏進同一個水坑裡不成？

若紀寶芙喜歡的是別人，只要對方人品和品行沒問題，她都願意祝福她。

但喬策不行。如今他之所以這般對紀寶芙，就是因為他尚未考上進士，身邊還沒有更好的選擇。她相信，只要他有更好的選擇，他便可以毫不猶豫地一腳踹開紀寶芙，就像前世對她那樣。

「我知道六姊妳是一心為他著想，不過六姊，喬策雖是妳的表哥，但妳也該知道如何分辨人才是。」紀清晨忍不住道。

一旁的紀寶茵聽著她們姊妹兩人打著機鋒，一會兒看著紀寶芙，一會兒又盯著紀清晨。

倒是紀寶芙猛地抬頭看著她，眼中的淚花閃爍，語氣苦澀地道：「七妹，我曉得妳的意思。我知道喬表哥出身貧寒，又沒個好家世，比不得柏然表哥那般高高在上。可是喬表哥決計沒有什麼壞心眼，我求求妳別這麼想他。」

紀清晨竟不知道，紀寶芙看起來工於心計，竟也是戀愛腦。這會兒一提到喬策，就是一副被他迷得連魂兒都沒有的樣子，她不過是提醒一句，她就哭哭啼啼地為他喊冤。

不管前世喬策有沒有娶姓紀的姑娘，這一世，紀清晨是再不想自家和這個人有一點牽扯。

至於紀寶芙私底下給他銀子的事情，紀清晨也沒打算告訴紀延生。畢竟喬策在外人眼中是少年舉人，也算是個頗有前程的人，雖然他今年恩科未中，可照著前世的軌跡來看，明年的會試他會金榜題名的。

爹爹之前還表現出了對喬策的欣賞，若是她真的告訴爹爹，到時候要是爹爹來個順水推舟，她才真是無處訴冤屈呢。

紀清晨一回去便叫了杏兒過來。

如今杏兒的哥哥在紀清晨的鋪子當差，從今年開始，她在京城兩個店鋪的帳冊便交給她看了，不過要支使銀錢什麼的，超過一千兩的還是要告訴紀延生。

之前舅舅替她和大姊一人分了兩成二房的產業，大姊的東西自然是她出嫁的時候都帶走了。原本她那份也是給大姊保管的，不過她出嫁之後，便又交給曾榕。從今年開始，她自個兒也能掌管一部分了。

手頭上有銀子，即便要做什麼事情，也有個底氣。

她已叫杏兒的哥哥花了銀錢，請人盯著喬策好一陣子了。不過他這人算是極守本分，再加上要參加恩科，每日也不怎麼出門，只偶爾與同窗好友出去喝茶，什麼秦樓楚館，他是未曾踏足過。

不過想想他前世能這般年輕就中了進士，何曾不是因為對自個兒嚴格？可是再嚴以律己，都不能否認他是個人渣的事實。

「姑娘，我哥哥說他這幾日也依舊叫人跟著喬公子，雖然他這幾日出門的次數多了，不過都是參加同窗的聚會，有一些是為了恭賀中了進士的同科。」杏兒輕聲說，不過她倒是把一個疑惑告訴了紀清晨。「不過我哥哥也說了，這位喬公子出手極是大方，先前有位中了進士無銀錢請客的，還是他給了銀子幫忙度過難關。」

出手大方？

紀清晨忍不住扶額。還不就是她那個看似精明、實則傻子的六姊給的銀子。

要不是有所顧忌，她真想問問衛姨娘，知不知道紀寶芙這般倒貼她那個便宜外甥？喬策的爹娘當年那般對衛姨娘，她就不信衛姨娘真能把他當成親外甥一般看待。

結果她還沒想到怎麼解決喬策，裴玉欣便給她下了帖子，邀她一塊兒去看三甲遊街。歷年來每科的狀元、榜眼、探花都會選在吉日，騎著高頭大馬，披紅遊街，這也算是每年會試之後的餘興節目吧。

往年也就是看個熱鬧，可今年卻不一樣，因為狀元乃是謝忱。

據說狀元遊街的那條路上，兩邊酒樓的包廂都被人訂走了，其中有的便是女眷給訂下的。

紀清晨本以為裴玉欣就只有邀自己，誰知她又發了帖子，說是謝蘭也一塊兒。她還邀了紀寶茵，說是不好意思給她下帖子，請紀清晨代為問一聲。

紀寶茵一聽有這樣的熱鬧瞧，哪有不願意的。

韓氏聽說她們要去看狀元遊街，也沒說什麼話，只叫她們帶足了丫鬟，路上小心些。

紀清晨還問了紀寶芙一聲，不過她因為喬策落榜的事情，還在鬱鬱寡歡。紀清晨聽說她沒什麼心情，倒是氣得都笑了，喬策自個兒只怕都沒她這般傷心吧。

待遊街的這天，紀清晨一早起床，杏兒和香寧便細細地為她裝扮起來。

紀清晨見她這麼鄭重，立即道：「我出門大多是要戴著帷帽的，妳們這般打扮要給誰瞧？」

「先前您去定國公府的時候，連裴姑娘都說，打扮得太素淨了。」這次杏兒特地給她挑了一身遍地灑金洋紅對襟長褙子，下頭配了一條月華裙。

香寧梳頭的手藝可是專門學過的，她手巧，紀清晨一頭濃密的長髮在她的手指下，沒一會兒便成了一個溫柔的墮馬髻。接著又插了一支珍珠步搖，只見步搖是以銀為底，長釵入髮，釵頭分了三股細細的銀鏈，一直墜著到耳邊，每條銀鏈上，都鑲著一顆滾圓的東珠。這樣的珠子乃是貢品，一顆便已足夠珍貴，紀清晨光是一支步搖上便綴了三顆。

待到了酒樓中，裴玉欣還沒到，不過謝蘭竟是比她們到得還要更早。

兩人與謝蘭打了招呼，紀寶茵便先到窗邊去看街上的情況，瞧瞧待會兒能瞧見的視野。

紀清晨與謝蘭坐在一處說話，謝蘭有些歡喜地開口。「沅沅，沒想到妳竟是這般厲害，一開口便說中了，我七哥真的成了狀元。」

「那是謝公子學富五車，文采斐然，我不過就是順口一說，哪能當真呢。」紀清晨是真不好意思接這個話啊。

待裴玉欣來了，她立即歉意地說，臨出門的時候，被她娘拉住教訓了一頓，這才來晚了。

「路上堵了好些人，想來都是等著要看狀元的，幸虧我家的車夫是個厲害的，要不然還真走不過來。」裴玉欣噘著嘴，輕聲抱怨一句。

這會兒街上已熱鬧起來，便是兩邊站著的人，都比尋常多。

畢竟也不是人人都有銀子，到酒樓包個雅座。在樓上瞧著的人雖不少，可更多的老百姓還是會站在大街上看熱鬧。

也不知是從哪兒傳來一陣鑼鼓聲，連裴玉欣都激動地扔下她們，跑到窗邊，一個勁兒地問：「是不是已經開始了？」

她又招呼謝蘭和紀清晨過來瞧，四個姑娘都戴了面紗，站在窗邊。

底下確實已經開始騷動了，兩邊都有維持秩序的官差，只一個勁兒地攔著百姓，不許他們往前頭擠。

「來了、來了。」裴玉欣個子高，踮著腳尖往那邊瞧，就已經看到隊伍的最前頭。

紀清晨也是頭一回見到這樣的熱鬧，她的雙手扶著窗戶，往前面瞧著。又等了一會兒，便瞧見了從那邊街頭走過來的隊伍，而最醒目的自是騎著馬的三甲，只是所有人的視線都被最前頭騎著白色駿馬的少年所吸引。

只見他身材高大，面如冠玉，臉上微微含笑，有著說不出的風流寫意。

這樣的少年郎，才配得上狀元二字嘛。

待謝忱騎馬要到她們所在的酒樓時，裴玉欣推了謝蘭一把，道：「蘭妹妹，妳可有和謝公子說我們在這裡啊？」

「我這幾日一直都沒怎麼和七哥說話，他身邊總是人。」謝蘭搖頭。

裴玉欣剛想再說，就聽到對面酒樓竟有喊謝忱的聲音，她一咬牙道：「咱們也喊一聲，萬一他抬頭瞧我們呢？」

「這不好，大庭廣眾之下。」謝蘭立即連連搖手。

裴玉欣還不死心，正想喊，可是謝忱卻突然抬起頭，朝她們所在的酒樓望過來。這會兒，連紀寶茵都忍不住尖叫地道：「他在看我們呢！」

「是啊，他在看我們。」裴玉欣捧著臉，表情如同夢遊般，嘴中囈語。

紀清晨瞧著確實英俊的謝忱，倒有當年魏晉王謝子孫的風流。可就在此時，他突然輕笑了一聲，衝著她們酒樓的方向，伸出手掌，做了個「七」的手勢。

看熱鬧的人瞧見他這手勢，登時又高呼起來，下面的喊聲一浪高過一浪。

倒是樓上的紀寶茵驀地一下子轉頭，盯著紀清晨，道：「七妹，他是在找妳吧？」

謝七公子，紀七姑娘。

第八十七章

頭頂是春日暖陽，騎在馬背上的風流少年，此時已牽著韁繩，望向前方。先前那個手勢，彷彿只是蜻蜓點水般地帶過。

可樓上包廂中的少女們，卻個個盯著紀清晨看。

裴玉欣輕咬著唇瓣，若說紀清晨與謝忱有什麼瓜葛，她是一萬個不相信的。畢竟沅沅喜歡的是三哥啊，而且三哥也那麼喜歡她。

倒是紀寶茵有些興奮，拍著自家七妹的肩膀，興奮地道：「沅沅，方才謝狀元是在看妳吧？」

「五姊，妳不要胡說，許是謝公子在與別人比劃呢。」紀清晨立即否認，口吻有些嚴肅。說罷，她便不再站在窗邊，轉身走回包廂中。

此時隊伍也漸行漸遠，直到再也瞧不見。因方才的事情，這會兒誰都不知道該怎麼開口。裴玉欣倒是想問，可她又有什麼資格質問呢？至於謝蘭，她想起那日七哥回來時的笑容，也是默默低頭不語。

紀寶茵這會兒好奇得厲害，不過也礙於有其他兩位姑娘在，她不打算明著問。

既是看過了遊街，紀清晨便不想再繼續待下去，她起身說想去買幾本書，便朝裴玉欣瞧了一眼。只是裴玉欣沒有抬頭，反倒是旁邊的謝蘭輕聲說：「我娘只准我出來瞧瞧熱鬧，買書是不能的。晨妹妹，對不起。」

「無妨，蘭姊姊妳早些回去，我還有五姊陪著我去；況且咱們買完書，也是要回家的。」紀清晨輕聲道，只是她瞧著裴玉欣一直不開口說話，便想了下，還是問她道：「欣姊姊，妳呢？是回定國公府，還是與咱們一起？」

「我娘也叫我看完熱鬧，要馬上回家的，這次我就不去了吧。」裴玉欣匆匆抬頭，朝她看了一眼，便又撇過頭。

這會兒便是謝蘭和紀寶茵，也瞧出她們兩個之間的不對勁。

裴玉欣又突然站起來，低聲說了句。「我先回去了。」

謝蘭瞧著她，又回頭看了紀清晨一眼，便站起來，匆匆地去追她了。倒是紀寶茵瞧了一眼離開的兩人，輕輕地哼了一聲，便拉著紀清晨起身，道：「咱們去書店，別想這些叫人不開心的事情了。」

姑娘家的心思總是好猜。裴玉欣對於謝忱的好感也不是一日、兩日的了，只是紀清晨從來不覺得自個兒跟謝忱有什麼特別的互動，偏偏今日他不僅抬頭望著她們，還做出那個手勢，裴玉欣自是一時難以接受。

只是她對柿子哥哥的態度，裴玉欣是知道的，偏偏卻還是不相信她，這一點讓紀清晨心底難過不已。

紀寶茵還以為她在生氣，便摟著她的肩膀，輕笑一聲說：「妳放心吧，我看玉欣她也只是一時想不開而已，她頂多就是被這個謝忱一時迷惑了。畢竟他長得不錯，如今又是個狀元，難免叫人看得眼花了。」

小姑娘都會有這麼點念頭的。宴會上匆匆一瞥的清俊少年，便是連名字都不知道，便覺得心底悸動，之後日日輾轉反側，夜不能寐。可是等到下次又見到他的時候，竟發現他遠不如自個兒想像中那般英俊，模樣不過是中上而已，便是個子也有些矮了。

這種小情緒，只怕是每個懷春少女都曾經歷過。也就是這個謝忱，確實英俊得很，又才華橫溢，當真是令人難忘。

不過紀寶茵此時可管不了裴玉欣，要是謝忱真能成為她的七妹夫，她倒是不介意的。畢竟有這樣的妹夫，說出去也是夠風光了。

紀寶茵分外高興地摟著紀清晨的手臂，道：「不過我倒是沒想到，妳與這位謝狀元竟是這般熟識。」

「五姊，妳別亂說，我只是上次去謝家找蘭姊姊時，恰巧遇過他而已，當時欣姊姊和蘭姊姊也都在的。」紀清晨立即否認。她與謝忱本就是幾面之緣而已。

倒是紀寶茵，還以為她是不好意思，便立即說：「好了，妳就只與我私底下說，難不成我還會出賣妳？」

紀清晨轉頭瞧著她，大眼睛裡皆是無奈。「五姊，我也是同妳說真的，我和這個謝狀元就是幾面之緣，再無其他。若是我騙妳，便叫我一輩子嫁不出去。」

「好了，我信妳便是了。」紀寶茵立即道，瞥了她一眼，便哼了聲。「居然拿自個兒的婚事開玩笑，若真像我這般嫁不出去，到時候可有得妳哭呢。」

紀清晨瞪了她一眼，哭笑不得道：「我瞧五姊妳才是胡說八道得厲害，大伯母如今可是一心幫著妳。」

紀寶茵也就是逗她的，姊妹兩人就這樣說說笑笑，一邊下了樓。

倒是紀寶茵問她要去買什麼書？紀清晨在她耳邊說了句，紀寶茵登時興奮地問道：「竟是又出新的了？我可是好久沒看了。」

反正回去的路上也是要經過那家書店的，於是她們便叫車夫讓她們在書店門口下車。

兩人戴著帷帽下了馬車，只是一進書店，發現裡頭這會兒倒是沒什麼人。

紀清晨直接去尋掌櫃的，她要的書一向都是直接訂下。

紀寶茵則是到旁邊書架上，隨便瞧了幾眼。這些書鋪裡頭的書雖說都是尋常的，可是書本身就是尋常百姓買不起的東西，會進來看書和買書的，大多是讀書人。

她瞧見上頭的一本書，便踮著腳尖想去拿，卻不想勾了半晌都沒勾著，正想著叫店裡的夥計時，旁邊伸出一隻白皙的手掌，將書拿下來，遞到她跟前。

紀寶茵抬頭瞧了他一眼。是個清秀的男子，模樣倒不是說多出眾，勝在身上有股平和之氣。她伸手接過，立即低聲道：「謝謝公子。」

男子也是個守禮節的，微微一點頭，便轉身往旁邊走過去。

紀寶茵原本低著頭，此時一抬頭就見他已經離開，心底也不知怎的一陣失落。

此時已拿了書的紀清晨走過來，見她手上的東西，便道：「五姊，妳可是要買這本書？」

紀寶茵低頭瞧了她手中的書。其實她已有一本了，只是方才隔著面紗沒注意到，看錯了而已。可是她卻點點頭，輕聲說：「嗯，我要買。」

「那便快些吧，再不回去，只怕都要到晌午了。」紀清晨提醒道。

紀寶茵又朝那男子瞧了一眼，心底嘆了一口氣。不過就是個萍水相逢的陌生人罷了。

就在紀清晨與紀寶茵離開時，紀寶茵先上了車，紀清晨正要上車時，便瞧見又有一輛馬車停在書店門口，她瞧著馬車上的標誌，登時便停住腳步。

等那車上的人下來後，她輕聲喚了句：「柏然哥哥。」

「沅沅，妳怎麼在這裡？」殷柏然沒想到會在這裡看見紀清晨，便走過來，笑著看她。

紀清晨更是沒想到他會在這裡，立即撒嬌道：「柏然哥哥，你是怎麼來的啊？」

殷柏然聽著她軟糯的聲音，輕聲笑道：「我竟不知妳也喜歡湊這樣的熱鬧。」

今日出門的小姑娘，多半都是來看狀元的。殷柏然是何等聰明之人，會在這裡瞧見她，便已經猜到了其中的原因。

紀清晨立即笑起來，還反問道：「柏然哥哥，你也是來湊熱鬧的嘍？」

「我可沒妳這般無聊。」殷柏然終於忍不住，在她的帷幔上彈了一下。輕紗被他彈得飄動起來，連帶薄紗下綴著的銀鈴輕輕晃動，發出清脆的響聲。

紀清晨立即哼了聲。此時一直在車裡等著的紀寶茵，見紀清晨這般久都沒上來，便開了窗子，就瞧見外頭的殷柏然。她臉上表情微變，正想著要不要下車給他行禮，畢竟如今的殷柏然不只是表哥，還是大皇子。

倒是殷柏然見她開了車窗，反而催促紀清晨。「妳先回家去，過幾日我再去看妳。」

紀清晨乖乖點頭，這才上車。紀寶茵只得隔著車窗，與他打招呼道：「見過大皇子。」

「妳與沅沅都早些回家吧。」他又看著此時已在車中安靜坐下的小姑娘，叮囑道：「不許在路上再耽擱了，要不然我便叫姑父以後不讓妳出門。」

「柏然哥哥真討厭。」紀清晨坐在另一邊，只能隔著紀寶茵，衝著他撒嬌地喊了一聲。

殷柏然噙著笑意，點頭道：「妳可以試試我是不是真的討厭。」

紀清晨是真不敢再得罪他了，趕緊吩咐車夫啟程回家。

此時站在書店裡的人這才走了出來。殷柏然轉頭瞧著他，略帶著責備地說：「我聽舅母說，你竟是連小廝都不帶便跑了出來。這可不像你啊，孟衡。」

「表哥，對不起，讓你擔心了。」先前幫紀寶茵拿書的清秀男子，苦笑了一聲。

方孟衡跟著殷柏然上了車，殷柏然瞧著他的腳便道：「不是早就說過了，你的腿腳只要繼續治療下去，日後定能恢復健康。」

「可是娘也答應過我，在我徹底恢復前，不會給我說親事的。」方孟衡有些著急地說。

殷柏然瞧著面前的表弟。他知道他的心思，無非就是怕別人哄著他，萬一這腿真的好不了，騙了人家姑娘一輩子該怎麼辦？

殷柏然雖然之前未曾見過這個表弟，可是對他卻是挺喜歡的。他這條右腿也是為了救人，才會弄成如今這副德行。好在雲二先生現在人就在京城，並對自己保證過，一定會全力醫治方孟衡的這條腿。

「我會再勸勸舅舅，他也會與舅母說的。只是你的腿總會治好的，如今先說親，待你腿好了便能立即娶親，豈不是叫外祖父與外祖母都能安心？」殷柏然也試著勸說方孟衡。

只見方孟衡卻低頭不說話。先前在江南的時候，家裡也不是沒請過所謂的名醫，只是他的腿卻一直都不見好轉，走起路來，明顯還是一瘸一瘸的。所以他如今極少出門，今日若不是因為他娘那般固執，不聽他勸說，他也不會就這麼魯莽地跑出來。

「對了，表哥，方才那姑娘也是家中的親戚嗎？」方孟衡低聲問道，刻意轉移話題。

殷柏然含笑回他。「是我姑母家的表妹沅沅，也是我最心疼的小妹妹。若是下次有機會，便介紹你們認識，說來她也得喊你一聲表哥呢。」

「兩位都是嗎？」方孟衡也不知怎的，便脫口問了出來。待他問完後，心中忐忑，生怕殷柏然聽出什麼不妥。

可是殷柏然卻只是瞧了他一眼，又道：「倒也不全是。另一位是紀家長房的姑娘，沅沅是紀家二房的姑娘，那位是她的堂姊。」

方孟衡點點頭，便撇過頭，看著窗外的景色。

紀清晨正在書房裡看書，便聽見外頭傳來一陣吵嚷聲，待她抬頭，竟是紀寶茵的丫鬟九月過來了。

「七姑娘，您趕緊去勸勸我家小姐吧。」九月帶著哭腔喊道。

等紀清晨過去的時候，就見紀寶茵的院子裡已站了好些人，就連韓氏的丫鬟也在。而屋子裡頭，只聽得到瓷器摔破的聲音。杏兒嚇了一跳，趕緊要攔著她，生怕她這會兒進去了，會被殃及池魚。
只是此時屋子裡，傳來紀寶茵的聲音。「太太不如叫我現在死了算了吧，我不嫁！」
這是怎麼了？紀清晨心底一驚。
待她走到門口，便聽到韓氏在屋子裡低聲呵斥道：「妳是從哪兒聽來的話？妳是從我肚子裡出來的，我還能害妳不成？」
「娘妳一心只為了大哥和三姊，我也不冤妳，誰叫我是最小的呢。可是如今妳卻讓我嫁給一個腿上有殘疾的，我就是剪了頭髮去做姑子，都不會嫁的。」
腿上有殘疾的……
紀清晨想起那日家裡設宴，三姊紀寶芸回來神神秘秘地說，韓太太要給五姊談的親事，對方腿上竟有殘疾？
她正要進去，可一隻腳剛踏上，香寧便跌跌撞撞地闖到院子裡，大喊道：「姑娘、姑娘，不好了！」
她回過頭，瞧著香寧一路跑過來，待到了她的跟前，已是喘得上氣不接下氣。
「姑娘，老爺叫人給抬了回來。」
紀清晨完全呆住了，好一會兒才抓著她的手，咬牙問道：「什麼叫爹爹被抬回來了？」
「老爺今兒個上朝，被皇上給打了。」

第八十八章

香寧的一番話，讓正哭鬧不休的紀寶茵也一下子愣住了。

紀清晨盯著香寧看了好久，才咬著牙問：「爹爹被皇上打了？」

「是啊，今兒個早朝的時候，老爺也不知怎的就惹怒了聖上，如今被打得叫人抬了回來。」香寧帶著哭腔道。

紀清晨這會哪裡還顧得上紀寶茵的事情，轉身便往回走。

紀寶茵也抹了抹眼淚，便要跟出去瞧瞧，卻被韓氏一把抓住，問道：「妳這又是要做什麼去啊？」

「自然是去瞧瞧二叔。母親也聽到了，二叔都叫人給抬回來了。」紀寶茵這會兒也沒心思再鬧騰自個兒的事了。

可韓氏卻抓著她的手，壓低聲音道：「妳當這是什麼好事？妳二叔可是被皇上打了，他這是惹惱了皇上啊。」

「難不成二叔惹惱皇上，咱們就該視而不見？若二叔真的得罪聖上，一筆寫不出兩個紀字，娘以為咱們家就能落得好了？」紀寶茵嗤笑一聲。

韓氏瞧她這般，氣得恨不得狠狠地教訓她。這二房的事情又與他們何干？二房吃香喝辣的時候，可沒想起大房來。

只是紀寶茵趁著她不注意，便掙脫她的箝制，跑了出去。

韓氏哪裡能追得上她，只得叫丫鬟跟過去看緊了。

紀清晨一路到了曾榕的院子，爹爹這會兒已被抬到太太的屋子裡。她一進門，就險些撞上正往外走的裴世澤。

裴世澤按住她的肩膀，瞧見她額頭上都是一路走過來的汗珠，便輕聲道：「沅沅，別害怕，紀世叔沒有性命之憂。」

不過皮肉卻遭罪了，況且又是在大庭廣眾之下被打，臉面也丟盡了。

「柿子哥哥，這到底是怎麼回事？」紀清晨嚇得臉色慘白，一雙大眼中滿是驚慌。她抬起頭看著他的時候，神色楚楚動人，叫人心疼。

裴世澤就知道她一定會被嚇壞，所以才親自送紀延生回來。他輕輕按著她的肩膀，柔聲道：「今日早朝，皇上讓群臣議定先皇的諡號，以及先靖王的尊號。只是內閣首輔郭孝廉認為，皇上應尊先皇為皇考，奉先靖王為皇叔考，而妳父親附議了郭孝廉的說法。」

其實聖上與群臣的爭端，遲早有一日要爆發的。如今是四月，恩科才剛過，皇上便迫不及待地著人議定先皇諡號及先靖王的封號，就是想要給生父一份死後的尊榮。

可皇上卻低估了群臣的決心。今日他不過在早朝上開了個頭，那些老臣們便一個個義憤填膺地站出來，唾沫橫飛地爭論著。

皇上本就憋了一肚子的火，又見紀延生也站在反對的行列中，便一股腦兒地將氣都撒在他身上。

於是當場便叫人廷杖紀延生三十大板，而一直在早朝上未開口的殷柏然和裴世澤兩人，見狀立即跪地求情。

只是聖上正處於盛怒當中，誰求情都沒用。不過好在那些廷杖的太監，瞧見大皇子和定國公世子都求情了，打的時候沒往死裡打，只是叫他受了些皮肉之苦。

紀清晨這會兒已冷靜下來。雖然柿子哥哥只說了幾句，可她卻已聽明白了。朝中大臣是希望舅舅奉先皇為皇考，卻只能奉外祖父為皇叔考？

荒唐！她登時臉上都帶了幾分薄怒，立即道：「可是先皇詔書中，並未要舅舅過繼。舅舅如今只是繼承皇位，生父依舊應該是外祖父才對啊。」

裴世澤愣了下，沒想到她竟也是這個想法，他立即將她拉進屋中，低聲道：「沅沅，如今這件事，聖上與朝中群臣爭執不休，就是我也得謹言慎行。」

「那麼柿子哥哥你呢？你是贊同郭孝廉的話，還是附議舅舅的意思？」紀清晨直勾勾地看著他。

裴世澤心底不禁苦笑，這件事就連皇上與大臣之間都未爭論出個結果。

按著禮法大義，皇上乃是小宗入大宗，應尊奉正統，以先皇為皇考，可是這顯然不合乎皇上的心意，畢竟皇上繼位時，已四十多歲。若是叫他如今對先靖王改口，也確實太不合乎情理。

裴世澤倒是有些後悔方才與她說了這些，他只得道：「沅沅，這件事牽扯甚廣，不是妳所能想像的。今日皇上只打了紀世叔一個人，那些打人的內宦是手下留情的，可是下次就未必了。」

「你是說，如果爹爹堅持下去，說不定他就會被打死了？」紀清晨艱難地看著他。

她不懂那些禮法大義，可是她知道舅舅絕對不會同意的。

舅舅對外祖父的感情，對她娘親的感情，以及她從未見過的親生外祖母的感情，是那些所謂的朝廷重臣不知道的。可是就因為這些禮法大義，他們就要別人放棄自個兒的父母。

裴世澤此時格外心疼她。因為他知道沅沅一向敬愛聖上，如今紀延生卻隨著群臣站在皇上的對立面，這是叫她硬生生地作出選擇。

「如果舅舅真的遵從了他們的意願，那麼我娘呢？她以後也只能是舅舅的堂妹了？」

牽一髮而動全身，這個道理，她懂。

當初她能捨得所謂的公主之位，不就是因為捨不得自己的家人嗎？如今還真是讓人覺得諷刺。

曾榕出來的時候，便瞧見裴世澤與紀清晨站在一起，裴世澤的手臂輕輕地按在清晨的肩膀上，眉宇溫和地低聲與她說話。

對於這位定國公府的世子爺，如今皇上身邊的大紅人，曾榕對他從來沒有看待子姪後輩的感覺，反而每次見著他，說話都會帶著比旁人多幾分的客氣。

只是這會兒突然看見他與沅沅站在一塊兒，特別是兩人臉上的表情，裴世子是她從未見過的溫和，而沅沅則是一臉依賴。她也不是什麼老古董，都是從小姑娘的年紀過來的，瞧著他們兩人這樣的神情，心底哪裡還有不明白的。

「裴世子，今日真要多謝你送老爺回來。」曾榕收斂了臉上的表情，上前輕聲說了句。裴世澤收回按在紀清晨肩上的手掌，衝著她溫柔一笑後，才轉頭看向曾榕。「紀夫人不必太客氣，這是我應該做的。我已經著人去請太醫了，您也不用太過擔心。」

曾榕聽到他說「這是我應該做的」，登時一笑。如今的孩子，竟都是直白得很啊。

沒一會兒太醫便來了，就聽到屋子裡傳來痛呼聲。

聽著紀延生的慘叫聲，紀清晨忍不住轉頭叮囑裴世澤。「柿子哥哥，你可千萬別像我爹這般逞能啊。」

明知道舅舅不喜歡他，還偏偏要站在風口上，紀清晨真是又心疼又生氣。

裴世澤見她噘著小嘴，滿臉焦心的模樣，他真想將她抱在懷中，親親她的額頭，叫她不用擔心。只是這會兒滿屋子都是人，他也不能付諸行動。

他想了想，便從懷中掏出一個荷包，遞給了她。

紀清晨低頭瞧了一眼，伸出白皙小手接過，待打開後，瞧見裡頭的杏脯，登時笑了出來。「我又不是小孩子了。」竟然還拿果脯來哄她呢。

雖然這麼說著，她卻伸手撚了一顆放進嘴中，酸酸甜甜，是她最喜歡的那家鋪子的味道。只是吃著吃著，她卻突然哭了起來。

裴世澤見她落淚了，登時有些慌了心神，立即道：「沅沅，怎麼了？是這個杏脯不好吃嗎？」

「我爹爹被打得太慘了。」紀清晨說了句，便哭得更難過了。

裴世澤這會兒是真的哭笑不得。方才見她還一臉堅強的模樣，以為她是真的長大了，可這下子卻又哭得跟個小孩子似的，原本就波光瀲灩的雙眸，如今更是水光氾濫，晶瑩的淚滴順著眼角輕輕地流淌下來。

他立即拿出自己的帕子，上頭什麼圖案都沒繡，只有一個用黑色帶金的絲線繡著的「澤」一字，這還是紀清晨去年在靖王府時為他繡的，之後他便一直隨身攜帶著，若是拿去洗了，也要趕緊拿回來。

所以這帕子都有些褪色了，他遞給紀清晨的時候，小姑娘伸手接過來，待擦乾眼淚後，才「咦」了一聲，臉上泛著淺淺粉色，輕聲問道：「這是我繡的那條？已經有些舊了呢。」紀清晨低頭瞧著，看來是時常隨身攜帶著使用了。

裴世澤似乎被她看穿了心思，輕咳一聲，道：「是啊，都舊了。」

要不，再給我繡一條？

「要不，我再給你繡一條？」紀清晨輕聲問。

裴世澤登時笑了起來。

待太醫離開之後，溫凌鈞也到了。他先前回家一趟，是為了取家中放著的膏藥，又順道安慰了紀寶璟一番，怕她得到消息胡思亂想，畢竟這會兒她還在坐月子。

等他過來紀府，瞧見裴世澤還在，便拍拍他的肩膀，道：「辛苦你了。」

「與我說這些做什麼？」裴世澤淡淡地瞧了他一眼。

倒是溫凌鈞輕笑一聲，提醒道：「我岳父這會兒可還躺在床上不能動彈呢，所以你別再給他刺激了。」

裴世澤登時皺眉，不悅地瞥了他一眼。「我是那般不知輕重的人嗎？」

紀延生已經換了衣裳，只是傷處都在背面，所以連被子都不好蓋在身上。

曾榕怕嚇著紀清晨，便沒叫她進來。只是紀清晨非要進來，曾榕只好叫人拿了屏風過來。畢竟就算是父女，這會兒紀延生只穿了一身中衣，也不好見孩子。

「爹爹，您現在還疼得厲害嗎？」紀清晨站在屏風外頭，輕聲問道。

紀延生一輩子都沒被人這麼打過，便是年少時調皮，叫紀家老太爺打了板子，可那也只是打手心而已。被這般痛打一頓，只怕沒一、兩個月是恢復不過來的。

不過為了不叫他的小心肝擔心，紀延生還是故作輕鬆地道：「爹爹身子骨好著呢，待過幾日便能下床了，沅沅不用擔心。」

曾榕知道他這麼說是在安慰閨女，瞧他說話時面容都扭曲了，她真是又心疼又生氣。

紀清晨哪會聽不出他話中的勉強，立即道：「那爹爹先休息，我不打擾爹爹了。」

待她出去之後，紀延生長吁了一口氣，這額頭上的汗珠一顆一顆地往下滴。曾榕靠過來，替他的額頭擦了擦，見他這般痛苦，忍不住帶著顫聲道：「看你以後還敢逞強嗎？」

「雷霆雨露，皆是君恩，國家養士百年，禮法大義不可廢。」紀延生瞧著她，輕聲說。

曾榕不知他們的這些禮法大義，可是她卻知道天倫不可廢也。她看著他，輕聲道：「先前皇上想要過繼沅沅時，你可不是這般的態度。自個兒養的孩子，如何能叫旁人奪走？可如今呢，你們卻又要逼著皇上不認親生父母，而改認先皇為父，難道不是一個道理？」

紀延生登時睜大了眼睛，立即道：「這如何能一樣？沅沅如何能與皇上相提並論？」

「可是禮法之中也不外乎人情，況且皇上又不是自幼便過繼給先皇的，那是先皇沒了兒子，沒辦法才叫他繼承皇位的。皇上都叫了靖王府逝世的那位四十來年的爹了，你們貿然叫人家改了稱呼，皇上如何能不氣惱？」左右這會兒就只有他們夫妻，曾榕自然是有什麼說什麼。

紀延生瞪著眼睛看她，被氣得半晌才說了句。「難怪聖人說，唯女子與小人為難養也。」

「是、是，我是女子，只是你瞧瞧自個兒，都這般年歲了，要真是被打出個三長兩短，你叫我們母子幾個以後可怎麼活？」曾榕不懂那些大義小義，可是她卻知道紀延生是他們二房的天，若是他真的出事，那他們的天也就塌了。

紀延生見她要哭了，也自知理虧，立即道：「皇上不過是找我撒撒氣，哪會真的把我打出個好歹。」

「那還不是因為你有個好閨女。要不是看在沅沅的面子上，你以為皇上能輕易饒了你？」曾榕又捂著臉，輕聲說。

紀清晨自然不知道裡頭在說什麼，只是出去後，便瞧見紀寶芙坐在外頭，而溫凌鈞和裴世澤也坐在對面，見她出來，三人都站起來。

「七妹，爹爹怎麼樣了？」紀寶芙輕聲問道。

紀清晨微微揚唇，輕聲說：「別擔心，太醫已經給爹爹看過了，只是些皮肉傷，沒什麼大礙，就是要靜養一段時間。」

「方才祖母也派人過來問了。」紀寶芙告訴她。

「大姊夫、柿子哥哥，你們都先回去吧，爹爹的身子沒什麼問題的。」紀清晨對兩人說道。

裴世澤瞧著小姑娘這般故作堅強的模樣，她方才哭哭啼啼的樣子還歷歷在目。只是有旁人在，他也不宜多說，於是便點點頭。

溫凌鈞也道：「我帶了些補品過來，這些日子就請岳父在家好生休養，待寶璟出月子了，我再陪她回來看望岳父。」

待他們走後，紀清晨又去了老太太的院子。突然聽說爹爹被抬回來，只怕她老人家也被嚇壞了吧。

「這些個文武百官啊，以為自個兒能左右皇上……」紀老太太輕笑一聲，搖搖頭。

紀清晨瞧著紀老太太，輕聲道：「祖母，那您說以後會怎麼樣？」

「怎麼樣？」老太太又是輕笑一聲，輕聲道：「這天下可是聖上的天下。」

本以為這番關於先靖王的封號之爭，會如野火燎原般，一發不可收拾，可是在紀延生被打一個月後，反而沒了什麼動靜。

直到六月初七，皇上下詔，要為生父上冊文，祭告天地、宗廟、社稷。

一時間朝中譁然，眾人紛紛上書，請皇上收回成命。

紀清晨望著外面的雨簾，這一日的傾盆大雨，將天地都覆蓋住了。

直到杏兒淋了一身濕漉漉的衣裳進來，急急道：「小姐，宮裡來人了，說是要接您進宮。」

紀清晨輕聲一笑，便站了起來。

祖母說得對，這天下終究是聖上的天下。

第八十九章

雨聲急促滂沱，只輕輕掀開車窗的一角，便有雨絲斜飄進來。此時還在街上，只是連旁邊的屋舍在這密雨之中，都只是灰濛濛的一片。

紀清晨收回手，杏兒又將窗子闔好。車輪滾動的聲音，被淹沒在這鋪天蓋地的雨聲之中。

因為是皇上直接宣召紀清晨，因此這次她並未前往方皇后的宮中，而是徑直去了勤政殿。外面正下著雨，她一下車，旁邊便有人過來撐傘。

一直在這兒等著的福全趕緊上前道：「姑娘，聖上瞧這外頭下的雨實在太大，便讓奴才帶了頂轎子過來接您。」

楊步亭是宮中的總管太監，而福全便是在他之下，乃是勤政殿的二總管。雖說他的位置在一眾內宦中已屬頂尖，可到底上頭還壓著一個楊步亭。

不過這會兒雖然被吩咐過來接一個小姑娘，他卻一點兒也不惱火。如今誰不知道，皇上膝下就三位皇子，待這位紀姑娘可是極為恩寵啊。

福全趕緊接過小太監手上的黃油紙傘，撐在紀清晨的頭上，笑道：「姑娘這些日子未進宮，聖上可是念叨了好幾回。」

「舅舅這些日子，可還是批奏摺到深夜？」紀清晨問道。

福全登時嘆氣，輕聲說：「聖上那性子，您也不是不知道，最是勤政愛民不過的，奴才們也不敢勸說，還得由姑娘多勸幾句呢。」

紀清晨輕輕點頭。她今日穿著淡藍底子五彩折枝木槿花刺繡交領長袍，腰間束著巴掌寬的腰帶，兩邊各掛著一條禁步，腳上穿著一雙略有些跟的鞋子。本就清妍絕麗的容貌，在這淡藍色的襯托下，越發顯得清麗雅致。

雨絲不斷，便是這莊嚴大氣的黃瓦朱牆，都被掩蓋在無盡的灰濛濛中。

待她上了小轎，轎子便穩當地被抬起來，往勤政殿走去。待到了地方，紀清晨下來後，福全立即上前道：「還要請姑娘再走上一小段。」

畢竟是聖上住的地方，總不至於把轎子抬到門口吧，要不然明兒個言官的摺子便又該像雪花片一樣地飛到殷廷謹的案桌上了。

等走到門口，紀清晨的腳都濕了。不過她也沒在意，等著進去通傳的宮人。

待她隨著宮人進了殿內東暖閣，殿內安靜得掉下一根針都能聽見。對面上方擺著一張紫檀木桌，桌上擺著漢白玉仙人插屏，還附著紫檀座。此時高案上擺著的三足象鼻腿琺瑯香爐裡，正散發著檀香燃燒後的香味。

東暖閣的炕座上，這會兒卻坐著兩個人，一旁的小几上，正擺著一副棋盤。此時大概是輪到黑棋落子，裴世澤手中捏著一枚黑子，正凝神蹙眉地盯著棋盤。

倒是殷廷謹抬頭朝紀清晨瞧了一眼，笑道：「沅沅，來了啊。」

「給舅舅請安。」紀清晨微微蹲下，給殷廷謹行禮。

殷廷謹哈哈一笑，便招呼她過來，還道：「沅沅，過來瞧瞧，朕這盤棋，只怕馬上便要贏了。」

紀清晨走過去，低頭看著棋盤。白子乃是舅舅所執，只是如今白子的局勢確實不錯，眼看著便要合圍，形成大龍，除非裴世澤能抓住屠龍的機會，若不然只怕這局便是舅舅勝了。

不過他雖然形勢不好，卻不能說他這盤棋下得不好，她竟是不知道他行軍打仗之外，連下棋都這般厲害。紀清晨朝他瞧了一眼，便見他一手捏著棋子，手肘擱在案桌上，原本就俊俏冷逸的側臉，此時更添幾分嚴肅認真。

她又看了一眼，才發現他的眼睫竟是這般鬈翹，這會兒微垂著的時候，連眼瞼上都有一小片淡淡的陰影。

待棋子落下後，他才轉過頭，朝她看了一眼。

紀清晨的唇瓣登時帶著一抹淺笑，倒是殷廷謹又叫人給她在旁邊擺了個紫檀木高背椅，叫她坐在自個兒的旁邊。因裴世澤坐在舅舅的對面，她坐這個位置，正好能光明正大地盯著他瞧了。

你說這人怎麼能生得這般好看？他的五官深邃又立體，便是那挺立的鼻梁，她見過這麼多年，也沒人比他的鼻子生得更好。況且身為男子，這臉頰也太過瘦削了些，他本就是窄臉，又生得這般瘦，一張臉只怕還沒他自個兒的巴掌大。

待她偷瞄他好幾眼後，對面的人嘴角已然揚了起來。可是紀清晨卻不怕，反而看得越發大膽，左右又沒人瞧見。

可誰知此時坐在寶炕上的殷廷謹，突然悠哉地問道：「沅沅，妳覺得景恒這一手下得如何？」

紀清晨這會兒偷看裴世澤正起勁呢，卻不想冷不防叫舅舅喊了一聲，嚇得險些從椅子上站起來。她心底如敲鼓一般，臉上更是迅速地紅起來，趕緊把目光挪到面前的棋盤。這會兒她才瞧見裴世澤棋盤上的局勢倒是有些豁然開朗的意思，反倒是舅舅的大龍，只怕是不妙啊。

「舅舅，您可得小心了，可不能叫裴世子翻了盤啊。」紀清晨噘嘴輕聲道。

她本生得清妍美麗，這會兒又表情生動，看起來更加俏麗。

殷廷謹立即哈哈大笑，意味深長地看著裴世澤，道：「小沅沅到底還是向著朕。」

紀清晨聽著這話，又忍不住覷了裴世澤一眼。這人實在是太會裝了，一臉的嚴肅認真，就連方才嘴角那一抹笑，這會兒都瞧不見了。

生得這般俊俏，竟是連笑都吝嗇。

不過轉念一想，他這般不愛笑，都尚且叫那麼多人惦記著呢，若是以後真的對誰都是一副笑臉，只怕貼上來的人就更多了。所以他還是不笑吧，要笑也只能對著她笑。

「舅舅，不管什麼時候，我都是向著您的。」紀清晨甜甜地說了句。

結果一盤棋還沒下完，倒是把殷景然給等來了。只見他穿著寶藍錦服，頭上戴著銀冠，一張俊美的小臉繃得極緊。

等他進來給殷廷謹請安之後，便站在一旁默不作聲。倒是殷廷謹朝他瞧了一眼，淡淡道：「景恒與你表姊都在，也不知道要打招呼嗎？」

如今景然乃是皇子，便是不把他們放在眼中，也沒人說什麼。不過這會兒卻是殷廷謹開口教訓他。

紀清晨瞧了一眼小傢伙，只見他滿臉的不高興，一副氣呼呼的模樣。她是沒得罪他的，難不成是柿子哥哥？

果然她就瞧見殷景然哀怨地看了裴世澤一眼。

「見過清晨姊姊。」殷景然衝著紀清晨喊了一聲，這才又朝裴世澤望了過去，不情不願地說：「見過裴世子。」

這話聽著都有點兒咬牙切齒了。

柿子哥哥什麼時候又把這位小祖宗給得罪了？

不過此時正在下棋的殷廷謹與裴世澤，顯然都沒把這位小祖宗的火氣放在心上，照舊盯著棋盤。

只不過越是這般忽視，他反倒是越發不安分。

直到他突然說道：「父皇，我想念母親了。」

紀清晨聽得心頭一緊。安素馨至今都未進宮，她不知舅舅對她是何打算？可是舅舅已把景然帶進宮中，只怕安素馨進宮乃是遲早的事。

可是她一旦進宮，宮中這麼多的宴會，外命婦進宮時早晚都會見到安素馨。當年她可是定國公世子夫人，那麼多的貴夫人怎麼可能會不記得她？到時候只怕又會掀起一場風波。

一想到這裡，她不禁心疼裴世澤。定國公府的爵位本就是世襲，裴世澤被封為世子的時候，也世襲了正四品的指揮僉事。他之前對蒙古的作戰中，立了赫赫戰功，先皇更是封他正三品護軍參領。

後來舅舅登基之後，便著他兼任火器營翼長。

火器營乃是大魏軍隊中最重要的隊伍，畢竟如今火器在戰爭中所占據的地位越來越重要，所以能占著這個位置，必是皇上的心腹。

況且他現如今不過才二十三歲，便已位列三品，已可稱得上是大員。難怪如今他在婚姻市場上，依舊那般炙手可熱。

舅舅也一直對他極為賞識。至於他與安素馨之間的關係，紀清晨原以為會成為他與舅舅之間的一根刺，可是現在看來，舅舅顯然是把他當作心腹來培養。

畢竟景然與他，可是一母同胞的兄弟。

「若是想了，過幾日我便叫人送你去瞧瞧。」殷廷謹不甚在意地道。

殷景然大概沒想到自個兒會被這麼輕易地駁斥回來，登時又不高興地哼了一聲。殷廷謹素來寵愛這個幼子，又因為現如今安素馨不在宮中，他瞧著沒人照顧他，時常會宣他過來一起用膳。父子兩人見面，反倒比從前在靖王府那會兒還要多。

「父皇，您給兒臣換個師父吧，我不想要他教我。」殷景然見沒能得逞，便直接道。

只聽啪嗒一聲，棋子重重扣在棋盤上，差點把這整盤棋都毀了。

殷廷謹抬頭瞧了他一眼，有些薄怒道：「天地君親師，哪有師父能說換就換的。你若是現在就能打敗景恒，朕就立即同意你換了他，那是他沒資格給你當師父；可若是你現在打敗不了，便好生地跟著學。」

「父皇，他對我一點兒都不好。」景然叫道。

此時裴世澤依舊垂著眸子，紀清晨只瞧得見他面上是淡淡的。

紀清晨心底狠狠地給舅舅鼓掌了，就該這般對這個小鬼頭。有柿子哥哥給他當先生，旁人都是求之不得，可是他卻偏偏還不知足。

於是紀清晨立即站起來，道：「舅舅，我帶著景然表弟到一旁去吃點心，您先和裴世子下棋，我們就不打擾你們了。」

說著她便站起來，拉著殷景然給殷廷謹行禮告退。

等到了外頭配殿，殷景然才放開她的手，怒道：「妳憑什麼拉著我出來？」

「就憑我是你表姊。」紀清晨瞧著他的一臉不服氣，登時笑了。「不過也是，現如今您可是三皇子，一個雷霆震怒，我都該給您請罪了。」

殷景然倒也不是想與她發火，所以被她這麼說，反倒不好意思起來，立即低聲說：「妳別這般說，我又不是衝著妳發火，我只是不喜歡他而已。」

「裴世子？」紀清晨故意說道。

隨後她便笑了，輕聲道：「那你真是和一般人不一樣，旁人可都是喜歡他喜歡得很呢。誰叫人家長得好看，家世又好，還溫和體貼。你麼……」紀清晨輕嗤了一聲。

殷景然聽她這麼說，登時上下打量了一番，嘲笑道：「我聽說他性子極是暴戾，還殺人如麻，別人怕他都來不及，怎麼可能喜歡他？」

等說完，他又狐疑地道：「這個旁人，不會就是妳吧？」

紀清晨被他戳穿，登時面紅耳赤。

殷景然像是發現什麼了不得的事情一般，指著她大笑道：「哦，原來妳喜歡……」

那個他字還沒說出來呢，紀清晨便一把摀住了他的嘴。

此時東暖閣中，在他們出去之後，勝負分了。殷廷謹贏了。

「你這盤棋下得可真是艱難，又要想著怎麼不贏朕，又要想著如何輸得漂亮。」殷廷謹低頭瞧著桌上棋盤，笑道。

裴世澤淡淡道：「皇上謬讚，是微臣輸了。」

「說來也是有趣，前些日子朕瞧見了先皇遺留的一份詔書，倒是早就落了，只不過卻沒蓋上印章。不過叫朕奇怪的是，這份詔書竟是與你有關。」殷廷謹好笑地瞧了裴世澤一眼。

裴世澤眉心一跳，面上雖然不顯，心底已是緊繃了起來。

「不過叫朕更奇怪的，這份詔書還與沅沅有關……」

殷廷謹剛說完，裴世澤已從位置上站起來，又立即跪了下去。

他雙膝落地，鄭重道：「微臣求皇上成全。」

第九十章

殷廷謹瞧著跪在地上的人，好半晌竟是忘了說話。

「你倒是……」待他開口，便輕輕搖搖頭，道：「你與沅沅可是差著年歲呢。」

「皇上，微臣自幼便與沅沅相識，彼此都深知對方的脾氣秉性。」裴世澤有些著急，可是他又不能跟皇上說他與清晨是兩情相悅，這豈不是會敗壞她的名聲？

見皇上這般說，他登時又道：「皇上，微臣對沅沅早已心有所屬。」

殷廷謹突然看到這份詔書時，先是一驚，隨後又宣了楊步亭過來，仔細問過，才知道裴世澤竟是曾求先皇為他賜婚。

只是殷廷謹也一直當紀清晨是小姑娘，這會子才發現，他的小姑娘已到了要說親事的年紀了。他這還沒來得及為紀清晨考慮，就有臭小子上門求娶了。

雖然他不是紀清晨的親爹，可是娘舅、娘舅，親娘不在了，他這個做舅舅的便該好生照顧她才是。

「你可知朕對沅沅的打算？」殷廷謹低頭瞧著他。

裴世澤心中有些驚訝，登時便想到之前那件事。難道皇上還是想要過繼沅沅？

「沅沅的母親乃是朕同母妹妹，按理她應該被追封為公主，而沅沅身為她的女兒，朕打算以郡主之位賜封她。」殷廷謹低頭看著裴世澤，卻忽而冷笑一聲。「不過你也知道如今朝堂上，個個恨不得一頭撞死在朕跟前。」

要是真撞死了，殷廷謹倒是佩服他們的血性，可是如今一個個的，竟是聯合起來，向他施壓。殷廷謹在靖王府的時候，便小心翼翼地過了那麼多年，雖然手中掌握著權力，可是卻因為禮法和名分而無法大展鴻圖。

如今他都是天下之主了，卻還要受這些群臣的脅迫。先前禮部尚書任元，竟煽動文武群臣七十餘人，說什麼朝中有異議者，乃是奸邪之輩，按例當斬。

這簡直就是赤裸裸的威脅。這意思便是只要與他們持反對意見的，都是奸邪，應該斬殺；這就是要叫殷廷謹在此事上孤立無援，殷廷謹氣得當場便甩了奏章，可是偏偏又無計可施。

自他登基以來，到如今甚至連半年都不到，說他是皇帝，可是哪一件政務不是內閣先商討批覆之後，再呈交與他的？他這個皇帝倒是只需要回個紅批便是，還有人竟恬不知恥地在他跟前表示，這是怕陛下太過辛勞。

這幫人竟把他當成兒皇帝一般對待，殷廷謹此時按捺不發，也只是因為勢單力薄罷了。

此番對於靖王爺的封號之爭，他一開口，竟是所有人都反對，這也就是為何他叫人廷杖紀延生的原因。他以為最起碼紀延生是站在他這邊的，可是，沒想到他竟也是個迂腐的，竟跟著內閣那幫人起鬨。

「皇上，有一話微臣不知當講不當講。」此時裴世澤也察覺到了皇上的目的。他並不是反對自己與沅沅的婚事，而是他需要自己站在他這一邊。

畢竟如今皇上在朝堂中相當孤立無援，便是有兩位成年皇子附議，可是皇子們尚且與他一般，手下連個能重用的人都沒有，便是附議皇上，也無濟於事。而現在，皇上這是要拉攏自己。

想到這裡，裴世澤心底反而更加鎮定了。

殷廷謹立即道：「你說。」

「所謂如今的禮儀、封號之爭，歸根究柢不過就是內閣想以全朝之力，迫使皇上您低頭。先皇在世時，內閣權力日益積重，便是連一向與內閣平起平坐的吏部，都被要求聽從與內閣，這在之前，可是從未有過的事情。如今聖上登基，力圖要改變朝中局面，自然有人坐不住了。」

裴世澤這番話簡直是大膽，要是叫郭孝廉那幫內閣老臣聽到，只怕生撕了他的心都有。可是偏偏他說的每句話，都說到了殷廷謹的心坎上。

自從殷廷謹登基之後，周圍人待他的態度自然改變，哪個不是恭恭敬敬的。可是這種恭敬中卻又透著一股虛假，他便是想聽一句真話，都被那高呼萬歲的聲音所淹沒了。

殷廷謹不是自幼就生活在宮中，不知民間疾苦的皇帝。相反地，他自幼生在靖王府，看慣了那些臉色和不公平，他如今所有的一切都是他自己一步步走過來的。之前他的每一步都踩在地上，可是現在他覺得自個兒每邁出一步，都是踩在雲端，腳底下有種說不出的虛無。

而裴世澤的一番話，卻又叫他恨不得拍案叫好。

他自是明白郭孝廉那幫人死活要反對自己的用意，無非就是想要逼迫他低頭。可是一旦他還就一次，那日後這幫人必會步步緊逼。

沉且便是從倫理上，殷廷謹都不可能不認親生父母，而認先皇為父。在靖王府的時候，他最大的心願，便是有朝一日，將自己親娘的棺槨遷入父王的陵墓中，與父王合葬。如今他當了皇帝，自然恨不得叫九泉之下的父母，享受這人世間最大的尊容。

殷廷謹滿意地看著他，倒是有些掏心置腹起來。「朕雖貴為皇帝，可是處處受人掣肘，如今更是連生身父母都……」

他微微一搖頭，心中又是湧起一陣怒火。

「皇上，微臣以為，如今朝中非議過大，倒不如懷柔為上，稍加安撫為首的幾位朝臣。」裴世澤道。

殷廷謹登時苦笑，道：「這幫人豈是稍加安撫便能妥協的？」

「皇上請放心，朝中支持聖上的人並非沒有，只是礙於首輔的威嚴，不敢出聲罷了。」

聽著這話，殷廷謹倒是笑了一聲，道：「景恒，你起身吧。」

待裴世澤緩緩站起來之後，殷廷謹抬頭瞧著他，道：「朕知你與沅沅自幼相識，若是你，朕自是放心。只是朕想著沅沅能風光大嫁，若是這事不解決，沅沅母親與她的封號便不得而定。」

他頓了會兒，又道：「你能明白朕的意思嗎？」

裴世澤心底苦笑。他怎麼會不明白，皇上這是要把自己拉到他這條船上。皇上想給沅沅封號，必然要先確定了先靖王的封號與祭祀禮儀，要不然朝臣不可能跳過這個問題，單單去承認沅沅的。

皇上若是賜封沅沅，必是以親舅舅的身分，便與現在朝臣所要求的不一樣。畢竟皇上一旦稱呼先靖王為皇叔考，那麼他對沅沅而言，就只是表舅舅。可是一旦皇上真的賜封了沅沅，那麼先靖王的封號也勢必是皇考。

先靖王的封號和沅沅的賜封，顯然就是雞生蛋還是蛋生雞的問題，不可能單獨跳過一個問題，而去討論另外一個。

紀清晨被楊步亭找到的時候，就瞧見她正與三皇子坐在一處，三皇子看起來都比平常乖巧多了。

楊步亭立即輕聲笑道：「紀姑娘，皇上請您過去呢。」

結果他剛說完，倒是殷景然噌地一下站起來，紀清晨立即抓著他的手臂，問道：「你這是要做什麼？」

「父皇叫我們過去。」殷景然立即道。

紀清晨哼了一聲，提醒道：「楊公公只說舅舅是請我過去，沒你的分兒。你在這兒給我好好地吃點心吧。」

殷景然還要說話，卻被她瞪了回來，只得又乖乖坐下。

楊步亭這才領著紀清晨往東暖閣過去，倒是路上的時候，他笑道：「三皇子與姑娘的感情可真是好。」

「那是自然，我們是表姊弟嘛。」紀清晨端莊地微微一笑，卻完全忘記了剛才她是如何又捏殷景然耳朵，又威脅他要跟舅舅告狀的。

等她進了東暖閣，便瞧見裴世澤已經不在了，登時心底有些失落。

「沅沅，妳過來與朕再下一盤。」殷廷謹招呼她道。

紀清晨下棋還算可以，不過就是有點兒不大好，總是喜歡悔棋。若是與外人下棋，她還能克制住，這要是逮到家裡的人，便是悔個不停。就因為這個，就連殷柏然都拒絕與她下棋。

沒想到舅舅今兒個竟然主動招呼她，紀清晨自然是開心地坐下。她雖然棋力不算出眾，可是卻有一顆不怕輸的心。

只是下了沒多久，殷廷謹便連連皺眉道：「妳這悔棋的習慣可真是越發厲害了。」

「那好吧，我就走這一步。」紀清晨被他說得不好意思了，只得放下棋子。

等殷廷謹又下了一步，她捏著棋子，正專心致志地盯著棋盤時，就聽到對面突然開口道：「妳覺得景恒如何？」

啪嗒，她手中的棋子落在棋盤上，把好幾枚棋子砸得都改了位置。殷廷謹立即伸手去恢復，還搖頭無奈道：「妳這毛手毛腳的問題，也得改改。」

「誰叫舅舅突然嚇人啊。」紀清晨心虛地道。

殷廷謹登時樂了。「我不過是提了他的名字，便是嚇唬妳？」

紀清晨鼓著小臉蛋，正想著要怎麼回答呢，就聽舅舅又說：「方才妳眼睛眨也不眨地盯著他瞧，又如何說？」

小姑娘原本就又大又圓的眼睛，登時瞪得滾圓，粉嫩的嘴唇張了張，半晌才不好意思地說：「舅舅您都瞧見啦？」

這會兒倒是輪到殷廷謹發笑了，伸手便在她的額頭上敲了一下，搖頭嘆道：「女生外向啊，可真是一點兒都不假。」

「哪有，我可是一直都站在舅舅這邊的，方才我不是還希望舅舅贏？」紀清晨乘機撒嬌賣乖，模樣又甜又純真，叫殷廷謹都不忍責備她。

殷廷謹瞧著面前的小姑娘，卻又想起琳琅來。當年父王為琳琅選定那門親事之後，她一直都很高興，雖然王妃給她的嫁妝極其慳吝，可是她親手繡著自個兒的紅蓋頭，還拿到他跟前炫耀，說上頭的龍鳳呈祥是她自個兒親手繡的。

如今連沅沅都到了說親的年紀。

當年他沒能給琳琅的，如今他便想彌補在沅沅身上。

「妳這小傢伙，就知道哄舅舅開心。」殷廷謹微笑地看著她，輕聲道。

倒是紀清晨咬著唇，看著他，道：「我一直都相信舅舅的。」

瞧著面前小姑娘赤誠的眼神，倒是叫殷廷謹心中歉疚。如今他身受朝臣掣肘，竟是可笑至極。

「天將降大任於斯人也，舅舅從靖王府一直到現在，已經歷過這麼多艱難，如今不過只是小小的阻礙罷了。我相信舅舅定能排除一切，達成所願。」紀清晨認真地說。
殷廷謹瞧著她這番認真的模樣，登時笑道：「妳覺得舅舅能達成所願？」
「當然，舅舅可是天下之主，萬聖之尊。這天下都是舅舅的，那些阻礙不過螳臂擋車罷了。」紀清晨微笑道。
殷廷謹這才認真起來。沅沅這孩子自小便與旁人不一樣，比起旁人，他對紀清晨的話，總帶著一份信以為真，似乎只要是她說出來的，便能叫他相信。
先前那些朝臣聯名上書，便是連秦太后都勸他不要逆天而行，可是如今聽到紀清晨的話，他反而生出一分篤定。雖前路艱難，可是只要努力，未嘗不能達成目的。
「妳不用擔心，舅舅一定會讓妳風光大嫁。」

天寶元年，七月初八，大朝會之上，定國公世子、正三品護軍參領兼火器營翼長裴世澤，上疏支持今上，認為今上繼位乃是繼承皇統，並未繼承皇嗣。
一時朝會上譁然，但隨後便有二十幾名文武官員站出來支持他的說法。
禮部尚書任元，當廷斥責裴世子乃是附逆奸邪，請皇上奪其職。殷廷謹在寶座上端坐著，聽著他口口聲聲地彈劾裴世澤，卻決計不提先前按例當斬的事情。
可見裴世澤的身分還是叫他們有所顧忌。這些文官清貴，素來與勛貴世家是井水不犯河水，之前勛貴雖未明言反對，卻也是不支持的態度。
結果突然出來一個裴世澤，他可是定國公府的世子爺，在勛貴當中地位極高，不少勛貴都與定國公府同氣連枝，共同進退，他這般乍然站出來，旁人都以為這是定國公裴延兆的示意。

而絲毫不知此事的裴延兆，眼睜睜地看著裴世澤站出來支持聖上，心底氣得冒火，卻又不得不壓抑自己的心情。

於是大朝會上兩派吵得不可開交，可是卻叫殷廷謹格外開懷。畢竟上一回可是全體朝臣盯著他一個人，他當真是雙拳難敵四掌。

如今這會兒能有人站出來支持他，就已是從內部瓦解了他們的陣營。

紀清晨聽說這件事的時候，心中驚訝不已，她沒想到頭一個站出來支持舅舅的，竟是柿子哥哥。

便是連閨閣女子都對此事有所耳聞，紀寶茵還在她跟前嘆道：「我爹這幾日在家中大罵裴世子，說他戀慕權勢，竟是不顧大義，向皇上妥協。可是我瞧著裴世子不像是這樣的人啊。」

文官朝臣如今對裴世澤，真是深惡痛絕。

這會兒紀清晨也算是明白，為何前世裴世澤會有那樣壞的名聲？大概就是因為他是第一個出頭支持舅舅的人，於是叫這些文臣視作眼中釘肉中刺。

一想到這裡，她心底便忍不住地心疼他。

他那個人素來都不愛辯解自個兒，如今那些能言善辯的文官，個個都對準了他，豈不是要把他欺負死了？

她正苦惱不已的時候，紀寶茵又過來了，神色頗有些著急地對她說：「七妹，妳可聽說了裴世子的馬車翻了的事情？」

紀清晨當即便站起來，立即問道：「怎麼回事？」

「我也不知道，只是我偷聽到我大哥與我爹說的，說是他的馬車在城外翻了，也不知道他傷勢怎麼樣了？我想著妳素來與他關係不錯，便過來告訴妳一聲。」

紀清晨嚇得臉色都白了，立即想到這些日子他站出來支持舅舅，便叫人盯上了。沒想到如今，竟還有人暗殺他，要不然以他的身分，馬車又怎麼會隨意出事？

她想都不想，便叫杏兒去準備馬車，說她要去定國公看望裴玉欣。

可是過了一會兒，杏兒回來了，竟告訴她：「太太說，這幾日外頭不安生，不許姑娘出門。」

紀清晨愣在當場，隨後提著裙襬去找曾榕了。

第九十一章

「太太。」紀清晨急匆匆地進門，便瞧見曾榕坐在羅漢床上，旁邊還站著兩個婆子，像是在向她通稟事情。

曾榕見她進來，臉上登時有些尷尬，立即揮手道：「妳們先下去吧。」

等兩個婆子離開之後，紀清晨才道：「我想去定國公府找欣姊姊，我聽杏兒說，您不准我出門。」

「沅沅，這幾日外頭亂得很，妳先乖乖待在家中，等過幾天，我親自帶妳出去可好？」曾榕在心底默默嘆氣，臉上卻是一臉笑意地哄著她。

太太素來寵著她，她要出門，太太也是從來不攔著，頂多就是叫她多帶幾個丫鬟，如今轉變如此大，紀清晨乾脆問道：「太太，是有人到您跟前說了什麼嗎？」

這可叫曾榕怎麼說？她又不願意騙紀清晨，正想著要找什麼藉口先把小姑娘哄回去，結果紀延生已從內室走出來。

他在家中休養了一段時間，如今已能下床行走，只不過他這會兒身上只穿了半新的袍子，便是頭上連髮冠都未束。

「是我不許妳出門的。」紀延生站在門口，微皺著眉頭，瞧著面前的小姑娘。

紀清晨的心登時沈了下去。她其實已經猜到了，曾榕待她向來都是有求必應，不可能會阻止她。如今一聽說她要去定國公府，便說外頭不安全，這是在騙傻子吧。

她登時有些生氣。爹爹不幫舅舅，她自然不能責備他，畢竟爹爹也有自個兒的立場，可如今他不許自己出門，就是知道她想去看望柿子哥哥。

她乾脆直言道：「爹爹，世澤哥哥受傷了，我想去瞧瞧他。畢竟世澤哥哥自小便待我極好，您若是覺得外頭實在不安全，便多派幾個人跟著我吧。」

曾榕被嚇得花容失色，生怕父女兩人起了爭執，趕緊上前走到紀延生身邊，低聲道：「你瞧瞧咱們沅沅，多懂事啊，一聽說裴世子受傷，便要去看望。」

紀延生目瞪口呆地瞧著曾榕胡亂掰扯，當即怒道：「妳啊妳，知不知道慈母多敗兒。妳可知道她說的這是什麼話，妳竟還慣著她。」

到底還是心疼自個兒閨女，紀延生心底生氣，都沒責罵紀清晨不知羞恥。

不過紀清晨也是故意氣他才會說這番話的。等她看見紀延生氣得臉色都白了，登時又心疼起來。爹爹這會兒身子還沒好呢，她就這麼氣他，她自個兒反倒先心軟了。

曾榕拽著他的手臂，輕聲道：「就算沅沅不去，我都打算派人送些東西過去呢。畢竟先前你壽辰的時候，人家世澤可是一回京便上門來拜訪你的。」

「若知道他是今日這作派，我紀府的大門都不會給他開。」紀延生氣急敗壞地說。

他要是還沒瞧出來紀清晨待裴世澤是什麼態度，那還真是枉為人父了。若是擱從前，他還要誇一句沅沅好眼光，可如今裴世澤的行為，卻是被滿朝文武所不齒，紀延生心裡也是感到惋惜。再加上紀清晨方才的一番火上澆油，他便脫口而出了如此決絕又傷人的話。

曾榕一聽這話，腦子險些要炸開了。

可誰知對面站著的紀清晨，已經賭氣地開口。「那沒辦法了，以後他會成為爹爹的女婿，上門的機會多著呢。」

曾榕腦子裡的那根弦，啪嗒一下斷了。

等她抬起頭瞧著面前的紀延生時，就見他滿臉的驚愕，身子竟是晃了晃。

此時，房裡安靜得連一根針掉在地上都能聽見。

紀清晨咬著唇，卻還是倔強地看著紀延生。她打小就會撒嬌，從來不曾叫長輩惱火過，可沒想到一開口說出反對的話，就是石破天驚。

幸虧這屋子裡站著的丫鬟，就只有曾榕和她自己身邊的貼身丫鬟。丫鬟們站在後頭，每一個的腦袋都恨不得埋到地裡去才好。

「妳、妳從現在開始，不許給我出門，連院子都不許出！」紀延生氣得指著她，可是指了半天，竟連一句重話都捨不得罵，只好叫她回院子裡去。

紀清晨哪會不知道自己是真把爹爹給氣著了，可是一想到柿子哥哥明明已經受傷，爹爹卻還說那樣傷人的話，她就忍不住要維護裴世澤，忍不住要為他打抱不平。

等紀清晨走了，紀延生氣得連手都是抖著的，他看著曾榕道：「妳可聽見她方才說的話了？那是小姑娘該說的嗎？還未來女婿……」

「你啊，明知道沅沅打小便喜歡裴世子，還偏偏在她跟前說那樣的話，你說她能不生氣嗎？」這下子連曾榕也有些惱火。在她看來，裴世子頂多是與丈夫的政見不一罷了。

這要是論起當女婿的人選，裴世子可真是頭一等的。年紀輕輕便已經是朝中的正三品大員，況且他還是定國公府的世子，若是他們家沅沅嫁過去，那就是現成的世子夫人，日後便是國公夫人。

紀延生聽她還幫著說話，更是怒道：「妳竟還幫著她說話？」

「難不成我還幫著你一起罵她？你自個兒都捨不得罵沅沅了，你以為我就會捨得了？」曾榕斜睨他一眼。

紀延生頓時覺得自己碰了一鼻子灰，變得灰頭土臉的。

次日，正趕上紀寶璟出月子回娘家來。只是她瞧著這一屋子的人，卻沒瞧見紀清晨，難免開口問道：「沅沅呢？」

老太太瞧了她一眼，紀寶璟又瞧了曾榕一眼。曾榕正為難要如何說呢，就聽老太太開口道：「妳也別看妳太太了，該去問妳爹爹。」

「爹爹怎麼了？沅沅和爹爹鬧彆扭了？」紀寶璟登時笑起來。她產後調養得好，這會兒臉上還有些豐腴，不過身子倒是纖細許多。

就連紀寶茵都忍不住瞧了大姊好幾眼，還在疑惑，別的人生孩子，之前的衣裳都得放寬好幾寸才能穿，怎麼大姊這腰身還是這般纖細？她穿著身洋紅底子十樣錦遍地金通袖長褙子，腰間還特地收攏了些，便是坐著都看起來纖細玲瓏。

曾榕倒是立即笑了，道：「可不就是，待會兒寶璟妳幫著多勸一勸沅沅吧。」

等紀寶璟去了紀清晨的院子，就瞧見院子的廊下站著一排丫鬟，竟是個個屏氣凝神，瞧著大氣也不敢喘一聲的模樣。

她到了門口，皺眉道：「怎麼都站在外頭？姑娘跟前不需要人伺候嗎？」

「回大姑奶奶，姑娘說想自個兒靜一靜，不讓奴婢們在跟前煩著她。」杏兒輕聲道。

沒想到連杏兒與香寧兩個大丫鬟都被沅沅給攆出來。紀寶璟點點頭，便叫自個兒身後跟著的丫鬟也站在門外候著。

等她進去的時候，就瞧見紀清晨坐在羅漢床上，旁邊的小几上擺著繡筐，她手上也拿著一個繡繃子。

紀寶璟站在門口，看見妹妹低著頭，一針一線繡得極認真。她忍不住心底暗笑，沒想到妹妹竟也會主動拿起針線。

待她掀開門口的粉色珠簾，清脆的珠玉碰擊聲，叫紀清晨抬起了頭。她瞧見紀寶璟，登時便歡喜地喊了一聲。「姊姊，妳回來了。」

「是啊，我回來了，可是有人卻躲在院子裡不出門。」紀寶璟輕笑著說道。

紀清晨登時低頭，小聲地解釋道：「我不是躲在院子裡，只是被爹爹禁足了。我是出不去，不是不想出去。」

「左右妳都是占理的那個。」紀寶璟伸手在她額上點了一下，在她旁邊坐下，低頭瞧著她手上，問道：「這是繡什麼呢？」

誰知她只是隨意一問，紀清晨卻立即把繡繃子扔到旁邊的繡筐裡，連針線都放回去。

「姊姊，妳也知道我繡的東西一向拿不出手，所以妳不要笑話我。」

「妳不給我看看，我怎麼知道妳繡得怎麼樣啊？」紀寶璟故意道。

結果紀清晨不開口了，只低頭絞著自個兒的手指，紀寶璟嘆了一口氣，問道：「可是給裴世子繡的？」

這可把紀清晨嚇了一跳，她迅速抬頭瞧了紀寶璟一眼，低聲道：「大姊，妳怎麼知道的？」

紀清晨從來不會跟紀寶璟撒謊，所以紀寶璟問了，她也不否認。

紀寶璟這可真是要笑了，又是搖頭又是無奈道：「妳不是與爹爹說，裴世子是他的未來女婿？」

紀清晨立即捣著自個兒的臉頰。這可真是丟人死了，她真是氣糊塗了，竟說出這樣的話。也虧得紀延生疼她，要不然都能把她打死，畢竟小姑娘說出這樣的話，實在是驚世駭俗。

所以她自個兒不出門，也是實在不好意思。

「大姊，對不起。」紀清晨低著頭，誠懇地說。

紀寶璟伸手攬著她的肩膀，頗有點恨鐵不成鋼地說：「妳啊妳，竟是什麼話都敢胡亂說。」

「還不是爹爹那般誤會柿子哥哥。」紀清晨覺得委屈極了。如今那幫朝臣竟把自個兒當成正義使者一般，非要逼著舅舅重新認爹。

難道還不准舅舅找人反駁他們啊？

紀寶璟瞧著她委屈得眼眶都紅了，登時又心疼地哄道：「妳好好與爹爹說，難道他還真能把裴世子關在門外不成？」

此時房中的窗子都打開了，陽光從窗子斜照進來，坐在羅漢床上的姊妹兩人，一個明豔大方，一個清妍嬌俏，就像是兩朵競相盛放的嬌花，美得叫人挪不開眼睛。

這會兒紀寶璟伸手摸了摸紀清晨的頭髮，臉上帶著說不出的笑意。說來她嫁出去之後，對沅沅的關心便少了，這會兒才發現，她的小沅沅竟也到了嫁人的年紀。難怪太太與她說起這事的時候，話裡帶著失落呢。

嫁人，就意味著要成為別人家的媳婦了。

一想到這裡，連紀寶璟的心底都有些難過。她低聲問道：「沅沅，妳喜歡裴世子？」

自然是喜歡的，而且很喜歡。紀清晨垂著頭，倒沒像往常那般同紀寶璟撒嬌，只是耳根卻燙了起來。昨日在爹爹跟前衝動說了那番話後，她便有些後悔了。

畢竟她是個小姑娘，卻因為一時惱火，便口不擇言。

倒是紀寶璟難得瞧見她這般羞澀的模樣，伸手在她嫩豆腐一樣的臉頰上捏了捏，輕笑道：「在爹爹跟前都敢胡言亂語，如今倒是不敢與姊姊說心裡話了。」不過她也知道小姑娘家難免害羞，瞧瞧她家這個天不怕地不怕的，如今一提起那位，也是羞得滿臉通紅。

「大姊，妳知道妳生楓哥兒的時候，大姊夫在外頭說了什麼話嗎？」紀清晨拉著她的手，問道。

紀寶璟自然是知道的，他與人家說，他已經有兒子了，只要她平安便好。

他娶她的那一日時，兩人坐在大紅喜榻上，他輕輕握著她的雙手，一臉堅定地與她保證，這一世都會只喜歡她一個人，會待她好。

「妳大姊夫是個死心眼的。」她雖這麼說，可是心裡就跟打翻的蜜罐一般，開口的每個字，都浸著甜。

紀清晨立即笑道：「是啊，大姊夫可傻了。」

「妳也能這般說妳大姊夫。」紀寶璟一聽她說自個兒相公的壞話，登時就不客氣地捏了下她又軟又白嫩的耳垂。

紀清晨立即滾到她懷中大笑，待笑罷之後，便坐起來，信誓旦旦地說：「所以我也要找個這般一心一意待我的人。」

「妳就知道裴世子是那個人？」紀寶璟見她那得瑟的小模樣，故意打擊道。

紀清晨皺著秀氣的小鼻尖，道：「那當然了，柿子哥哥這麼多年來守身如玉，房裡連個人都沒有。」

守身如玉……

紀寶璟登時扶著肚子，哎喲，她笑得竟連腸子都疼起來。這小丫頭真是口沒遮攔地，連這樣的話都敢說。

紀清晨任由她笑，只是尖翹的小下巴微微揚著。哼，反正柿子哥哥就是哪兒都好。

「那看來妳是非他不嫁？」紀寶璟待笑完了，便又一本正經地問她。

紀清晨知道大姊是有意逗她，所以眉眼微一掃，點頭道：「那是自然，畢竟柿子哥哥都這般年紀了，我總不能叫他一直都光棍吧？」

紀寶璟也發現了，這丫頭如今是光腳的不怕穿鞋的。她是打定主意他們都知道了，也拿她沒法子，真是愛說就說什麼。

於是她故意說道：「那真是可惜，爹爹已經發話，裴世子是肯定不行的，這會兒估計太太都已經開始給妳相看親事。」

紀清晨登時著急了，恨不得拍案而起。「那我就去告訴舅舅。舅舅是皇上，我看爹爹敢不敢不聽舅舅的。」

這會兒紀寶璟斜睨了她一眼，不緊不慢道：「喲，說得跟誰舅舅不是皇上一樣。」

紀清晨：「……」大姊，妳到底是哪邊的啊？

「爹爹身子可好些了？」紀寶璟親手給紀延生端了一碗參雞湯，柔聲問道。

紀延生伸手接過青花瓷小碗，捏著碗中的甜白瓷小勺攪動了幾下，輕聲道：「早就好得差不多了，本還想著儘快回去述職的。」

一旁的曾榕聽罷，登時急了，忙對紀寶璟道：「寶璟，妳可得好生勸勸妳爹爹。身上還沒養得好索利呢，便要回衙門。這會兒又沒什麼要緊的事情。」

紀寶璟點頭，也是勸說道：「爹爹，不管如何，還是您自個兒的身子最要緊，總是要把身子養好才是啊。」

「如今朝中局勢實在叫人擔憂。」紀延生說了一句，只是礙於身邊兩人都是女眷，便也沒多說。

倒是他喝了一口湯後，將小碗放在羅漢床上的黑漆嵌螺鈿小几上，道：「妳去過妳妹妹院子了？」

紀寶璟臉上隱著笑。這會兒竟是連沅沅都不喊了，看來是真的有些氣惱。不過她也沒立即勸說，而是輕聲道：「沅沅這孩子實在不像話，怎能這般與爹爹說話呢？」

紀延生見她站在他這邊說話，總算欣慰地嘆了口氣。倒是紀寶璟立即吩咐旁邊的丫鬟，道：「妳去七姑娘院子把她給我叫過來，今兒個我這個做長姊的，便要好好教訓她。」

曾榕一聽有些著急，便想攔著，可是坐在羅漢床上的紀延生卻鐵青著臉默不作聲，紀寶璟又輕斥了一聲。「還不趕緊給我去。」

待紀清晨過來之後，她走到屋子中間，給大姊還有爹爹和太太請安。

誰知她剛微微福身，就聽上首砰的一聲巨響，連坐在一旁的紀延生，都被這一聲嚇得轉頭瞧著身邊的大女兒。

只見紀寶璟滿臉怒火，生氣地看著紀清晨，道：「孽障，妳還不跪下！」

紀清晨登時傻眼，可是她瞧著大姊這般生氣的模樣，只得跪下來。她打小就特別嬌氣，連過年給祖母磕頭，面前都要擺著蒲團。雖然這屋子裡鋪著猩紅色地毯，只是她跪下來，膝蓋還是磕在硬邦邦的地磚上。

這會兒連上首的紀延生，臉上都露出幾分不捨，不過他硬著心腸，又撇頭過去。

這會兒紀寶璟做足了架子，瞧著紀清晨便怒問道：「沅沅，妳這般行事，真是枉費爹爹和太太這麼多年對妳的苦心教導。」

「對不起，大姊。」紀清晨帶著細弱的哭腔，低聲道。

「我對妳實在是太失望了，左右這個家妳是待不下去了。」紀寶璟輕聲搖頭，一臉悲痛地道。

結果她這話一說，就連紀延生都忍不住瞧她，曾榕更是一頭霧水。大姑娘這是什麼意思？

紀寶璟卻是一臉冷漠地說：「待會兒回去就叫妳的丫鬟收拾東西，妳去莊子上住吧，好好地靜思己過。若是還沒明白，就不要再回來了。」

曾榕聽到這裡，忍不住開口道：「寶璟，其實沅沅也不過就是說了兩句，不至於叫她去莊子上思過吧？」

「方才爹爹說的話，太太您也是聽見的，沅沅這樣的過錯，別說是去莊子，便是剃頭去當姑子也是不為過的。只是我就這麼一個妹妹，心底實在不忍。」紀寶璟拿出帕子，在眼角輕輕拭了下。她本是明豔至極的人，這會兒臉上露出悲痛的表情，也叫人看了於心不忍。

紀延生立即在腦中回想，自個兒方才說了什麼話。

只是他還沒想完呢，紀寶璟又對底下跪著的紀清晨道：「好了，妳給爹爹和太太磕個頭，待會兒再去給祖母磕頭，便回去收拾行李吧。」

「是。」紀清晨也不敢委屈，聲音細細軟軟的，便要低頭給紀延生和曾榕磕頭。

這下紀延生是真的憋不住了，趕緊起身道：「寶璟，沅沅不過是與我多說了兩句，哪裡便要去莊子了。」

「爹爹，可是您方才說，這會兒要好生教訓沅沅。若只是叫她在家中禁足，我怕她以後還是不長記性。」紀寶璟義正詞嚴地道。

曾榕都快愁死了，原以為紀寶璟回來能好生勸說，叫父女兩個心底別存著彆扭，可是沒想到一向疼愛沅沅的寶璟，這次竟比他們態度還要堅決。這孩子是說了不該說的話，可那也不是被氣的嘛，沅沅這般嬌生慣養，這要是真去了莊子，不只是要了她的命，只怕也是要了老太太和他們的命了。

所以她趕緊伸手拉了下紀延生的衣袖，輕聲道：「老爺，你倒是說句話啊。」

「沅沅去莊子就不必了，若是她走了，只怕妳祖母心底也不放心。」紀延生這會兒瞧著小女兒跪在地上，原本就纖細的小姑娘，這要是真去了莊子，只怕得瘦成一把骨頭。

紀寶璟還要說話，還是曾榕上前去拉了紀清晨一把，叫她站起來，道：「沅沅，妳還不與爹爹認個錯，先頭妳也只是一時失口，不是有意頂撞爹爹的，是不是啊？」

紀清晨立即點頭，趕緊抬頭，乖巧地說：「爹爹，是我錯了，您就原諒沅沅吧。」

紀延生這會兒哪裡還會生她的氣，瞧著她水汪汪的大眼睛，又紅了眼眶，他更是心疼了。

曾榕趕緊領著紀清晨下去敷面，只留紀寶璟和紀延生父女兩人在屋子裡。紀寶璟瞧著她爹默不作聲，便開口說：「爹爹，沅沅的婚事您打算怎麼辦？」

紀延生登時如被踩中了尾巴般，險些跳起來。「婚事？什麼婚事？」

「她一個小姑娘家都已經那般說了，這要是傳出去，如何得了？咱們還是儘早把她的婚事定下來才是。」紀寶璟一臉嚴肅地道。

紀延生一向不著急紀清晨的婚事，畢竟他家閨女生得這般好看又乖巧懂事，他若是願意早早把她嫁出去，說親的人還不踏破門檻。可他一直這般堅持，捨不得沅沅太早出嫁。所以他立即皺眉，道：「她也不過是私底下與我說說而已，只要約束好那些丫鬟，我看不至於傳到外頭去。」

紀寶璟一挑眉。這會兒倒是他老人家開始給紀清晨找藉口了。

「爹爹，萬事都是不怕一萬，就怕萬一。若到時候真的有個風言風語，只怕便來不及了。」紀寶璟輕聲勸道。

紀延生依舊沒作聲，這會兒叫他答應紀清晨與裴世澤的婚事，他自然是有顧忌的。只是紀寶璟說的這話，卻又叫他心生忌憚，真怕出現寶璟所說的那個萬一，壞了沅沅的名聲。

「這婚事哪有女方主動上門的？那小子想娶我的女兒，也得拿出點真本事。」紀延生梗著脖子，眉宇間還是清晰可見的怒氣。

紀寶璟登時笑了，立即道：「可不就是。爹爹，您放心吧，裴世澤就是想輕易娶了沅沅，我也不會同意的。」

待紀寶璟出去瞧紀清晨的時候，一人獨自坐著的紀延生突然才發現，他這是不是落進了什麼套裡？

等紀寶璟進到旁邊的廂房，曾榕正與紀清晨低聲說話。見她進來，曾榕趕緊道：「寶璟，沅沅都與我說了，知道錯了。」

紀寶璟點頭，輕聲道：「太太您放心吧，我不會與沅沅發火的，只是我想與沅沅單獨說兩句話。」

等曾榕出去了，紀寶璟走到她的身邊，紀清晨坐在繡墩上，腦袋正好抵到她的腰身上。於是她伸手抱住姊姊纖細的腰肢，撒嬌道：「我還以為姊姊真對我生氣了呢。」

紀清晨何等聰明啊，紀寶璟把她支出來，她就知道這是姊姊使的苦肉計。

「妳還說呢，爹爹多疼妳，我便是多罵妳一句，他都滿臉不捨。」紀寶璟見她這般賣乖，心底還是有些氣惱。

紀清晨趕緊撒嬌道：「我和柿子哥哥以後會好生孝敬爹爹的。」

紀寶璟真要被她這話給氣笑了。「妳可真是不知羞。」一邊說著，一邊摟著她，臉上露出微笑。

——未完，待續，請看文創風554《小妻嫁到》4

為流浪貓狗加油 和貓寶貝 狗寶貝 廝守終生(一定要終生喔！)的幸福機會

對人來說，貓寶貝狗寶貝只是生活的一部分，但妳（你）對牠們來說，卻是生活的全部，領養前請一定要考慮清楚——

▲ 等待幸福降臨的大男孩 LOKI

性　　別：男生

品　　種：米克斯，混哈士奇犬

年　　紀：約8～9歲

個　　性：親人、愛撒嬌、活潑

健康狀況：已結紮。打過狂犬病疫苗、驅蟲藥，定期點蚤不到；曾有心絲蟲，但已治療。

目前住所：桃園市南崁

本期資料來源：台灣認養地圖

『LOKI』的故事：

中途是在桃園觀音區某小吃店對面和LOKI相遇。由於位處工業區，中途擔心LOKI在附近會遭遇危險，便展開對LOKI的救援行動。

這是中途首次的救援，就遇上大問題──LOKI感染了心絲蟲，以及齒槽膿漏導致臉部腫脹。中途陪著LOKI治療約半年的時間，如今所有疾病都已被妥善治療並痊癒，臉部的傷口也癒合的相當良好。除了心臟因心絲蟲造成的損傷無法修復，讓LOKI在激動時會咳嗽外，已經是一隻健康又活潑的可愛狗狗了。

LOKI非常聰明，能快速地學習指令，現在不論是坐下、趴下、臥倒，還是吃飯等待、隨側散步都難不倒牠。LOKI很親人又愛撒嬌，喜歡玩玩具，不會在家裡隨意大小便，都會等到被帶出門時才在外面解決；然而，或許是在外流浪太久，LOKI有點貪吃，且相當的護食，除了這點，LOKI都很乖巧。

LOKI在治療過程中從不放棄自己的生命，很有毅力地堅持著；中途見到如此也不願意放棄牠，同時也決定一定要幫牠找到一個適合牠的新家。對於米克斯大型犬來說，能被領養的機會不高，但LOKI仍然期待牠的幸福降臨。如果您願意給LOKI一輩子不離不棄的承諾，請來信chang.shrimp@gmail.com（張小姐）。若您想再多了解LOKI，請至FB收尋：Husky Loki 救援日記。

認養資格：

1. 認養者須年滿25歲，有穩定收入。
2. 若為男性需役畢，與家人同住者則需取得家人同意。
3. 須同意簽認養寵物切結書，並定期向中途回報LOKI的狀況。
4. 須定期讓LOKI施打年度預防針，每月除蚤、心絲蟲的預防。
5. 同意讓LOKI養於室內，且不關籠，以及不讓LOKI做看門狗，或是隨意放養，外出時則一律上牽繩。

來信請說明：

a. 個人基本資料：姓名、性別、年齡、居住地、同住者、 職業與經濟來源等。
b. 預定如何照顧LOKI，以及所能提供之環境和承諾（如：食物、飼養方式）。
c. 請簡述過去大型犬的經驗、所知的心絲蟲相關知識，及簡介您的飼養環境。
d. 若未來有結婚、懷孕、出國或搬家等計劃，將如何安置LOKI？
e. 是否同意中途作日後追蹤（家訪、以臉書提供照片）？

文創風
553

小妻嫁到 3

國家圖書館出版品預行編目資料

小妻嫁到 / 慕童著. --
初版. -- 臺北市 : 狗屋, 2017.08
冊 ; 公分. -- (文創風)
ISBN 978-986-328-762-9(第3冊：平裝). --

857.7 106009729

著作者	慕童
編輯	江馥君
校對	黃薇霓　簡郁珊
發行所	狗屋出版社有限公司
地址	台北市104中山區龍江路71巷15號1樓
電話	02-2776-5889～0
發行字號	局版台業字845號
法律顧問	蕭雄淋律師
總經銷	知遠文化事業有限公司
電話	02-2664-8800
初版	2017年8月
國際書碼	ISBN-13　978-986-328-762-9

本著作物由北京晉江原創網絡科技有限公司授權出版

定價250元
狗屋劃撥帳號：19001626
網址：love.doghouse.com.tw　E-mail：love@doghouse.com.tw